나는 우는 것들을 사랑합니다

이 책에 실린 1부에서 3부까지 글은 거의 《하늘숨을 쉬는 아이들》(종로서적, 1996년)에서 골랐습니다. 다만 '정말 반갑게 읽은 동화'는 〈창작과비평〉(1996년 봄호)에서, '다시 하늘로 땅으로'는 〈녹색평론〉(1997년 3-4월)에서 찾아 실었습니다.
4부 교단 일기에 실린 글은 임길택 선생님이 돌아가신 뒤, 집안 식구들이 가지고 있던 임길택 선생님 일기 가운데에서 골랐습니다.

표지에 실린 글은 임길택 시집 《할아버지 요강》(보리, 1995년)에서 따왔습니다.

임길택 선생님이 남긴 산문과 교단 일기

나는 우는 것들을 사랑합니다

임길택 씀

보리

나는 누가 울 때, 왜 우는지 궁금합니다.

아이가 울 땐 더욱 그렇습니다.

아이를 울게 하는 것처럼 나쁜 일이 이 세상엔 없을 거라 여깁니다.

짐승이나 나무, 풀 같은 것들이 우는 까닭도 알고 싶은데,

만일 그 날이 나에게 온다면, 나는 부끄러움도 잊고 덩실덩실 춤을 출 것입니다.

나는 우는 것들을 사랑합니다.

그리고 아직 시가 무엇인지 잘 모르지만,

그 우는 것들의 동무가 되어 그들의 숨겨진 이야기를 쓰고 싶습니다.

다만 한 가지, 글을 읽을 줄 아는 이라면 아이, 어른 누구나

알아들을 수 있는 이야기들을 쓰려 합니다.

이 책을 읽는 이는 어른들이지만, 모두 아이들 때문에 쓸 수 있었던 글들이다. 그 동안 함께 만나 눈을 맞추고, 손을 맞잡았던 모든 아이들이야말로 바로 이 책의 참주인이다.

1996년 6월 장마가 시작될 무렵, 임길택

길택이 아우님 영전에

자네 아이들 울밑, 빛이랑, 그리고 내 아이들 나래, 누리가 아직 어렸을 적에, 자네가 정선 산골짜기 깊은 곳에서 분교 교사 노릇을 할 때, 내 자네 찾아간 것 기억하나? 그 때 자네 산길을 걷다가 코를 킁킁거리더니, 거짓말 조금 보태서 아이 팔뚝만 한 더덕 하나 캐내 나한테 내밀었지? 그리고 마을 어른들께 나 데리고 다니면서 먼길 오신 형님이라고 인사를 시켰지? 그 때 마을 어르신들이 환한 얼굴로 나를 반기는 모습을 보고, 우리 길택이가 여기서도 참 잘 살고 있구나 하는 생각이 절로 들었네. 자네가 텃밭에서 가꾸어 잘 익은 토마토 맛이 어찌 그리 좋던지, 아직도 그 맛이 입 속에 맴도는 듯하네.

자네 시비(詩碑) 제막식이 끝나고 나서였던가? 제수씨가 지나는 말로 한 이야기 잊히지 않네. "선생님이 우격다짐 비슷하게 글 쓰라고 하지 않았으면 울밑 아부지 글 안 썼을 거예요. 게을러서 못 썼을 거예요." 그 말 듣고 스무 해쯤 전 일이 떠올랐네. 그랬지. 아이들을 모르는 사람들에게 어찌 아이들이 읽을 글을 꾸며 쓰게 할 수 있겠느냐고. 아이들을 정말 아끼는 교사들이 동화든 동시든 써야 한다고.

그 동안은 동시와 동화 작가로만 알려졌던 자네가 탄광 마을과 산골짜기에서 아이들과 어떻게 만나고 함께 살았는지, 학교에서마저 버림받다시피 한 특수 학급 아이들을 자네가 어떻게 지극 정성으로 보살폈는지가 낱낱이 드러난 소중한 글들이 이제 이 세상에 다시 선보이네.

자네 아나? 이오덕 선생님 돌아가시고 나서 마음의 갈피를 잃은 자네 벗들하며 아우님들이 자네 무덤과 시비를 찾아 마음에 큰 위안을 얻고 다시 힘을 얻어 돌아왔다지? 그 이야기 전해 듣고, '그래, 살아생전에 올곧고 맑게 산 사람은 저세상에 가더라도 이렇게 사람들을 따뜻하게 끌어안는구나.' 하는 생각이 절로 들었네.

두어 달 가까이 글다운 글을 읽은 기억이 없네. 농사일에 바빴다는 건 핑계고, 그냥 아무것도 읽고 싶은 마음이 없었다는 게 더 솔직한 말이겠지. 자네 글에 붙이는 말은, 이오덕 선생님께서 살아 계셨더라면 으레 그분 몫이었지. 자네와 마찬가지로 선생님께서도 농사를 으뜸으로 치고, 그 다음에 교사를 치셨으니까. 내가 이렇게 늘그막에나마 농사를 흉내라도 내고 있는 건 어쩌면 자네나 이오덕 선생님 같은 분들의 음덕인지도 몰라.

낯선 곳에 가면 일부러 허름한 식당을 찾아, 제 돈 내고 밥 사 먹으면서도 마음 속으로 '이렇게 나그네에게 따뜻한 밥 한 그릇 차려 내주셔서 참 고맙습니다.' 하고 꾸벅 절을 하는 자네 여리고 착한 마음 한 자락이 곳곳에 깔려 있어, 미루어 두었던 자네 글 다시 읽으면서 몇 번이고 옷자락을 여몄네.

자극이 강하고 현란한 글들에 익은 사람들이 잘 삭은 배추김치같이 담백한 이 글들을 얼마나 잘 읽어 낼지 모르겠네만, 글이 곧 사람이라는 말은 자네 글 같은 글을 두고 이르는 말이라 여기네. 진실말고는 아무것도 담지 않은 글, 억지로 감동을 주려고 하지 않는 글. 그래, 그게 자네 글일세.

이제 곧 우리 아이들 밑에도 올망이 졸망이들이 태어나겠지. 그 아이들 자네 글 읽을 무렵, 세상 날 활짝 개면 얼마나 좋겠나.

2003년 12월, 윤구병

차례

3부 다시 하늘로 땅으로

4부 민들레반 아이들 교단 일기

임길택 선생님이 걸어온 길 266

1부 내가 만난 아이들

맘 졸이면서 교단에 선 지 벌써 스무 해에 가깝다. 하지만 그 많은 시간 동안
무얼 했나 하고 되물어 보면 낯이 뜨거울 뿐이다. 그래도 저녁 하늘에 별이
돋아나듯 하나하나 그려지는 아이들이 있기에 그나마 위로를 삼는다고나 할
까. 좁은 교실에서 지지고 볶으면서 시간을 나눈 아이들. 돌이켜보면 내 시간
은 이 아이들로밖에 남아 있지 않다.

영심이, 탄마을에 피어난 꽃

비들은 무엇이 그리 좋은지
자꾸자꾸 내린다.
빗방울들은
지칠 줄을 모른다.

영심이가 쓴 시 '비 오는 날'을 읽으면서 그 애를 떠올려 본다. 마침 오늘도 비가 내린다. 하나 둘 패어 나기 시작하는 보리들이 기다렸다는 듯 조용히 비를 맞고 있다. 보리밭 너머 작은 숲에 새 소리도 그쳐 있다. 영심이가 우산도 없이 낡은 신주머니를 머리에 대고 터덜터덜 탄 물 흐르던 언덕길을 오르던 모습이 눈에 선하다. 그 애와 같이 우산을 쓰고 가려는 아이들은 아무도 없었다. 비가 오지 않는 날에도 그 애의 친구는 늘 제 그림자뿐이었다.

1988년 4월

산비탈을 깎아 겨우 교실을 짓고 손바닥만 한 운동장을 가진 탄광 마을 학교였다. 4월이지만 아직도 추웠다. 교실 정리를 마치고 나는 난로가 있는 교무실로 가기 위해 교실을 나왔다. 옆 교실에선 청소 시간인지 노는 시간인지를 가리지 않는 아이들이 마구 떠들고 있었다. 내가 발길을 돌려 교실 안으로 들어섰을 때도 네댓 아이는 뒤엉켜 용을 썼고, 두 아이는 먼지떨이로 칼싸움을 계속하고 있었다. 내가 그 모습을 지켜보고 있노라니, 먼저 장난을 멈춘 아이들이 저 하던 건 벌써 잊은 듯 킥킥대면서 웃었다.

뒷문 쪽 책상 옆에는 아까부터 그렇게 서 있었는지 여자 아이 하나가 고개를 숙인 채 두 손에 얼굴을 묻고 울고 있었다. 나는 그 애 앞으로 나아가 왜 그러는지를 물었다. 갑자기 교실이 조용해졌다. 몇 번을 물어도 말이 없었다. 하는 수 없이 아이들에게 어찌 된 일이냐고 물었다. 선뜻 대답을 않으려는 아이들에게 나는 그만 큰 소리를 지르고 말았다.

그 아이도 청소 당번이었다. 그런데 교실에 있는 남자 아이들이 너나없이 옆에 있던 그 애에게 저리 가라고 발길질을 해 댔다. 그래 놓고는 저희끼리 정신 없이 뛰놀고 있는 중이었다. 눈치를 살피면서 서 있는 그놈들이 괘씸하기 짝이 없었다. 떨려 오는 속을 가까스로 참으면서 나는 다음부터 그러지 마라 이르고 교실을 나왔다. 그러고는 그 일을 곧 까마득히 잊어버렸다.

1989년 3월

한 해를 어떻게 보냈는지 모른다. 한여름에도 창문을 열어 둘 수 없었다. 탄을 실어나르는 차들이 내뿜는 지독한 냄새도 견딜 수가 없었지만, 바람에 실려 오는 탄 먼지는 더욱 감당할 수가 없었다. 그나마 몇 개의 조그만 탄광을 따라 이루어진 비탈 마을에서 아이들이 놀 만한 데가 학교 빼고는 드물었다. 그래서 이른 아침부터 모여드는 아이들과 이런저런 일로 일찍부터 씨름을 하다 보면, 퇴근 무렵에는 힘이 쪽 빠졌다.

그래도 아이들은 자라 3월이 왔다. 그리고 나는 6학년이 되어 올라온 지난 해의 옆 반 아이들을 맡게 되었다.

교무실에서 회의를 마치고 골마루를 따라 걸으면서 나는 새로이 만나는 아이들에게 무슨 이야기를 들려줄까 줄곧 생각을 했다. 나는 아이들을 처음 만나면 늘 무엇무엇을 잘 해 달라는 부탁만을 하곤 했다. 그런 이야기를 좋아할 아이들은 없었다. 그래서 이 날은 부끄럼 많았던 나의 6학년 때 이야기를 들려주면서 아이들에게 조금이나마 용기를 가질 수 있도록 해야겠다면서 교실로 들어섰다.

모두는 아니더라도, 누가 저희의 담임이 되어 올까 벌써부터 이야기를 나누었을 아이들이 나를 보자 실망하는 눈치였다. 지난 한 해 동안, 시도 때도 없이 골마루를 마구 뛰어다니는 아이들을 붙잡아 가리지 않고 손바닥을 때려 주었던 나는 아이들에게 인기가 하나도 없었다.

그런데 교실 뒤쪽에 가방을 든 채 자리를 찾아가지 못한 아이가 있지 않은가! 지난 해 4월의 그 아이, 잘못도 없이 맞고 울고만 섰던 아이였다. 빙 둘러보니 빈 자리가 두 군데나 남아 있었다. 남자 아이 혼자 앉아 있는 곳과, 능청스레 제 가방을 빈 의자에 얹어 두고 딴청을 피우고 있는 여자 아이가 또 혼자였다. 자리를 안 내준 아이들도 미웠지만, 제자리라고 우기면서 찾아 앉지 못한 그 애 또한 모자라는 것만 같아 콱 패 주었으면 싶었다.

나는 아이들에게 가방을 들고 모두 바깥으로 나가 서라고 소리를 질렀다. 갑자기 벌어진 일이긴 했지만 지금 무얼 하려는지를 잘 아는 아이들이 그 틈에도 멈칫멈칫 다가서는 영심이를 슬슬 피했다. 그리고는 강제에 못 이겨 영심이를 사이에 둔 두 아이가 얼굴을 저쪽으로 돌린 채 어떤 애기도 듣지 않겠다는 듯이 불만을 나타냈을 때, 나는 그만 맥이 탁 풀리고 말았다. 정말 생각지 못한 새 학기 첫날이었다.

나는 영심이를 지켜보기로 했다. 아이들은 그 애를 오줌싸개라고 불렀는데, 그 애 몸에서는 늘 지린내가 나고 행동은 굼떴다. 머리를 양쪽으로 넘겨 단단히 묶었으나, 얼마나 오랫동안 감지 않았는지 머리카락 사이사이 훤히 들여다뵈는 비듬 같은 먼지들과 서캐는 보는 내 몸조차 근질근질하게 했다. 게다가 잘 닦지를 않아 누레진 이에는 군데군데 까만 점무늬가 박혀 썩어 가는 느낌이었고, 못난 얼굴에는 군살까지 두둑이 붙어 있었다. 학교에 늦기 일쑤인 데다, 어떤 때는 수업이 시작되어 조용한 교실 문을 드르륵 열어 모두를 깜짝 놀라게 하기도 했다. 무엇보다도 답답한 것은 대답을 잘 하지 않는 것이었다. 대답한다고 하는 게 겨우 저만 알아들을 정도였다. 그럴 때면 더 크게 하라고 몇 번이고 다그치게 되는데, 그 애는 벌써 눈물부터 흘렸다. 아이들은 까닭도 없이 그 애를 발길로 찼고, 그러면서도 아무 죄책감을 느끼지 못했다. 그게 마치 자랑이라도 되는 듯이 흥겨워할 뿐이었다.

영심이는 할머니와 바로 밑 학년인 남동생 종호 이렇게 셋이서 살았다. 그 동생 아이는 공부를 잘하여 우등상을 받곤 했다. 그런 사정을 알고 있는 선생님들은 이따금 그 애를 불러,

"인마, 너만 잘하지 말고 네 누나에게도 공부를 잘 가르쳐!"

하면서 장난을 걸었다. 그럴 때면 그 아이는 어찌할 바를 모르고 낯을 붉히면서 쩔쩔맸다.

아버지는 같은 마을에서 새어머니와 함께 따로 살림을 했다. 그걸 이미 알고 있는 아이들은 더욱 영심이에게 손가락질을 하면서 저희들끼리 수군대었다. 그런 영심이는 집에서도 학교에서도 갈 데가 없었다. 공부가 뒤떨어진 것은 말할 것도 없지만 준비물 없이 미술 시간을 보내는 때도 있었다.

하지만 그 모든 못난 점에도 영심이는 이제까지 내가 만난 아이들 가운데 가장 곱디고운 아이였다. 숙제를 해 오지 못하는 때가 많았으나, 그것은 제가 숙제를 어떻게 해야 하는지를 모르기 때문이었다. 여느 아이들처럼 참고서나 다른 아이 것을 슬쩍 베껴 오는 일을 하지 않을 따름이었다. 알고 보면 영심이는 집에서고 학교에서고 할머니나 내가 시키는 일을 누구보다 열심히 했다. 다만 그 애는 제가 모르면 그냥 모르는 것뿐이었다. 매가 무서워 숙제를 대강 해 온다거나 남의 것을 베끼는 일 같은 건 할 생각도 않았고, 도대체 남을 원망할 줄 모르는 아이였다. 그렇게 착하기 때문에 제 친구들에게 따돌림을 받았고, 선생님들한테조차 바보 취급을 당했다. 정말이지 제 종아리와도 얘기할 수 있는 사람은 영심이 아니고선 해내기 힘든 일이다 싶었다.

다르르르릉…….
산수 시간
선생님이 들어오신다.
문제 적어서 옆 사람
줘요. 연습 안 해 온 사람
자기 책임져요.

종아리가 이번에는
잘하라고 그러는 것 같다.
잘하려고 그래도
잘 안 된다.

한 대 맞아도 꾹 참는다.
그러나 종아리가 따끔하다.
종아리야 미안해. 다음엔
잘할게.

　영심이가 늦게 오는 날을 골라 나는 아이들에게 자기보다 못난 친구들을 왜 보살펴야 하는지를 이야기했다. 그리고 영심이의 겉모습은 잘 씻지 않아 너희들과 다르지만, 그건 어느 날 하루에 다 씻어 낼 수 있는 거고 그 마음이 중요하다고. 그런 뒤 여자 아이들 가운데에서 힘이 있는 희순이나 경순이 같은 몇 아이들을 따로 불러 앞장서서 영심이에게 잘 해 주도록 부탁을 했다. 산수 쪽지 시험을 보면 60점쯤을 맞았던 영심이도 물론 따로 불러, 저보다 못한 아이들의 점수를 보여 주면서 용기를 잃지 말라고 했다. 그리고 친구들이 싫어하지 않도록 머리를 잘 감고 몸가짐도 바르게 하라 일렀다. 공부 시간에도 그 애 옆에 자주 갔다. 더러 등을 도닥여 주면 겉으로 나타내지 못하는 맘 속 기쁨이 그 애의 몸 속 깊이 흐르고 있음을 느낄 수 있었다. 몇 아이들의 일기에 영심이를 괴롭혔던 것에 대한 반성의 글이 하나 둘 나타났다. 영심이가 더러 웃을 때도 있었다. 다만 몸을 깨끗이 하는 데는 큰 변화가 없었다. 그래서 낯을 씻고 오지 않은 걸 보았을 땐 슬쩍 불러 수돗가에 다녀오도록 했다. 친구들이 놀이에 끼워 주려고 했지만, 영심이는 제자리에 앉아 있는 게 더 편한지 여전히 잘 끼질 않았다. 그리고 속으로야 모르지만 겉으로라도 영심이를 괴롭히는 아이들은 이제 눈에 띄지 않았다. 어쩌다 영심이가 늦게 남아 있을 땐 집안 이야기며 학교 생활이 재밌는지를 물었는데, 영심이는 그 때마다 짧게 "네."라는 대답만 했다. 자잘한 감정 표현을 제대로 할 줄 몰랐다. 그래도

그런 날은 운동장을 건너 마을 길로 들어서면서 영심이는 우리 교실 쪽을
한 번씩 뒤돌아보는 걸 잊지 않았다.

1989년 5월

높은 산마을 그 곳은 5월이 되어야 비로소 봄 맞을 느낄 수 있었다.

그 날 아침 나는 산길을 걸으면서 갓 피어나기 시작한 진달래를 보고
'이제야 봄이 왔구나!' 하면서 좋아했다. 그리고 아이들은 모두 진달래꽃
같은 마음을 가지고 있을지 모르겠다는 생각을 해 보았다. 등성이나 골짜
기를 가리지 않고 때가 오면 해마다 변치 않고 제 모습을 내 보여 주는
꽃, 진달래. 나는 아이들에게 진달래가 피어나고 있음을 알려 주어야겠다
면서 학교로 갔다.

첫 시간 시작이 얼마 남지 않았을 때였다. 교무 선생님이 수업을 시작
하기 전까지 반마다 상 받을 아이 한 사람씩을 뽑아 달라고 부탁했다. 형
식적인 행사지만 어린이날을 맞아 그 아이들에게 표창장을 주기 위해서
였다.

아이들 앞에서 나는 누굴 뽑으면 좋겠느냐고 물었다. 아이들은 저마다
얼굴을 보면서 머뭇거렸다. 뽑을 사람을 찾는 건지 나로서는 가늠할 수
없는 표정들이었다. 그 때 경순이가 손을 들더니 뜻밖에도 영심이를 추천
했다. 그러자 여기저기서 영심이가 좋겠다고 하였다. 내가 교실을 떠난
뒤에 영심이는 아무것도 모른 채 교실로 들어섰다. 불어 오는 바람에 피
어난 진달래, 그 날 아침 아이들은 모두 그 진달래꽃이었다.

1989년 12월

일요일, 나는 오늘 새벽 5시에 일어났다. 일어나서 사회를 하고 실과를 했다. 할머니가 누워서 텔레비전을 보고 계셨다. 나는 밖에 나가 보았다. 캄캄했다. 나는 자연 시간에 배운 동지 때의 낮과 밤의 길이를 생각했다. 그것과 비슷했다. 나는 늘 날이 새서야 일어났는데 오늘은 웬일인지 일찍 일어났다. 내일도 이렇게 일어날 수 있을까? (12월 3일)

영심이는 제 앞에 놓인 일을 열심히 했다. 시험을 치면 이제 평균 70점쯤 어려움 없이 받았다. 생각도 깊어졌고, 무엇보다도 책을 읽는 힘이 몰라보게 달라져 있었다.

처음 영심이가 책을 읽을 때였다. 워낙 낱말을 모르는 아이였기 때문에, 모르는 말에 밑줄을 그어 오라 했더니 책 한 쪽에 열 개, 스무 개씩 그어 왔다. 낱말이 갈라져 적혀 있는 것에는 두 곳을 따로 그어 놓기도 했고, 읽어 보면 사람 이름인 것에도 그어 놓았다. 그래도 참고 하나하나 보기를 들어가면서 설명해 주는데, 은근히 짜증이 되살아날 땐 이따가 오라면서 보내기도 했다. 내가 바쁠 때는 그것도 모르냐면서 퉁바리를 주기도 했지만, 그 애만큼 끈질기게 책을 들고 나오는 아이는 없었다.

학년말 시험이 끝난 뒤에는 책 읽는 시간이 더욱 많아졌는데, 대부분의 아이들은 책을 읽다가도 흘끔흘끔 시계를 들여다보았다. 그리고 이것 조금, 저것 조금을 읽다가 말고 줄곧 책을 바꾸었는데 영심이는 그럴 줄을 몰랐다.

하루는 토요일과 일요일에 걸쳐 읽었다면서 책 한 권에 밑줄을 수도 없이 그어 왔다. 그런데 그 책은 앞 해에 아이들이 떠맡다시피 하여 산 반공 도서였다. 지령, 첩보, 살인귀, 일망타진…… 설명하기조차 끔찍한 말들뿐인 책이었다. 나는 영심이에게 그런 책은 좋지 않으니 보지 말라 이르고 대신 다른 책을 골라 주었다. 제가 모르는 말이 잇달아 나오면 대부분의 아이들은 곧 싫증을 내는데 영심이는 끝까지 읽어 내는 힘을 가지고 있음을 알 수 있었다.

1991년 1월

영심이를 졸업시키고 나는 그 곳을 떠나왔다. 떠나온 지 얼마 안 되어 몇 아이들의 편지를 받았다. 나도 답장을 썼다. 그 가운데에는 영심이도 들어 있었다. 영심이에게 답장을 쓸 때는 더 정성을 들였다. 나머지 아이들은 내가 이래라저래라 말하지 않아도 스스로 잘할 수 있는 아이들이었다.

영심이에게 편지를 쓸 때는 늘 할 말이 많았다. 그래서 부탁 말을 해 줄 땐 차례를 매겼다.

1. 거울을 보면서 예뻐져야겠다 생각할 것.

2. 머리를 잘 감을 것. (이틀에 한 번)

3. 이를 잘 닦을 것. (아침, 저녁)

4. 책을 열심히 읽을 것.

5. 늘 웃는 낯을 하고, 목욕을 자주 할 것.

6. 운동을 규칙 있게 하고, 날이 좋은 때는 걸어다닐 것.

7. 집 둘레의 풀이나 벌레, 새들을 지나쳐 버리지 말 것.

8. 일기를 꼬박꼬박 써 나갈 것.

그 밖에도 생각나는 건 모조리 적어 보냈다. 아마 편지마다 되풀이 적은 게 한두 가지가 아니었을 것이다. 그렇지만 그 애에게 편지를 쓸 때는 어쩐지 신이 났다.

지금까지 그래 왔듯, 앞으로 세상을 조심스레 만날 아이, 그 애는 내가 제 편지를 얼마나 좋아하는지를 아마도 모를 터였다. 그러나 그게 무슨 문제인가! 저도 모르는 사이 제 생각을 갖기 시작한 그 애에게서 이제는 내가 슬쩍 빠져 나올 때가 되지 않았을까 싶었다. 이제 영심이에겐 남들이 넘볼 수 없는 세상으로 날아갈 수 있는 날개가 생겨나 있었다.

선생님 그 동안 안녕하셨어요. 집안 식구들은 무고한지 모르겠군요. 저도 잘 있습니다. 선생님, 이번 겨울에는 눈이 늦게 내려서 그런지 눈이 올 때마다 바람이 많이 불더군요. 선생님, 저는 선생님이 이르신 대로 깨끗하게 하고 다녀도 친구를 못 사귀었어요. 아이들이 그러는데, 그 이유는 간단하대요. 그것은 애들하고 놀고 얘기도 하면서 그래야 점점 친해진대요. 선생님, 그러나 큰 걱정은 하지 않습니다. 책을 읽다 보면 시간이 가는 줄 모르게 됩니다. 선생님이 편지에다 쓰셨지요. 열심히 책을 읽고 마음 바르게 먹으면 언젠가는 좋은 친구들이 생긴다구요.

선생님, 고맙습니다. 안녕히 계세요.

1991년 3월 17일, 오영심 올림

금주는 지금 무얼 하고 있을까?

사북 초등 학교로 옮겨 간 나는 두 해 동안을 온통 그 곳 분위기에 휩싸인 채 보내고 있었다. 교사 둘이서 세 학년씩 맡아 가르치던 조그만 분교에 있다가, 한 학년이 열 학급 가까운 곳에서 살다 보니 정신이 없었다. 무엇보다도 반마다 벌이는 점수 따기 다툼이 여간 심하지 않았다. 아직 학교 생활에 풋내기였던 나는 이웃 학급을 좇느라 발버둥을 쳤으나 도대체 끝이 보이지 않았다. 잘한 반과 점수 차이가 적게는 5점에서 많게는 10점을 넘어서기 일쑤였다. 다시 말해, 그런 반에서 학력 우등생으로 일컫는 90점 이상 받은 아이들 수가 열 명을 헤아릴 때, 우리 반에선 고작 서너 명이 될까 말까 했다.

시험지를 받아 보면, 내가 모르는 문제도 섞여 있곤 했는데, 참고서 구석구석까지 다 살펴보지 못한 내 게으름 탓도 있었다. 게다가 나는 시험 정보에 밝지 못해, 우리 반 아이들은 늘 담임 잘못 만난 값을 톡톡히 치르고 있는 셈이었다.

내가 이 곳으로 옮겨 오기 전 오직 한 가지 바람은, 어서 빨리 큰 학교에 나가 한 반을 맡아 가르치면서 편안히(?) 지내보는 거였다. 세 학급 스무 명쯤보다 한 학급 쉰, 예순 명쯤은 문제 될 게 없을 것 같았다. 그러나 지금도 마찬가지지만, 가르치는 방법이 서툴렀던 나는 네 시간 오전 수업만으로도 지치곤 했다. 그래서 시간표 밖 보충 수업은 생각할 수도 없었다. 매를 들고 문제집 풀기 같은 걸 시킬 수도 있었지만, 나 자신이 아직 그런 데에 길들어 있지 못했다. 그러나 그 때 어느 반에서는 해가 질 무렵까지 아이들을 붙들어 놓고 있다가, 퍼뜩하면 교실 바닥이나 뒤뜰로 데리고 나가 갖가지 이름을 붙인 기합을 주곤 했다. 그 아이들이 안쓰럽다는 생각을 해 보면서도, 한편으론 나도 그렇게 해 볼까 하는 꾐이 맘 속에 들어오기도 했다. 하지만 끝내 그런 용기를 내지 못한 나는, '백 개 반이 있더라도 누군가는 꼴찌를 해야 하는데……' 하면서 스스로를 위로하였다.

해가 바뀌어서 나는 5학년 금주네 반 담임이 되었다. 그러나 나는 자리에 앉아 있는 금주 대신, 출석부에서 '장결'이라는 표시로 먼저 그 애를 만나게 되었다. 이름뿐, 금주처럼 오도 가도 않는 아이들이 반마다 두서너 명씩은 있었는데, 드나드는 일이 심한 탄광 마을에서 부모님들이 일처리를 제대로 하지 않은 탓이라 하여 그러려니 하고 지나쳤다.

그런데 금주를 길거리에서 본 적이 있다는 아이들이 몇 있었다. 나는 그 때서야 생활 기록부를 뒤지고 이웃 반에 들어가 금주가 사는 곳을 확인해 보았다. 우리 반에 올라 있는 다른 장기 결석 학생 둘은 어딘가로 이사를 간 게 틀림없었지만, 금주는 외딴 산마을에 아직 살고 있었다. 그래서 금주가 산다는 마을 아이를 찾아, 금주에게 학교에 나와 달라는 내 부탁을 전하도록 했다. 그래 놓고서 아무 연락 없이 사나흘 지나자, 다른 일들에 쫓긴 나는 또 금주의 일을 곧 잊어버리고 말았다.

4월이 가고 5월이 찾아왔다. 까만 개울 옆 버드나무에도 이미 물이 올라 잎이 넓어져 가고 있었다. 그 날은 하늘이 더없이 맑고 푸르렀다. 점심 시간이었는데, 밥 먹으러 가던 우리 반 두 아이가 숨을 헐떡이면서 나에게 달려왔다. 금주가 지금 학교 앞을 지나고 있다는 것이었다. 나는 그 애들을 앞세우고 운동장을 가로질러 뛰었다. 그러나 나는 선뜻 그 아이 앞으로 나서지 못했다. 제법 키가 커 보이는 그 애는, 헝클어진 머리와 철에 맞지 않는 옷, 멍해 보이는 얼굴 모습으로, 내가 뛰어오면서 그렸던 금주와는 아주 딴판이었다. 게다가 그 애는 껌을 질겅질겅 씹고 있었는데, 도대체 학교에 다녀야 할 아이로는 느껴지지가 않았다.

이윽고 나는 상기된 얼굴로 다가가 조심스레 말을 붙였다. 그러나 그 애는 내가 선생이라는 말에 눈을 둥그렇게 뜨면서 흠칫 놀랐다. 지나가던 꼬마들이 무슨 구경이라도 생긴 듯 우리 둘레에 모여들었다.

다음 날, 나는 아침부터 마음이 들떠 있었다. 그 애가 약속을 지켜 나올 것인지, 아니면 까마득히 학교를 잊어버린 듯 또 학교 길과는 다른 거리를 걸을 것인지 나는 어느 쪽에도 무게를 둘 수가 없었다. 그러나 한 가지 분명한 것은 그 애는 학교를 오고 싶어 했고, 내가 헤어질 때 "선생님이 무서워 보이니?" 하고 묻자 대답 대신 고개를 옆으로 흔들었다. 그러나 1년이 넘게 비웠던 자리를, 그 짧은 만남만으로 용기를 얻어 나와 줄 수 있을까? 알 수 없는 일이었다.

아이들이 하나 둘 학교로 와 제자리를 채우고 있었다. 그러나 금주의 자리는 학기 초 내가 처음 출석을 부를 때처럼 비어 있었다. 그리고 우리 반의 많은 아이들 가운데 누구도 안절부절못하는 내 마음을 아는 아이는 없었다. 그 때였다. 누군가가 "선생님, 금주가 복도에 와 있어요." 하고 소리쳐 알려 주었다. 내가 보니 금주는 정말로 빈 가방만을 하나 들고 서서는 선뜻 교실로 들어오지 못하고 있었다. 나는 그 애의 손을 붙들고 교실로 들어와 자리에 앉히고선, 미리 창고에서 찾아 놓았던 헌 책은 내가 쓰고, 내가 갖고 있던 새 책을 공책과 함께 금주에게 안겨 주었다.

그 뒤로 아침이면 나는 맨 먼저 금주의 자리를 살펴보았다. 시험 칠 동안에는 학교에 나오지 말고 집에 있으라는 선생님 말을 좇다가 어느 날부터인가 금주는 아예 학교 길을 끊어 버리고 말았다. 그러면서도 마음 한 구석에는 학교에 가고 싶다는 생각을 저버리지 않았던 아이였다. 아버지 또한 그저 순진하기만 했던 가난한 이 땅의 사람이었다.

책을 떠듬떠듬 읽고, 가지고 온 사탕을 동무들과 나누어 먹으면서 금주는 5학년을 마치고 6학년이 되었다. 그 동안 결석을 한 번도 하지 않았던 금주는 '하느님 도와 주세요.' 라는 제목으로 이런 시를 쓰기도 했다.

어느 날
어머니랑 아버지랑 싸우실 때
나는 하느님한테
우리 어머니하고 아버지하고
싸우지 못하게 말려 주세요, 하고
말씀드렸다.

금주가 6학년이 된 다음부터는 만나는 일이 드물었지만, 어쩌다 오가는 길에 마주치면 서로 정답게 인사를 나누었다. 그러다가 금주가 졸업을 하면서 나는 두 번 다시 그 애를 만나 볼 수 없었다.

그 애가 우리 반에 있을 때 몇 점씩을 받았는지는 기억에 없다. 그러나 요즘도 시험을 쳐서 우리 반의 어떤 아이가 성적이 나빠 나에게 언짢은 마음이라도 생길라치면 금주는 여지없이 내 앞에 나타나 환한 웃음을 짓는다. 그리고는 속삭이듯 이야기한다.

"선생님, 선생님은 그 때 저에게 공부를 못해도 된다 그랬잖아요."

그 애는 지금 어디서 무얼 하면서 지내고 있을까?

처음 만났을 때 그 나풀거리던 머리카락과 함께 그 애가 몹시 그리워진다. (1988년)

선생님, 저 혜숙인데요

풀을 맛나게 뜯고 있는 어미소는 내가 옆에 서 있는 것을 아랑곳하지 않았다. 혀를 내밀고 고개를 이리저리 돌리면서 그냥 풀만 뜯었다. 발을 옮기되 서두르는 법이 없었고, 딸랑거리는 워낭 소리는 그 누구의 귀라도 티 없이 씻어 줄 듯싶었다. 그리고 차디찬 바람에 몸을 젖히는 풀들만큼이나 소의 눈은 부드러웠다.

나는 요즘처럼 '내가 그 소와 같다면…….' 하고 생각해 본 적이 없다. 수업 준비 없이 아이들 앞에 서서 말이 많아지고 목소리가 커짐을 느낄 땐 더욱 그렇다. 나는 아이들의 이런저런 잘못을 들추어 내면서 꾸중을 많이 했다. 따라서 함부로 말을 하고 매도 매섭게 때렸다. 그래 놓고선, "아이들은 매를 맞으며 자라야 한다."는 엉뚱한 논리를 펴기도 했다. 오죽했으면 창숙이가 어느 날의 일기에다 "지켜 주시면 고맙겠습니다." 하면서 희망 사항을 열 가지나 적어 놓았을까!

1. 이야기보따리 선생님
2. 체육 시간을 잘 지켜 주는 선생님
3. 심한 농담 안 하는 선생님

4. 잘 웃기는 선생님

5. 화끈한 선생님

6. 우리들에게 지는 선생님

7. 때리지 않는 선생님

8. 노래 잘하는 선생님

9. 놀기도 잘하는 선생님

10. 어린이 마음을 아는 선생님

그 날 무슨 시간인지 나는 창숙이에게 우리 반 남학생을 가리키면서, 이다음에 이런 사람에게 시집을 가면 좋을 거라고 얘기를 했다. 그러자 듣고 있던 아이들이 한꺼번에 웃고 말았다. 일부러 골탕먹이려고 그런 건 아닌데, 창숙이는 부끄러움을 못 이긴 채 그 시간 내내 훌쩍거렸다. 가끔 아이들 맘 속을 생각진 않고, 내 맘대로 불쑥불쑥 얘기하는 버릇을 버리지 못한 탓이었다.

그리고 나는 한때 아이들을 내가 이겨 내야 할 상대로 생각한 적이 있었다. 그럴 때 나에겐 무기가 수도 없이 많았다. 어느 때라도 겁을 주고 윽박지르면 되었다. 그것을 용케도 눈치챈 창숙이가 점잖게 '져 주는 것'을 부탁하기에 이르렀다.

그런데도 나는 번번이 아이들을 꺾어 내려고만 하였다. 그러고는 나도 모르는 사이에 교실 안의 독재자가 되어 있었다. 그 누구도 내 권위에는 맞설 수가 없었고, 내 말 앞에서 아이들은 쩔쩔매었다. 만일 그 말이 먹히지 않으면 회초리가 내 말을 대신해 주었다.

그 때문에 독재자는 맘껏 게으름을 피울 수 있었다. 내가 책을 읽고 싶을 땐 아이들에게 무엇을 하라 일러 놓고 나는 내 시간을 가질 수 있었다.

그래도 내가 하는 일에 방해를 하는 놈들이 있다 싶으면 여러 사람 앞에 내세워 창피를 주는 방법 하나만으로도 나는 애들을 거뜬히 다스릴 수 있었다.

어린 애들을 키워 본 이들은 알 것이다. 아프지도 않은 아이가 칭얼대는 것은 지금 할 일이 없어 지루하다는 이야기이다. 그럴 때, 아이가 할 수 있는 재미있는 놀잇거리를 챙겨 줄 줄 아는 이야말로 어버이로서 자격이 있다. 대신 교실의 나처럼, "시끄러워, 울지 마! 너 밖으로 쫓겨날 거야? 매 어딨어?" 하고 윽박지르는 이는 한 마디로 독재자다.

내가 10분을 내어 아이들 수업 준비를 하면, 그 시간 내내 아이들은 시간 가는 줄을 모르면서 지낼 수 있다. 조금 힘에 겨워도 이겨 낸다. 그러나 그 10분을 내가 게을리했을 땐 슬금슬금 벽에 걸린 시계를 쳐다보는 아이부터, 연필 끝으로 지우개를 찔러 대는 아이까지 교실 안은 마치 헝클어진 실타래 같은 분위기가 된다. 거기에 대고 나는 소리친다. 얼굴에는 제법 위엄까지 갖추었다. "야 너희들 뭐 하고 있는 거야! 시간을 그렇게 쓰면 되겠어?"

하지만 독재자가 아무리 제 둘레를 두 겹 세 겹으로 감싼다 해도 빈틈은 열리고, 한 번 열린 그 틈은 넓어지기 마련이다. 어디 그뿐인가. 그이가 비록 몇 번의 고비를 넘겨 용케도 목숨을 지켜 왔다 한들 늙어 가는 것까지야 어찌 막을 수 있단 말인가!

겨울 방학을 며칠 남긴 무렵이었다.

학기말 시험도 끝났고 이젠 슬슬 시간만 때우면 되는데, 어쩐지 이 때만큼은 시간도 안 간다. 읽을 책을 가져오라고 했지만, 그도 한두 시간이지 내리 몇 시간을 책만 읽으라고 할 수 없다. 그래서 생각해 낸 게 앞날 배운 교과서 복습이었다. 그렇게 해 놓고 나는 내 시간을 가질 참이었다.

뺨맞기

오늘 마지막 시간에 자기가 준비해 온 공부를 했다. 내가 사회 41쪽에서 70쪽까지를 다 하고 났을 때, 성미가 무엇인가를 보라고 해서 보았다. 그 때 선생님이 뒷줄에 있는 명희, 창숙, 나, 성미 빼고 다른 여학생은 모두 가라고 했다. 우리들은 떠들었다고 다시 하라는 거였다.

나는 처음에 하지 않겠다고 했다. 그리고 아무 말 없이 앉아 있다가 책을 집으려 하는데, 선생님이 이야기를 하고 있던 창숙이와 명희에게 책을 던지고는 우리에게 왔다.

나는 뺨을 세게 맞았다. 명희는 볼을 꼬집히고, 창숙이는 밀어서 넘어졌다. 너무나 억울했다. 그리고 한 가지, 선생님이 어렸을 때 어머니가 책을 넘지 못하게 했다는 이야기를 들은 것 같다. 그런데 선생님은 책을 던졌다. (어머님 말씀도 듣지 않고.)

정말 너무했다. 나는 억울해서 눈물을 흘리면서 울었다. 오늘은 선생님이 죽도록 미웠다. 먼 훗날 선생님이 죽으면 묘 앞에 가서, "이 세상에 나쁘고 지독한 벌레들아, 임길택 선생님 송장 뜯어 먹어라." 하고 싶다. (6학년 고혜숙)

그 일이 있고 난 뒤, 나는 어서 방학이 왔으면 했다. 하루하루 아이들 만나는 게 겁이 났다. 사과를 했지만, 이미 있었던 일이 결코 지워지지 않았다. 이쯤 되면 아무리 못된 독재자라도 제풀에 꺾이고야 만다. 슬슬 백성들 눈치를 살피지 않을 수가 없다.

나는 다시 새 아이들을 만났다. 그리고 스승의 날이 가까워졌다. 옆 선생님들한텐 여기저기서 편지가 날아왔다. 나는 그 선생님들이 편지를 읽을 때마다 얼굴에 번지는 웃음을 몰래 훔쳐보곤 했다.

내일이 스승의 날이건만 그 때까지도 나에겐 엽서 한 장 날아오지 않았
다. 퇴근을 하고서도 나는 할 일을 찾지 못한 채 어슬렁대고 있었다. 그
때 어디서 전화가 왔다고 했다. 7시 무렵이었다.

"선생님, 저 혜숙인데요, 내일 스승의 날 즐겁게 보내세요."

너무나 뜻밖의 목소리에 나는 미처 대답을 못 한 채 쩔쩔매야만 했다.

내가 그 떨리는 가슴으로 밖으로 나와 어미소를 구경하고 있을 때에도,
혜숙이의 목소리는 내 귓가를 떠나지 않고 있었다. (1991년)

우리 반 영근이

학교 가까운 마을에 살고 있는 우리 반 영근이는, 저보다 아래 학년인 기석이, 4학년인 태조, 3학년인 명이와 기택이, 때론 유치원에 다니는 정민이 같은 아이들과 어울려 들판을 쏘다니거나 해가 지도록 축구를 하기도 한다. 한 마디로 골목대장인 셈이다. 그렇다고 성격이 모질거나 사나운 그런 골목대장은 아니다. 아이들이 귀한 마을에서는 나이보다는 숫자가 중요한데, 영근이도 6학년인 탓에 골목대장이지 농촌의 여느 아이들이 그렇듯 순하디순한 아이다.

늘 말이 없고 어쩌다 길거리에서 나와 만나도 씩 웃고는 도망치듯 달아나는데, 그럴 적마다 나는 그 애가 송아지 같다는 인상을 받곤 한다. 세상에 송아지처럼 자유스러운 짐승이 또 있을까! 코를 뚫게 되면서부터 먹이를 마련해 주는 주인을 위해 뼈빠지도록 일해야 했던 소들의 운명을 생각해 보면, 송아지의 자유를 쉽게 가늠해 볼 수 있을 터이다.

12월에 들어서면서 그런 영근이의 생활에 또다른 일거리 하나가 불었다. 어느 날 글쓰기 시간에 써낸 짤막한 글을 보고 알았는데, 일찍 산에 가는 일이 조금 무섭다는 거였다. 알고 보니 약을 놓아 잡는 사냥을 시작한 것이다.

내 고향 동무 가운데에도 그런 일에 빠져 있는 동무가 있었는데, 나는 그런 방법을 미개한 짓으로 돌려 버리곤 했다. 언제 꿩이며 멧토끼들이 그 너른 산에서 그걸 먹어 가도록 기다릴 것이며, 비록 그것을 먹었다 한들 그 숲 어디에서 그놈들을 찾아 낸단 말인가! 그런 생각을 아직까지 버리지 않고 있던 나에게는 혼자서 처음 해 본다는 영근이의 올 겨울 사냥 놀이가 그리 탐탁해 보이진 않았다. 그래도 마음 한 구석 끌리는 게 있어 어느 하루 약 놓은 데로 나를 데려가 달라고 부탁을 하였다.

퇴근을 한 뒤에는 금방 어두워지므로, 수업을 마치자마자 영근이가 이끄는 산골짜기로 따라나섰다. 산자락이 끝나는 개울 언저리에는 찔레 덤불이며, 여러 잡목들이 어우러져 앞으로 쉬이 나아갈 수가 없었다. 그래서 고개를 숙인 채 앞서 가는 영근이 뒤만을 나는 조심스레 밟아 나갔다. 겉옷 곳곳이 가시에 걸리고, 영근이의 몸에 당겨졌다 튕겨 나오는 나뭇가지에 얼굴을 맞으면서 찔레 열매가 탐스럽고 갈대꽃이 무성히 어우러진 곳에 이르렀다. 아까까지만 해도 생각지 못한 그런 곳이었다.

영근이는 먼저 약 놓았던 곳을 이리저리 살펴보기 시작했다. 그러더니 어치 한 마리와 어치보다 몸집이 작고 검은 잿빛을 띤 '삘찌'라는 새를 한 마리 주워 왔다. 짐승들은 약 넣은 먹이를 먹으면 그 언저리에서 멀리 가지 못한다는 거였다.

영근이는 나에게 토끼가 갉아먹은 허연 싸리나무 밑둥치말고도 토끼가 잘라 놓은 조그만 나무 줄기와 그루터기를 보여 주었다. 정말 갓 갉아먹은 자리가 뚜렷했다. 옆에는 꽂아 둔 찔레 열매를 먹지 않고 씹어 뱉어 놓은 게 보였는데, 영근이는 아주 영리한 놈의 짓일 거라고 했다. 그리고는 칡밭이 있는 언덕 한쪽을 가리키더니 토끼가 지나간 자국이라고 일러 주었다. 내 눈으로는 어떤 흔적도 찾을 수가 없었다. 그러나 영근이가 나뭇잎들이 쏠려 있는 방향을 들추어 내면서 이야기를 해 주어서야 그 흔적이 내 눈에도 들어왔다.

산수 시간만 되면 멍청히 앉아 있는 때가 많은 영근이, 그 영근이가 눈에 보이지도 않는 짐승들의 길까지 읽고 있는 것이었다. 나는 또 물었다. 꿩이 먹이를 찾아 날아들 때는 나무에 있는 찔레를 보고 날아들지, 땅에 붙어 있다시피 한 걸 보고 날아들겠느냐고. 그러자 영근이는 찔레 덤불에는 꿩이 앉질 못하지 않겠느냐고 했다. 가만히 생각해 보니 그도 그랬다. 나는 다시 영근이가 해 주는 이야기에 귀를 기울였다. 언젠가 꿩을 사로잡은 적이 있었는데, 꿩에게 쌀과 벼를 함께 주니 쌀보다는 벼를 먼저 골라 주워 먹더라는 것이다. 나는 이상하다 했고, 영근이는 당연히 그럴 거라 했다. 꿩들이 언제 쌀 같은 걸 먹어 본 적이 있었겠느냐는 데는 더 이상할 말이 없었다.

영근이는 다시 '뺏찌'를 내 보이면서 죽은 지 얼마 되지 않은 거라며 두 날개를 쫙 펴 들었다. 죽은 시간이 오래 된 것일수록 날개가 뻣뻣하고 눈 감긴 정도가 다르다는 거였다. 정말 '뺏찌'의 눈은 아직도 살아 있는 듯 촉촉이 젖어 있었다.

"영근아, 교실에서는 내가 선생이지만, 들에서는 니가 내 선생이다. 봐라, 사람마다 자기가 잘하는 것이 분명히 있단다."

등을 도닥거려 주면서 이렇게 말해 주다가 나는 문득 며칠 전 실과 시간을 떠올렸다. 정신 노동과 육체 노동이라는 말이 나와 설명해 주고 어느 쪽 일을 하겠느냐고 아이들에게 물은 적이 있었다. 두 아이만 육체 노동을 하면서 살겠다 말했는데, 물론 영근도 그 둘 가운데 하나였다. 어려운 시험을 거쳐야만 할 수 있다는 정신 노동은 아무래도 자신이 없을 터였다.

영근이가 다시 '뺏찌'의 눈가를 자세히 보라면서 나에게 건네주었다. 왜 그러냐니까, 소에 진드기가 달라붙듯 이런 새에게도 그런 게 붙는다는 거였다. 자세히 보니 정말 조그만 벌레가 새의 눈가에 보란 듯이 붙어 있었다. 하늘을 날아다니기에 그저 부러워만 했는데, 그들에게도 이런 귀찮은 것들이 따르다니! 나는 갑자기 세상이 달리 보이는 것 같았다. 그리고 하필 눈가일 건 또 뭐람! 하지만 영근이는 그것에 대해서도 시원히 설명해 주었다. 온몸이 깃털로 감싸이고 뻣뻣한 다리를 빼면 부드러운 살은 눈가, 그 조그만 데뿐이라고.

영근이가 다시 앞장을 서고, 나는 꺾어 든 갈대꽃에서 씨를 털어 내면서 걷는데, 문득 공장 생활을 하는 청년 영근이의 모습이 떠올랐다. 영근이는 이 산언저리를 그리워하다가 끝내는 돌아가 묻혀야 할 곳으로 여긴 나머지, 그 공장 생활에서 벗어날 구실을 찾느라 방황을 하고 있었다.

나는 얼른 그 생각에서 벗어나, 올 겨울 영근이가 꿩이며 멧토끼를 넉넉히 잡을 수 있길 맘 속으로 빌었다. (1991년)

옥희와 복녀, 내가 만난 첫아이들

맘 졸이면서 교단에 선 지 벌써 스무 해에 가깝다. 하지만 그 많은 시간 동안 무얼 했나 하고 되물어 보면 낯이 뜨거울 뿐이다. 그래도 저녁 하늘에 별이 돋아나듯 하나하나 그려지는 아이들이 있기에 그나마 위로를 삼는다고나 할까. 좁은 교실에서 지지고 볶으면서 시간을 나눈 아이들, 돌이켜보면 내 시간은 이 아이들로밖에 남아 있지 않다. 이제 와서는 어째볼 수 없는 일이다.

내가 첫 발령을 받아 간 곳은 화전민 마을이었다. 동해에서 솟아오른 산등성이가 숨을 쉬는 곳, 곧장 동해 바다로 나아갈 수도 있는 그런 곳이었다.

게다가 학교 다닐 적 검붉은 빛깔로 칠해진 태백 산맥은 나에게 '전설의 고장'이었다. 오직 나무들이 빽빽이 자란 온갖 산짐승들의 세상일 거라고만 여겼다. 그런데 바로 그 곳에 내가 발령을 받은 것이었다. 물론 그곳에도 논과 밭이 있고, 사람들이 살고 있었으며, 태극기가 내걸린 학교도 있었다.

남녘 너른 들판 마을에서 태어난 나는 거의 고장 밖을 벗어나 보지 못한 채 자랐다. 그 탓에 세상을 재는 내 마음 속 잣대로 눈금이 매겨지는 산녘 마을 풍경은 여러모로 나를 어리둥절하게 만들었다.

남자들, 그것도 총각이 호미를 들고 밭에 앉아 김매는 걸 보고는 웃지 않을 수 없었다. 내가 자라난 고장에서 밭일은 모두 아낙네들 몫이었다. 물론 밭을 갈고 씨를 넣는 일이야 남자들이 함께 했지만 김매는 일만은 모두 여자들이 했다. 거기에 길들여졌던 내 눈에는 총각들이 밭에 앉아 있는 게 이상할 수밖에 없었다. 손바닥만 한 논다랑이 몇 개 빼고는 밭뿐인 고장에서, 남자들이 호미를 들고 밭 매는 일이야 너무나 당연한 일인데도 그 생각을 퍼뜩 떠올리지 못했다.

옥수수 농사를 많이 짓는다기에, 나는 별다른 생각 없이 쪄 먹는 옥수수만을 떠올렸다. 그토록 단순한 생각밖에 할 줄 모르던 나에게 '옥수수쌀'이라는 말은 더더욱 이상하게 들렸다. '보리쌀'이라는 말과 똑같이 자리매김해 주어야 할 터인데도 나는 그 값을 쉬이 인정해 주려 하지 않았다. 내가 갖고 있는 것과 다르다는 까닭 하나만으로 상대를 낮추보고 멀리하려는 사람들 사이의 관계나 조금도 다를 바가 없었다.

이런 산마을에서 나는 옥희와 복녀를 만났다.

영양이 모자라 얼굴이 마르고, 조그마한 몸집을 한 이 애들은 무엇 하나 자랑거리를 가진 게 없는 것처럼 보였다. 다만 철따라 그냥 살아갈 따름이었다. 봄이면 해쑥을 뜯고, 해바른 곳에서 고무줄을 하고 놀았다. 아기를 업고 지루한 시간을 보내기도 하고, 찔레를 꺾으러 갔다가 뱀을 만나 소리를 지르기도 했다.

고삐를 잡고 소 꽁무니를 따르는데, 소란 놈이 남의 집 옥수수나 콩알을 슬쩍 감아올릴 때는 막대기로 소 엉덩이를 때려 주었다. 그러면 소는 '이크, 뜨거라!' 하는 맘으로 얼른 발걸음을 떼면서 꼬마 주인의 눈치를 살폈다.

겨울 동안, 마당 한쪽에 아버지가 패 놓은 장작을 안아다 아궁이에 불을 지피면서 감자를 넣곤 했다. 그러면 어느 새 눈치를 채고 동생들이 끼어들었다. 곁들이 한 강아지한테도 나 몰라라 할 수만은 없었다. 껍질과 함께 살을 조금씩 떼어 주는데, 순식간에 먹어 치우고선 입맛을 다시면서 또 눈을 마주했다. 그러다 보면 저녁 한때, 아궁이 앞 시간은 어느 새 어둠에 묻히고 말았다.

눈이 내린 아침에는, 눈을 뜨자마자 누가 시키지 않아도 곧장 밖으로 나왔다. 온통 하얗게 뒤덮인 산등성이마다 아침 햇살이 되비쳐 눈이 부시고, 여기저기 눈길을 내는 가래질 소리를 듣노라면 어쩐지 신이 났다. 그래서 저도 몰래 가래를 찾아들어 보지만, 이내 밀려드는 손 시림을 견디지 못해 방으로 다시 쫓겨 들어갔다. 그런데 아직도 이불 속에 있는 동생을 보니 괜히 골려 주고 싶은 맘이 일었다. 그래서 추위에 굳은 손으로 잠들어 있는 동생 목덜미와 등을 비비면서 동생을 깨웠다. 한바탕 소동이 일어나고 두 번 다시 같이 안 놀 것처럼 씩씩대지만, 아침을 먹고 나선 함께 장갑이 젖도록 눈 장난을 했다.

세 학년이 함께 공부하는 교실에서 옥희와 복녀는 4학년 때부터 세 해 동안을 나와 함께 지냈다.

좀체 찾아오는 이라곤 없는 데라 우리는 그냥 동무였다. 함께 공기놀이도 하고 제기차기도 했다. 공부 시간에 무얼 모른다고 나한테 꾸중을 듣고서도 그 시간이 지나면 우리는 곧 동무가 되었다.

옥수수가 나면 나한테 옥수수를 쪄 오기도 하고, 집으로 감자부침개를 먹으러 오라는 어머니 심부름을 하기도 했다. 찌거나 국 끓이는 것말고는 달리 감자 먹는 법을 몰랐던 나에게 감자부침개 맛은 놀라움이었다. 또 정부미를 사다 밥을 지을 때면 으레 감자를 깎아 넣어 감자밥을 지었다.

그리고 감자를 썩혀 만든 가루로 감자떡을 빚기도 했는데, 그런 독특한 음식들 하나하나가 나에게는 새로웠다.

내가 어렸을 때처럼, 마을 밖을 벗어나 본 적이 없는 이 애들은 이따금 내가 들려주는 바깥 쪽 얘기에 귀를 기울이곤 했다. 이 곳 아이들이 참나무 같은 것으로 활을 만들기에, 나는 대나무로 만들었노라고 자랑을 했다. 감을 먹어 보긴 했으나 아직 감나무를 본 적이 없는 애들에게 나는 감꽃 목걸이를 만들고 풋감을 주워 삭혀 먹던 얘길 들려주기도 했다.

눈 내리는 한겨울에 밭에서 시금치를 캐고, 붉게 피는 동백꽃을 볼 수 있다니까 아이들은 거짓말이라고 우기기도 했다. 그러면서 아이들은 나에게 어느 골에 더덕이 많은지를, 어느 골 어디쯤에 다래가 익었는지를 가르쳐 주었다. 일찍이 표고버섯이니 싸리버섯 같은 걸 그림과 말로 배울 때 나는 그렇게 답답할 수가 없었다. 그런데 이 아이들을 통해 나는 그런 것들을 눈으로 볼 수가 있었고, 냄새도 맡을 수 있었다. 소나무와 비슷한 잣나무를 교실에서 배울 때도 마찬가지였다. 비슷하다는 말만으로는 나는 아무 상상도 할 수가 없었다. 잣은 먹을 수 있는 것이고 솔씨는 먹을 수가 없다면서 어떻게 비슷하다는 말을 쓴다는 말인가? 나는 아이들이 가르쳐 준 잣나무 앞에 서서 그토록 답답해하던 때를 떠올리면서 나무를 어루만져 주었다.

마을 어른들 가운데에는 늘 술에 취해 있는 분이 많았다. 마시는 술은 주로 소주였다. 농사짓는 일말고는 할 일이 없어 농한기면 가게에 늘 사람이 몰렸다. 게다가 조그만 일만 벌어져도 그걸 구실로 술자리를 마련했다. 복녀 아버님은 이장 일까지 맡아 여기저기 술자리에 낄 때가 많았다. 그러다 보니 자잘한 농사일과 집안일들이 모두 몸이 약한 어머님 몫으로 돌아왔고, 복녀는 끝내 중학교에 갈 수가 없었다.

옥희라고 사정이 다를 바가 없었다. 이미 나이가 많은 아버님은 일을 제대로 할 수 없었다. 젊어서 워낙 술을 많이 드신 탓에 앓아 누울 때가 많았는데, 그래도 술을 보면 참아 내질 못했다. 그 때마다 옥희 어머님은 발을 동동 굴렀고, 옥희는 그 어머님 곁에서 아버지를 안타까이 바라볼 뿐이었다. 옥희는 졸업을 하자 공장에 다니기 위해 언니들이 있는 서울로 갔다. 옥희가 몇 학년 때였던가? 내가 달걀지짐을 먹는 걸 보고, "야, 고급이다야." 하고 놀라던 얼굴이 눈에 선하다.

아이들을 떠나보내던 해, 학교를 옮긴 나는 한동안 아이들을 잊고 지냈다. 같은 군 안이었지만, 끝에서 끝이었고 환경도 정반대인 탄광 마을이었다. 복녀가 한 해 쉰 뒤 중학교에 갔다는 얘길 듣고는 얼마나 기뻐했는지 모른다. 더군다나 복녀는 혼자 자취를 하면서 열심히 공부를 한다고 했다. 삼복식 교실에서 나도 제대로 가르쳐 주지 못했고 아이들 또한 양껏 배우지 못했는데, 중학교에서 얼마나 힘들까 생각하니 미안하기 짝이 없었다.

하지만 복녀는 좋은 성적으로 중학교를 마치고서, 보살핌 받으면서 공부해도 가기 힘들다는 강릉 여자 고등 학교에 합격을 했다고 했다. 그 마을에선 처음 있는 일이었다. 그런데 그 해 봄 어머님이 돌아가시자, 복녀는 끝내 석 달을 못 채우고 학교를 그만두었다. 이런 소식은 복녀에 대한 지난 일 한 가지와 함께 늘 나를 안타깝게 만들었다.

6학년 때였다. 편을 갈라 이어달리기를 하는데, 복녀가 옥희와 짝이 되어 뛰려 하지 않았다. 달리 넣거나 뺄 사람도 없었고 그대로 달리기를 하면 복녀네가 질 게 뻔했다. 그걸 안 복녀는 한사코 달리지 않겠다고 했다. 나는 지고 이기는 건 큰 문제가 안 된다면서 어르고 또 얼렀다. 그런데도 복녀는 끝내 배턴을 운동장에 내팽개치고선 돌아서 버렸다. 순간 화가 머리끝까지 오른 나는 달려가 복녀를 잡고서 발길질을 해 댔다. 복녀는 그 자리에 주저앉아 울었고, 사흘 동안이나 학교에 나오지 않았다. 우리는 흔히 "하늘과 땅은 안다."는 말을 하는데, 지금 또다시 그 때 일이 생각나는 걸 보면, 그 '하늘과 땅' 이란 바로 자기 자신일 터이다.

복녀는 학교를 그만두는 길로 부산에 있는 어떤 공장에서 일을 하면서 야간 고등 학교에 다녔다. 그 곳에서 반장을 하면서 열심히 공부한다는 편지를 보내 오곤 했다. 그러면서 고향에 있는 동생들을 하나 둘 데려다 공부를 시켰다.

소식이 끊겼던 옥희 편지를 받은 건, 몇 해 전 내가 《산골 마을 아이들》이란 동화집을 냈을 때였다. 신문에 난 기사를 보고 옥희가 연락을 해 왔다. 야간 고등 학교까지 마친 옥희는 이미 결혼을 하여 두 아이의 어머니가 되어 있었다.

이제 다시 그 아이들의 소식이 끊겼다. 그래도 그 아이들은 어디서라도 꿋꿋이 세상을 헤쳐 가리라고 믿는다. 태백 산맥 산기슭에 불던 바람들은 그 애들이 아무렇게나 살도록 결코 내버려 두지는 않을 터이기 때문이다.

지금은 그 애들이 낳은 아이들이 곧 학교에 들어갈 때에 이르렀다. 어떻게들 변했을까? 그러나 나에겐 그 애들이 조그마한 눈망울을 가진 4학년, 5학년 때의 그 얼굴로밖에는 와 닿지 않는다. (1995년)

일하는 아이들

　언제부터인가 나는 우리 나라 초등 학교의 교과서가 너무나 어렵다는 생각을 해 오고 있다. 내가 도회지 학교에서 지내보지 못하고, 맨날 농촌이나 탄광 마을 아이들만 만나며 살아온 때문인지는 모르겠으나, 교과서들은 나에게조차 너무나 어려웠다. 더군다나 가르치는 일을 교과서 안에 있는 것을 본떠 전해 주는 것인 양 생각하고 있는 속에서, 교과서는 늘 나에게 괴물로만 비쳐졌다. 물론 교과서 안에 있는 것들을 샅샅이 알 수만 있다면 그보다 더 좋은 일도 없을 터이다. 한쪽에 치우친 이념만 갖지 않을 수 있다면 말이다.

　그러나 내가 맡고 있는 아이들 현실은 늘 교과서가 바라는 것에 턱없이 미치지 못한다. 생활과는 전혀 다른 이야기가 거의 모두인 데다, 가을이 오면 많은 시간을 일에 빼앗기면서 살아야 하는 아이들에겐 이래저래 책을 외워야 하는 공부라는 게 두려운 그 무엇이 아닐 수 없다.

　수업이 있는 날이면 나는 늘 아이들이 교실에 들어오자마자 내 책상 위에 올려놓는 일기장이나, 이따금 저희들 생활을 적어 내놓는 글들을 읽는다. 그 때마다 나는, 나도 모르는 새 아이들이 들려주는 이야기 속에 묻히곤 한다. 누구에게 보여 주려고 부러 꾸며 쓰지 않은 이야기들은 바로 아이들의 삶을 그대로 들려주고 있다. 그리고 그 이야기들 속에서 나는 내 어린 시절을 다시 찾아보기도 한다.

고추 따기

요즘 우리 집에는 고추 따기를 많이 한다. 왜냐하면 날씨가 점점 춥기 때문이다. 오늘도 엄마랑 같이 고추 따러 집 뒤로 갔다. 조그마한 고추가 많이 달려 있었다. 나는 그것을 보고 지금도 이런 고추가 있나 하고 생각했다. 나는 엄마한테 "지금도 꽃이 피어 있어요." 하니, "따다 보면 꽃이 있는 곳도 있고 없는 곳도 있다."고 했다. 나는 또 고추를 열심히 땄다. (이영미)

콩 줍기

학교에서 돌아와 보니 마당에 콩이 많이 있었다. 그래서 내가 바가지를 가지고 주웠다. 검정콩이라서 줍기가 좋았다. 나 혼자 주우니까 언제 다 줍나 하는 생각이 들어서 상수를 데리고 같이 주웠다. 재미가 있었다. 한참 줍다가 상수는 하기가 싫은가 놀러 갔다. 나는 혼자 줍는데 이런 생각이 들었다. 말동무라도 있었으면. (이영미)

아버지가 목수일을 하기 위해 밖에 나가 계시기 때문에 농사일은 어머니와 같이 지어야 하는 영미는 말 그대로 농사꾼이다. 농사꾼 영미는 일을 하면서 책 속에 없는 것들을 배워 나간다. 고추꽃이 가을에 피고 있음을 아는 아이가 몇이나 될까? 그리고 6학년은 영미 혼자뿐인 그 마을에서 영미의 키는 유달리 크다. 그래서인지 영미는 더 외로워 보인다.

팥

엄마가 팥을 널어놓았는데 강아지가 자꾸만 그 팥을 흩어 놓았다. 팥 위에서 장난도 치고 뛰어다닐 때 팥이 덕석 밖으로 튀어나갔다. 나는 그런 개를 야단쳤다. 우리들은 팥 하나라도 더 하려는데 강아지가 그것을 못 하게 하는 것 같았다. 널어놓은 팥이 튕겨 나간 것을 주우면 한 주먹은 될 것이다. (박성미)

물

엄마가 배추에 물비료를 주어야 한다며 날 따라오라고 하였다. 나는 파란 물통을 들고 엄마 따라 배추밭에 갔다. 배추가 촘촘히 심어져 있었다. 파란 물통에 물을 담아 들고 배추밭에 왔다 갔다를 몇 번이나 하니 팔이 아팠다. 엄마는 나보다 큰 물통에 물을 이고 갔다. 참 힘들었다. 오른쪽 손으로 들고 가니 오른쪽으로 기울어 왼쪽 허리가 아팠다. 그래도 쉬어 가면서 하였다. (박성미)

성미도 제 마을에 6학년이 저 혼자뿐이다. 성미는 언젠가 '학교 길'이라는 시에다 이슬과 같이 가고 싶지만 날아가 버리고, 해님과 같이 가고 싶지만 너무 멀리 있다고 쓴 적이 있다.

벼 모으기

저 너머에 타작하려고 벼 모으러 갔다. 귀연이와 수경이도 같이 갔다. 수경이는 잠이 온다고 해서 비닐을 펴 놓고 잠을 잤다. 내가 일을 하니까 같이 볏단을 날라 주었다. 말동무가 있으니까 심심하지도 않고 재미가 있었다. 우리는 네 단이나 여섯 단씩 날랐다. 기분이 참 좋았다. (곽명희)

타작하기

오늘은 뒷들 논에서 타작을 하였다. 일꾼은 나까지 해서 여섯 명이었다. 나는 짚 던지는 일을 했다. 어제도 짚 던지기를 하고 오늘도 하니 팔이 너무 아팠다. 오늘 타작한 것도 어제 하려고 했는데 힘이 들어서 오늘 했다. 기계가 가끔 고장이 났다. 아마 조금 쉬었다 하라고 그랬을 거다. 목이 까꺼럽고 힘이 들었다. (곽명희)

나도 올가을 틈을 내어 벼를 베고 타작하는 데도 쫓아다녔다. 타작할 때 기계가 고장나면 짜증부터 났는데, 명희는 "조금 쉬었다 하라고 그랬을 꺼다."라고 했다. 어찌 내가 이 아이들을 가르치고 있다고 말을 할 수 있겠는가!

타작

학교에서 늦게 돌아와 타작하러 따라갔다. 창숙이네 아빠와 엄마가 우리 일을 해 줘서 쉬웠다. 나는 짚 던지는 일을 하였다. 하다가 잘못 던져서 짚 쌓는 아빠 얼굴도 맞히고 해서 아빠와 한바탕 웃었다. 목이 까칠까칠해서 짜증이 났다. 타작을 하고 나니 밤이었다. 밥을 먹으러 오니 모두 머리가 하얗게 되어 있었다. (고혜숙)

자연 숙제

아침부터 자연 숙제 때문에 아주 서둘렀다. 나는 언니와 9시에 표를 해 두고, 뒷밭에 가서 콩과 옥수수를 따 와서 10시에 표를 하였다. 그리고 뒷밭에 꺾어 놓은 콩을 이고 와 또 표를 해 두고, 외갓집에서 감 따다 달려와서도 표를 했다. 그리고 계속해서 두 번을 반복했다. 마지막 한 번의 표를 해 둘 4시째 접어들어 갈 때 아빠가 벼 싣고 온다고 치우라고 했다. 아빠가 한참 있다가 5분 남았는데 오셨다. 나는 발을 동동 굴렀다. 그걸 보고 아빠가 골목에서 경운기를 세우고 기다리셨다. 나는 정말 시곗바늘을 돌리고 싶었다. 다 하고 나니 마음이 아주 편했다. (고혜숙)

농사철을 헤아리지 않고 태양의 고도와 그림자 길이를 재는 숙제를 내주었을 때 아이들은 시간이 없다고 아우성이었다. 그래서 할 사람만 하라 했더니 혜숙이는 그 날 그 고생을 했다. 그 일기를 읽을 때 나는 나도 모르게 내 가슴이 뚝 멈추어 서는 기분이었다. (1990년)

엄마도 젊어졌으면 좋겠어요

어쩌다 뜻밖의 말을 하여 어른들을 깜짝 놀라게 할 때도 있지만, 아이들은 그냥 아이일 따름이다. 순간순간 다가오는 아이들은 말썽꾸러기로 속태울 일만을 많이 날라 온다. 형제끼리 싸우질 않나, 책이라도 좀 들여다보았으면 좋으련만 텔레비전 앞에만 앉아 있질 않나. 그래서 오죽하면 빈말이라도 이런 말들을 다 할까!

"자식들만 없으면 무슨 걱정이 있어요? 얼마든지 잘 먹고 잘 살 수 있지."

자식을 가져 보지 못한 이들이 이 말을 들으면, "복이 터지니까 못 하는 말이 없다."면서 노여워할지 모르지만, 아이들이란 아무리 보아도 '업' 그 이상이다.

아이들이 써 오는 일기를 들여다보아도 꾸중들은 일이 많지, 칭찬받은 이야기는 거의 눈에 띄지 않는다. 아이들 밭에서 사는 내가 본 바로, 아이들은 물 같아서 그냥 흘러갈 따름이지 어른들처럼 이쪽 저쪽 눈치를 살피면서 가는 길을 멈추지는 않는다. 그 때문에 어른들에겐 늘 아이들 하는 일이 눈에 찰 리가 없다. 그러다가도 마지못해 "저만하면 됐어!" 하면서 스스로 위안거리를 마련해 슬그머니 타협하기도 한다.

10월이 끝나 갈 무렵의 어느 날 글쓰기 시간이었다. 글감을 찾다가 들에서 일하는 어른들을 보고 어머께 편지를 써 보자고 했다. 이 날 아이들이 쓴 편지에서 나는 모처럼 아이들이 깊이 감추었던 속마음을 읽어 내곤 혼자 좋아라 했다. 한 마디로 행운을 얻은 셈이었다.

단풍이 들어 가는 이 계절에 우리 때문에 단풍 구경도 못 가시는 어머니, 죄송합니다.

복자가 쓴 편지의 첫머리다. 날마다 운동장 너머로 일하는 분들을 보면서 나는, '일하느라 힘드시겠구나!' 생각했지, '남들 다 가는 단풍 구경도 못 가고 일만 하시는구나!' 하는 생각만은 미처 떠올리지 못했다.
복자는 이렇게 이어 나갔다.

지금은 눈만 뜨면 가을걷이 때문에 일 나가고, 밤잠도 제대로 이루지 못하면서 우리가 잘 크기만을 바라시는 어머니.

반에서 가장 키가 작아 꼬마라는 별명을 지니고 있는 복자, 그 애의 어디에서 이토록 힘있는 말이 나올 수 있었을까?
복자가 한 다음 말을 더 따라가 보자.

학교에 가서 공부를 하고 점심을 먹을 때, 엄마의 손으로 담근 김치가 쥐포나 단무지보다 더 맛있었어요. 고무 장갑을 끼지 않고 직접 손으로 담가 엄마 손때가 든 김치가 세상 누가 만든 것보다 맛있었어요.

끼니조차 제때에 챙겨 먹지 못하면서 가을일에 묻혀 지낼지라도, 복자 어머니야말로 이 세상에서 가장 행복한 분이겠다 싶었다.

한편 아버지가 돌아가시어 일찍이 혼자가 된 어머니를 모시고 사는 경영이도 이렇게 어머니 걱정을 하고 있었다.

……엄마를 바라볼 때마다 너무 안쓰러워요. 다른 엄마들은 자꾸 젊어지는 것 같은데, 엄마는 손도 거칠어지고 이마에 주름살도 하나씩 더 늘어나는 것 같아요. 엄마도 아무 걱정 없이 얼굴도 젊어지고 마음도 젊어졌으면 좋겠어요.

그리고 항상 웃으면서 지냈으면 해요. 어제 밭에 감 따러 갔을 때, 내가 나무 위에서 감 흔드는 것을 보고 웃으시니 저도 기뻤어요. 더 웃겨 드리고 싶었어요. 저는 웃는 엄마가 참 좋아요. 엄마, 저도 이제 컸으니 제 걱정은 마세요. 걱정 하나 던 셈이라고 생각하세요.

엄마, 그럼 줄일게요. 날씨 추운데 몸조리 잘 하세요.

아이들한테 늘 무얼 못 한다고만 이야기했는데, 나는 이놈들이 무섭다는 생각이 들기도 했다.

혜원이 또한 한층 가까운 곳에서 어머니를 만나고 있었다.

혜원이가 사는 데는 늘목이란 곳으로, 이 곳에서 가장 높은 데에 있는 마을이다. 내가 마을이라는 말을 썼지만 사실은 맞는 말이 아니다. 그 곳에는 혜원이네 혼자만 살고 있기 때문이다. 물론 처음부터 그런 건 아니었다. 대여섯 집이 모여 있던 곳인데 모두들 떠나고, 거꾸로 혜원이네는 서울에서 이 곳으로 살러 들어왔다. 농사를 지으면서 돼지 키우는 일을 하는 아버지, 어머니를 돕는 혜원이는 동생과 함께 먼 길을 걸어 나와 버스를 타고 학교에 다닌다.

고구마를 심어 놓으면 노루란 놈들이 와 뜯어 먹고, 대추나무를 심어 놓으면 토끼란 놈들이 밑동을 갉아 못 쓰게 하기도 한다. 가을이면 눈길 끝자락 언덕까지 억새꽃이 눈부신데, 나는 가끔 혜원이를 그 억새꽃 같은 아이라고 생각하곤 했다.

어머니, 농사일을 하느라 고생이 참 많으셨어요. 아버지는 돼지우리에서 돼지를 돌보느라 바쁘고, 어머니는 혼자 땡볕에서 나락을 다 베셨지요. 저희들이 다음 추수 때까지 걱정 없이 살아갈 수 있는 것은 그런 어머니의 노력 때문입니다. 정말 고맙습니다.

어머니 생신날이 하필이면 타작하는 날이라 미역국도 못 먹고 하루 종일 일만 하셨지요. 그 날 너무 미안했어요. 다음부터는 제가 미역국을 끓여 드리도록 할게요.

오늘 새벽엔 아버지가 서울에 가서, 아버지 일까지 도맡아 해야 하니 얼마나 고생이 많으시겠어요. 아버지는 그래도 시간을 내어 친구 분들을 만나곤 하지만, 어머니는 속썩이는 저희 두 남매 뒷바라지하느라 어디 한번 제대로 못 가시고…….

어머니는 또 입고 싶은 옷이 있어도 잘 사 입지 않고, 먹고 싶은 것 있어도 꾹 참으시죠. 이젠 어머니가 하고 싶은 일이 있으면 하세요. 참지만 마시고요. 그리고 제가 할 수 있는 일 같으면 언제든 시키세요. 어머니를 위한 일이라면 무슨 일이든 하겠어요.

어머니, 저는 어머니 손이 참 좋아요. 일을 하시느라 꺼칠꺼칠하고 까맣게 되었지만 참 따뜻해요. 또 어머니가 좋아요. 옆에 있기만 해도 어쩐지 기분이 좋아져요. 어머니도 제가 좋았으면 해요.

오늘 아침에 새끼돼지 받느라고 고생하셨어요. 어머니가 받은 새끼
돼지는 무럭무럭 자랄 거예요. 이 편지를 읽고 어머니와 저 사이가 더
좋아졌으면 해요.

어머니, 그럼 다음에 또 편지할게요.

이 날 나는 수업을 마치고 떠나는 아이들에게 현관까지 따라가 잘 가라
고 배웅을 했다. 그들과 나 사이가 더 가까워진 느낌이었다. (1991년)

아이들의 눈물

새로 아이들을 맡으면 나는 그 아이들이 어떤 생각을 하고 있을까 몹시 궁금하다. 그래서 일기를 꼬박꼬박 써 오도록 잘 어르고, 틈을 내어 글 쓰는 시간도 갖는다. 애들이 뭘 알겠느냐고 생각해 버리기 쉽지만, 아이들의 삶처럼 다양한 것도 드물다. 그래서 어떨 땐 나는 아이들이 바람 같다는 생각을 해 본다. 금방 이 곳에서 놀고 있던 아이들이 조금 있다 보면 산등성이에서 돌아다니고 있다. 어른인 내가 보기에는 도대체 무얼 하는지 알 수가 없다. 그런데도 그 애들은 뭐라고 도란거리면서 저희들끼리 잘도 어울린다.

그러면 그런 아이들을 괴롭히는 것은 무엇일까? 아마도 많은 사람들은 공부를 먼저 떠올릴 법하다. 그러나 그것은 또래의 아이들이라면 모두 겪는 것이라 볼 수 있으니까 빼도록 하자. 그렇다면 그 다음에는 무얼까? 가난? 우리 어른들 눈으로 볼 땐 분명히 그것일 것 같은데 아이들은 그걸 심하게 몸으로 느끼는 것 같지는 않다. 집세를 못 내서 끙끙댄다거나 당장 끓일 게 없다면 별문제인데, 농촌 생활이란 너나없이 그만그만하고 또 먹고 자는 걱정들은 거의 안 한다고 볼 수 있다. 때문에 가난 문제가 이곳 아이들의 글 속에서 절실히 다뤄지는 일은 드물다. 그 대신 어른들의 싸움이나 술은 아이들을 곧잘 벼랑 끝으로 내몰곤 한다.

　오늘은 타작을 한다고 해서 나는 빨리 집으로 왔다. 타작을 많이 하였다. 아버지는 술을 조금 드셨다. 나는 아버지가 술 먹는 것이 싫었다. 술을 많이 드시면 싸움을 하기 때문에 나는 더 싫었던 거다. 그 때마다 술을 어디에다 버리고 싶은 마음이었다. 아버지는 혼자서 씨부리고 계셨다. 내가 가자고 하였다. 집에 와서 아버지는 싸움을 하셨다. 그 때마다 말렸지만 안 되었다. (6학년 남자 아이)

아버지가 술을 먹고 "씨부리지"만, 그래도 나는 그 아버지를 모시고 집에 가야만 한다. 그리고 타작은 끝났다. 하지만 벼 자루를 집으로 날라야 하고 아직도 일은 많은데, 아버지는 술을 힘 삼아 이제 싸움까지 하신다. 이럴 때면 아이들은 어디로 가야 할까? 문제는 여기서 끝나는 게 아니다. 이런 아버지를 둔 아이는 이 다음에 또 그 아버지의 술주정을 만나야만 한다.

　공부를 마치고 집으로 왔다. 집에 오니까 할머니와 아버지가 싸움을 하였다. 나는 처음에는 조금 말리다가 안 되어 밖으로 나갔다. 숲에서 혼자 가만히 누워 있었다. 일어나서 집에 가 보니 그래도 싸우고 있었다. 나는 눈물이 나올 것만 같았다. 오래 있다가 옆집 아줌마가 할머니를 데려가니까 싸움이 끝났다. 엄마가 밥을 가지고 오셨다. 나는 먹기가 싫었다. 나는 먹지 않고 방에서 잠을 자려고 하니까 잠이 오지 않았다. 할머니를 기다렸다. 할머니가 오길래 나는 할머니하고 잠을 같이 잤다. (6학년 남자 아이)

아이는 싸움을 말리다 말고는 집을 나와 숲에 누워 있었다고 썼다. 그 때 아이가 무슨 생각을 했는지는 알 수가 없지만, 행여 죽어 버려야겠다는 생각을 해 보진 않았을까? 그랬을 때, 이제까지 무심한 것만 같았던 하늘, 구름, 나무 들이 그게 아니라면서 참으라고 달래 주지는 않았을까? 정말이지 싸울 일이 있다 해도 어른들은 아이들 몰래 싸울 일이다.

학교에서 공부가 끝나고 혼자 집에 걸어왔다. 엄마가 외갓집에서 올 것을 생각하니, 공부가 빨리 끝났으면 하는 생각이 들었다. 집에 막상 들어와 보니 엄마도 없고 아빠도 안 계셨다. 나는 울고 싶었다.

큰방에 혼자 있으니 정말 이상한 기분이 들었다. 나는 책가방을 풀어놓고 종문이 오빠 집으로 가 보았다. 아빠는 계시지 않았다. 이 집 저 집 찾아가 보지도 못하고 어깨가 축 늘어진 채 방에 들어와 부엌으로 나갔다. 부엌 바닥엔 물이 괴어 있었다. 빗자루로 모으고 작은 그릇으로 퍼 담았다. 다 모으고 행주로 닦았다.

나는 방에 들어와 엄마의 전화를 기다리고 있었다. 엄마는 택시로 집에 들어왔다. 그 땐 아빠도 술이 많이 취해 있었다. 우리 아빠가 술 취한 것을 연석이가 보았다. 나는 연석이가 미워 미칠 지경이었다. 연석이는 우리 아빠 술 취한 것을 나와 싸울 때 아이들에게 알린다. 나는 그게 부끄럽다. (6학년 여자 아이)

이런 글을 읽을 때면, 나는 어렸을 적 기억들을 떠올려 보곤 한다.

어머님이 일찍 돌아가셨던 우리 집에는 새어머니가 들고 나곤 했는데, 그 때마다 어쩐지 아버지와 큰형님네가 싸우는 것이었다. 그 속내를 깊이까진 알 수 없었던 나로서는 옆에서 누구의 편도 들 수가 없었다.

그러나 무엇보다도 어린 나를 질리게 만들었던 것은 담장 너머로 이웃 사람들이 쭈뼛쭈뼛 고개를 내밀고 우리 집 구경을 하는 일이었다. 정말이 지 어린 내 마음에도 이 세상 어디론지 날아가 다시는 이 땅으로 되돌아 오고 싶은 마음이 없었다.

엄마와 언니, 아빠와 같이 나무 껍데기를 벗겼다.

아빠는 집에 들어가더니 녹음기를 크게 틀어 놓았다. 술을 한잔하고 있 었다.

아빠가 여러 가지 트집을 잡아 또 싸울라고 했다. 이제는 싸우는 것 도 너무 질렸다.

그런데 큰 싸움이 벌어졌다. 아빠가 옆에 칼을 놓고 죽을라고 했다.

그 때 전화가 왔다. 나는 살짝 들어가 칼을 빼 왔다.

아빠가 내가 나가는 것을 보았다. 금방 알아채고는 날뛰었다. 언니 가 빨리 어른들을 불러 오라고 했다.

현진이네 엄마가 왔다. 옆집 할머니도 왔다. 가장 큰 싸움이었다.

오늘 일로 우리 식구들에겐 마음에 상처가 많이 났다. 엄마가 너무 불쌍하다. (6학년 여자 아이)

참으로 마음이 고운 아이인데, 아버지가 술 때문에 싸우는 이야기를 종 종 써 오곤 했다. 그럴 때면 나는 뭐라 위로해 줄 말을 찾을 수가 없었다. 대신 아이들 가슴에 못박는 일을 하는 어른들이야말로 가장 큰 죄인이라 는 생각만 해 볼 뿐이었다. (1991년)

그래도 촌아이들은 잘 자란다

그러께 이 곳으로 처음으로 이사 와 아이들을 만났을 적에, 나는 이 아이들이 도회지 아이들과 무엇이 서로 다를까를 생각해 보았다. 그도 그럴 것이 네 살과 다섯 살 되는 꼬마 둘을 집에 두고 있는 나로서, 그 애들을 어렸을 적에나마 시골에서 키워 보자는 욕심으로 찾아온 마을이기 때문이었다.

그러나 열두 아이들로도 꽉 찬 조그만 교실에서 시간이 흘러 이제 스스럼없을 때가 되었음 직한데도 여전히 부끄럼이 남아 있고, 공부 시간에 말을 잘 하려 들지 않는 것말고는 여느 도회지 아이들이나 다를 바가 없겠다는 생각을 웬만큼 굳히고 있었다. 꼬부랑글씨가 이리저리 무슨 뜻인지도 모르게 박혀 있는 옷이나, 값은 좀 쌀지 모르나 텔레비전 선전에 나오는 것과 비슷한 신이, 이쪽 아이들과 도회지 아이들이 거기서 거기라고 느끼게 하는 데 적잖은 구실을 했다.

동무를 그리던 우리 집 아이

우리 집 꼬마들에겐 탄광 마을 큰 학교 관사에 살 때와 같은 가까운 동무들이 여기 울타리 안에 하나도 없었다. 게다가 밖으로 놀러 나가도 몇 안 되는 제 동무들이 하는 놀이조차 제대로 따라 하지 못했으니, 언니뻘 되는 아이들은 아예 끼워 주지도 않았다. 그 탓에 처음에 우리 집 아이들은 걸핏하면 다른 데로 이사 가자고 떼를 썼다. 그래서 나와 아이 엄마는 곧 자라 오를 수많은 풀과 나무들 또 강물에 사는 물고기들 모두가 머지않아 좋은 동무가 되어 줄 거라면서 두 꼬마를 구슬려야만 했다.

겨우내 묵혀 두었던 논을 갈고, 못자리를 한 뒤에 논마다 물을 대기 시작했다. 그러자 못자리를 만들 때부터 한두 마리씩 울던 개구리가 이윽고 우리 집 앞 온 들판을 터 삼아 왕궁을 세우고 있었다. 비가 오는 날에는 서로 주고받는 낭랑한 목소리가 산골짜기를 덮고도 남아 하늘까지 채우는 듯했다.

어느 한가한 초저녁, 두 아이들을 데리고 마당가에 나와 개구리들이 어떻게 우는지 잘 들어 보라고 했다. 그러자 맏이 울밑이 "개굴개굴"이라고 대뜸 받았다. 짐작한 대로였다. 그래서 나는, 그 소리는 책을 쓴 아저씨가 들은 개구리 소리이고 너희는 너희들 귀로 잘 들은 뒤에 말하라고 했더니, "꽉꽉", "꽈르르꽈르르", "굴개굴개" 하면서 수도 없이 찾아 냈다. 나는 잘 찾았다면서 등을 두드려 주고, 그렇게 이 세상의 모든 걸 자기 귀로 듣고 자기 눈으로 볼 줄 알아야 한다고 말해 주었다.

그 개구리 울음소리들도 사라진 7월 초가 되었다. 서울에 무슨 볼일이 있어 공교롭게도 다섯 살인 맏이를 데리고 다녀와야 했다. 기차를 타려면 개울을 따라 이십 리 남짓을 걸어야 하기 때문에, 아이와는 미리 업어 달라고 하면 데리고 갈 수 없다는 약속을 했다. 그리하여 중학생 하나라도 집에 두기 힘들던 때, 이 마을 학생이라면 그 추운 겨울에도 으레 걸어야 했던 길을 우리 아이에게도 어렵사리 걷게 하여 서울 가는 기차를 타도록 했다.

서울 큰어머니 집에서 하룻밤을 묵고 되돌아오던 기차 안에서였다. 차창 밖으로 젖소도 보고 과수원도 지나친 때였다. 아이가 뜻밖에도 서울에는 왜 개구리들이 없냐고 생각지 않은 것을 물어 봤다. 그래서 무어라 뾰족한 대답은 찾지 못하고, 사람들이 많이 모여 살아 개구리들이 모두 쫓겨 갔노라 이야기해 주었다. 그리고 서울에서 본 다른 것들이 무엇인지 알아보려고 말을 꺼내려는데, 아이는 여유를 주지 않고, 서울 아이들은 왜 살결이 하얗고 저는 검은지를 물었다. 그 순간에 나는 무엇으로 한 대 얻어맞은 듯한 기분이 들어 망설이다가, 누가 그러더냐고 가까스로 물으니 큰엄마랑 이웃집 아주머니들이 촌년 왔다고 놀린다면서 눈물을 글썽거렸다. 안쓰럽기도 하고 한편 우스운 마음도 들었지만, 한껏 마음을 눅여, "니가 좋아서 건강해지라고 해님이 자주 놀러 와서 그래." 하면서 달랬다. 그리고는 지나가는 아이스크림 장사를 세워 콘 한 개를 들려 주었다.

어느 미술 시간

아이들 보는 잣대를 점수로 매기다 보니 내 생각과는 달리 산수 문제 풀이 하나 더 잘하는 아이 얼굴이 예뻐 보이고, 그렇지 못한 아이들에겐 몇 학년인데 이런 것도 못하느냐고 주눅들게 하기가 일쑤였다. 그런 내 고약한 버릇을 뜯어고쳐 준 일이 일어났다. 그 때까지만 해도 나는 우리 교과서라는 것이, 우리가 흔히 일컫는 문화를 더 누린 아이들 쪽을 본보기로 해서 만들어졌다는 것을 이해하지 못하고 있었다. 그래서 한편으로는 미더우면서도 가르치는 만큼 따라오지 못하는 듯한 아이들을 더러 한심스럽게 생각하곤 했다. 오죽했으면 지난 해에 5학년인 영훈이는 간식이라는 말이 무엇이냐고 실과 시간에 물어 왔을까! 찔레, 오디, 산딸기, 꽈리, 보리장 같은 훌륭한 간식들을 스스로 찾아 먹으면서도.

그 날은 아침부터 부슬부슬 내리던 비가 수업이 시작될 쯤부턴 제법 옷을 적실 만큼 차분히 내리고 있었다. 산으로만 꽉 막힌 마을에, 그것도 월요일부터 비가 내리는 것은 썩 기분 좋은 일은 아니었다. 그런 날은 어쩐지 무엇에 갇힌 듯한 느낌과, 푸른 하늘을 이제 영원히 구경하기 힘들겠다는 막연한 생각이 함께 들곤 했다.

둘째 시간이 끝나고서 버릇처럼 비구름이 오락가락하는 산녘을 바라보다 말고, "오늘 무슨 공부 하기로 했지?" 하면서 지나는 말투로 아이들에게 물었다. 셋째, 넷째 시간은 미술이었는데, 지난 주에 이야기해 준 이 시간에 할 일을 나는 까마득히 잊고 있었다. "찰흙 만들기요." 아이들은 약속이나 한 듯이 대답했지만, 그 말을 듣는 순간, 밖으로 나갈 수도 없고 그렇다고 찰흙덩이가 교실 바닥에 떨어지는 것도 그렇고, 또 이렇게 비가 오는데 누가 얼마나 준비해 왔겠나 싶은 마음이 들어 다른 걸 하자고 했다. 그랬더니 아이들은 너나없이 그럴 수 없다면서 한 마디로 펄펄 뛰었다.

앞 학교에서 6학년을 맡았을 때도 1학년을 맡았을 때도 나는 찰흙 만들기에 웬만큼 질려 있었다. "좋아하는 동물 만들어 보자.", "자기 짝 얼굴 만들도록 해라.", "잘 만들어 보자." 하는 게 고작 내가 가르치는 방법이기도 했거니와, 아이들은 그 흔한 흙조차 파 올 줄을 몰랐다. 박물관에 전시할 것도 아니니 아무 흙이나 이겨지는 걸로 넉넉히 준비해 오라 해도, 가게에서 무얼 사는 데만 길들여진 아이들은 그저 손바닥만 한 반대기를 5십 원, 백 원짜리 동전과 바꿔 왔다. 그리고는 기껏 만든다는 게, 좋아하는 동물이나 동무 얼굴은 잊은 지 오래고, 탱크나 권총 나부랭이를 빚어 대기 일쑤였다. 그래서 어떤 땐, 찰흙을 사지 않고 파 오면 미술에 '수'를 주겠다고 구슬려 보기도 했지만 먹혀들지 않아서 그만둔 게 한두 번이 아니었다.

나는 아이들에게 그럼 할 수 없다는 듯이 "비도 오고 그러니 제발 흙덩이가 마루에 떨어지지 않도록 조심하여 준비한 게 있으면 가져오너라." 했더니 웬걸, "안 가져왔으면 나눠 쓰지요." 하면서 아이들은 낑낑거리면서 찰흙을 날라 왔다. 3학년 동생 상순이에게 책가방을 들리고서 "이고 오느라 대가리가 빠질 뻔했다."는 희순이는 사태 난 곳에서 판 까만 찰흙을 '거북표 복합 비료' 포대에 4분의 1쯤 담아 왔고, 인자도 낭떠러지에서 호미질 했다는 빨간 진흙을 '황금표 벼 복합 비료' 포대에다 희순이만큼 넣어 왔다. 그 밖에도 비닐 봉지에 싸서 마치 떡 자루처럼 한 무더기씩 가져왔는데, 뚝뚝 빗물이 마룻바닥에 떨어지는 걸 보고서도 나는 그만 껄껄 웃고 말았다. 무슨 말이 필요 없었다. 그리고 남자 아이 둘이 빈손으로 왔으나 괜찮았다. 내가 뭐라 이르기도 전에 저희가 알아서 나눠 주고 있었다. 그러고선, "좋다. 만들고 싶은 것 잘 만들어 보자."는 내 말이 떨어지기가 무섭게, 탕탕, 쿵덕쿵덕하면서 여기저기서 찰흙으로 책상을 두드려 대기 시작했다. 나는 "제발 살살해라." 하면서도 연실 벌어지는 입을 어쩔 수가 없었다. 조금만 귀 기울여도 칸막이 너머 옆 반 선생님의 목소리가 또렷이 들릴 만큼 벽이 얇은 교실에서, 아이들은 처음에는 듣는 척하다가도 이내 저희들 마음대로였다.

오늘따라 아버지가 임계에 예비군 훈련을 나가고, 어머니 또한 물 건너 밭으로 일을 나가서 혼자 되어 운동장으로 나온 은정이를 옆자리에 앉히고 순녀는 상상 속에서 사귀었다는 예쁜 여자 아이를 빚고 있었다. 제 붉은 흙으로는 얼굴을 만들고, 희순이가 가져온 검은빛 나는 흙으로 엿가락 모양의 머리카락을 만들어 죽죽 늘어뜨려 놓은 게 정말 꿈 속의 아이마냥 모양이 독특했다. 은정이도 그 옆에서 질세라 열심히 흙을 주물러 눈과 코와 입 모두가 머리에 붙어 있는 토끼를 만들고 있었다.

나는 아이들이 찰흙놀이에 빠져 있는 틈틈이 창 밖을 내다보곤 했다. 그러다 책상 위를 둘러보면 아이들마다 한 움큼씩 쥐고 주물러 대는 흙의 감촉이 내 손에까지 느껴지는 듯했다. 조용하다가도 누가 한 마디만 던지면 금방 말들이 봇물 터지듯 하는데, 제 짝을 닮지 않았다고 엄살을 부리기도 하고, "내가 뭐 이렇게 못났냐?" 능청을 떨면서 은근히 다른 시간보다 재미있다고 히히거렸다. 이놈들 가운데는 더러 주워 모은 휴지를 슬쩍 회양나무 가지 사이에 찔러 놓고서 시침을 뚝 떼는 녀석들도 없진 않았지만, 그 날 내내 비가 내렸는데도 나는 들뜬 채로 하루를 보냈다.

스스로 배우는 아이들

이 곳 아이들은 2학년만 되면 벌써 저희들끼리 천렵을 하러 간다. 밀가루 부침개가 까맣게 타도 맛이 있고, 한 조각씩 부수어 먹는 라면이 또 그렇게 먹음직스러울 수가 없다. 가릴 것이 많은 도회지 아이들에 견주어 가리는 게 너무 없어 흠인지 모르지만, 모든 것을 저희들끼리 배우고 저희들끼리 익혀 나간다.

지난 6월 어느 토요일에, 두 시가 되면 윗마을 강가로 올라와 달라는 순희와 귀옥이의 부탁을 받고 나는 천 원짜리 산도 과자 한 통을 사 들고 그 곳으로 갔다. 4, 5, 6학년 여자 아이들은 위쪽에 자리를 잡고, 6학년 남자 아이들은 아래쪽에 살림을 차려 놓고 그 때까지 점심거리를 장만하느라 정신이 없었다. 불을 때는 아이, 골뱅이를 줍느라 자맥질을 하는 아이, 배추를 씻는 아이, 나무를 모아 오는 아이, 갖가지였다. 그런가 하면 남자 아이들은 '열냈이'(여울 낚시, 곧 여울에서 흐르는 물 따라 낚싯줄을 연방 던지면서 하는 낚시질)와 '소냈이'(소 낚시, 곧 깊은 물에 낚시를 띄워 하는 보통 낚시질)를 하는데, 그러다가도 행여 천연 기념물로 정해진 어름치가 걸리면, "야, 니 뭐 하러 나오나?" 하면서 다시 물 속으로 던져 주었다. 그러고도 물이 끓는다면서 빨리 잡아 오라는 동무의 외침에는, "야, 고기가 잘 안 문다. 불 좀 슬슬 때라." 하면서 찌도 없는 낚싯대를 열심히 들여다보고 있었다.

아침에 선아가 늦게 오면 은선이와 은아가 발면리 쪽으로 마중을 나가고, 은아가 늦어지면 선아가 학교 가까이 사는 은선이를 만나 윗말 쪽으로 나가 본다. 5학년인 이들 셋에게 굳이 단짝이라는 말을 붙이지 않더라도 열한 명이 고작인 제 반에서 여자라곤 이렇게 셋뿐이니 더 가까이 뭉쳐 지낼 수밖에 없다.

그러나 이 곳 아이들이 노는 모습을 들여다보면 크게 남자와 여자를 가리지 않는다. 그도 그럴 것이 축구에서처럼 억센 힘이 필요한 게 아닐 바에야 굳이 편을 갈라 놓을 만큼 아이들 숫자가 많지 않기 때문이다. 그래서 발야구를 할 때나 지렁이놀이를 할 때도, 하다못해 사방치기를 하더라도 서로서로 어울려 짝을 맞추는 일이 더 자연스럽다.

그리고 시간 많은 도회지 엄마들처럼 아이들의 손을 붙들고 놀아 줄 시간이란 당최 상상해 볼 수도 없는 일이므로, 아이들은 걸음마만 떼면 어른들의 손에서 자연스레 벗어나 저희들끼리 무리를 이루고 시시각각으로 놀 곳과 놀이를 바꾸면서 온 마을과 들판을 헤매고 다닐 수밖에 없다. 태권도를 배우러 다니지 않아도, 컴퓨터나 천재학습을 하러 다니지 않아도, 유아원이나 유치원이 무엇 하는 곳인 줄은 전혀 몰라도, 저녁에 집에 돌아만 오면 도회지 아이들보다 더 지치기 일쑤고 밥숟갈을 빼기가 무섭게 그 자리에 고꾸라지고 만다. 그래서 비록 교과서에 나오는 알지 못하는 이야기를 배우는 데는 더딜지라도, 산에 오르면 금방 더덕 내를 맡을 줄 알고, 들판의 씀바귀와 고들빼기를 쉽게 가려 낼 줄 알면서, 뚜꾸와 모래

무지가 어떻게 다른지에 대해서는 선생인 나보다 더 잘 안다. 교실 안에서는 그리 쓸모 없을 듯 보이는 그들에게 점수 따는 공부말고 내가 가르칠 수 있는 것들은 대체 무엇일까?

운동장 가에는 이른 봄부터 지금까지 수도 없이 손을 보아 정성껏 가꾼 봉숭아, 맨드라미, 백일홍, 채송화 같은 꽃들이 벌써부터 화려하다. 그러나 나는 그 화려한 꽃들에다 결코 우리 아이들을 견주고 싶지 않다. 우리 아이들은 누가 뭐래도 벼꽃이나 옥수수 또는 콩꽃이거나 감자꽃이다. 언제 피는지 모르는 사이 열매를 맺는 그 꽃들만이 우리를 먹여 살릴 수 있음을 볼 때 더욱 그런 생각이 든다.

도회지의 어머니들이 3인분, 4인분 하면서 식구 수에 맞춰 밥을 지어 식은 밥 남기는 걸 꺼리는 것과는 달리, 투박한 항아리에서 쌀을 푹 떠 내와 언제라도 먹고 남아야 맘놓는 이 곳 할머니나 어머니들이다. 그분들의 풋풋한 마음이 어느덧 알게 모르게 배어 있는 이 아이들은 뜯어내도 뜯어내도 수많은 나물거리를 더 넉넉히 키워 내는 이 곳 말없는 산들과 무엇이 다를까!

은선이가 바라던 김밥

여량에 나가 있으면서 토요일이면 쌀과 김치를 가지러 들어오는 고등학교 2학년짜리 오빠와 중학교 2학년짜리 언니를 두고서, 어머니가 왜 '빚쟁이들'이라는 말을 쓰고 있는지 은선이는 누구보다도 잘 알고 있다. 그래서 목요일, 금요일만 되면 벌써부터 오빠, 언니에게 내줘야 할, 품에 없는 돈 걱정을 하는 어머니가 늘 안타깝기만 하다. 그러는 은선이는 지금 아홉 살이면서도 제 또래 아이들과는 달리 심한 소아마비 때문에 제대로 걷는 일은 물론 말조차 거의 하지 못하는 동생 양선이를 불평 한 마디

없이 잘 돌보아 준다. 그리고 그런 동생을 이대로만 두면 안 되겠다 싶어 요즘에는 어머니와 함께 글씨를 가르치는데, 양선이가 그리는(?) '아버지, 어머니'란 글씨가 여간 예쁘지 않다고 생각한다. 언제나 이렇게 동생의 눈이 되고 다리가 되거나 친구로 남아 주다 보니, 이제는 학교에서 돌아와 양선이가 보이지 않으면 허전해 저도 모르게 여기저기 찾아 나서게 된다.

그런 은선이가 지난 봄 소풍 때는 꼭 한 번 어머니를 조른 일이 있다. 어머니가 벼르던 대로 운동화와 치마 하나를 사 주겠다는 것도 억지로 마다하고, 김밥만 싸 달라고 한 것이다. 좀처럼 어머니 손을 붙들고 "나 이것, 나 저것." 해 본 적이 없는 아이의 맘을 헤아린 어머니는 말없이 그렇게 해 주면서, 맘먹었던 신과 치마를 사고 생각했던 돈에다가 어렵게 2천 원을 더 얹어 은선이에겐 가장 뜻깊은 소풍이 되도록 해 주었다.

은선이는 언제나 어머니가 이 세상에서 가장 좋다. 더러 이렇게 날을 핑계삼아 신거나 입을 걸 마련해 주면서도, 어머니는 양말 한 짝이라도 쉽사리 사신지 않는다는 걸 은선이는 알고 있다. 그래서 공부를 잘해 이 담에 어머니를 편히 모셨으면 하는데, 어쩐지 그 공부란 게 맘먹은 것처럼 되지 않아 안타깝기만 하다.

들돌과 텔레비전

전깃줄 따라 이 마을에 텔레비전이 들어온 것은 10년도 채 못 된다. 산도 다니다 보면 길이 나듯이, '미스 코리아' 뽑는 모습을 처음으로 텔레비전에서 보고는 스스로 창피해서 고개 돌렸던 정순이 마음도 이제는 알게 모르게 무디어져 버렸다. 그래서 텔레비전이 보여 주는 만화 같은 것에 끌려 그 앞에 앉아 있다 보면, 어떤 땐 그 텔레비전과 함께 잠들 때도 있다. 두 동강 난 허리가 맞붙기 전에 이 땅이 텔레비전으로 먼저 통일된 듯싶다.

나는 아이들과 얘기 나눌 틈이 생기면, 이담에 커서 아버지 땅을 이어받아 농사지을 생각이 없느냐고 물어 보곤 한다. 엊그젠가는 진호가 나에게, 또 그 말 물어 본다면서 한 마디로 싫다고 했다. 같은 6학년인 영진이, 영훈이 같은 아이들은 축구 선수가 꿈이라는데, 그 말끝에 "야, 늬들 실력으로는 공 주우러 다니는 일도 힘들다." 해도 아랑곳없다.

아이들과 그런 이야기를 주고받을 때마다, 나는 학교 운동장 모퉁이에 버린 듯이 놓여 있는 '들돌' 생각을 해 본다. 무척 동글동글하다 못해 귀가 보이지 않는 그 들돌을 내 힘으로는 발목까지도 힘들어 올리지 못한다. 추석 같은 명절에 웃어른들 뵙는 일이 끝나고 고샅에 사람들이 하나둘씩 모이다 보면 으레 그 들돌에 달려들어 힘자랑을 하는 사람들이 있다. 몇 사람이고 가까스로 무릎이나 가슴께까지 들어올렸다가는 내려놓고 마는 그 들돌을 누군가가 번쩍 들어올리고서, 그 무게를 이겨 내느라 붉어진 얼굴로 운동장을 한 바퀴 돌아치노라면 구경꾼들 어깨에도 어느새 힘이 솟아 넘쳤다. 너도 나도 기쁨의 소리를 지르고 손뼉을 쳐 대지 않고는 배기질 못했다. 그렇게 길러 가진 힘으로 다시 지게를 지고, 쟁기질을 하고, 논밭을 일구던 우리 할아버지들의 운동 정신은 이제 이 곳 아이들 사이에선 사라져 보이지 않는다. 텔레비전이 안방 아늑한 자리를 차지하고 들어앉아 있을수록, 오늘도 돌보는 이 없는 그 들돌은 점점 제 몸뚱이 알갱이들을 비바람에 떼어 주면서, 제 몸에서 떨어진 그 흙과 모래 속에 묻혀만 든다.

지난 해 스승의 날을 맞아 희순이는 나에게 이런 편지를 보내 왔다.

……5월 20일은 군 학력 고사, 30일부터 6월 1일까지는 중간 고사를 친다 하니 아이들이 이제 놀러 오지도 않고, 저 자신도 못하는 공부를 하려고 책을 들긴 하지만 통 머릿속에 들어오지 않아요. 다시 초등 학교로 되돌아가고 싶어요. 한문, 수학, 영어 시간이 무서워 선생님을 보긴 하지만, 어떤 땐 다른 생각을 많이 해요. 시험 칠 일을 생각하면 놀다가도 괜히 신경질이 나곤 해요. 중학교에 들어와서 남한테 뒤지지 말아야지 하고 굳게 결심했어요. 공부를 잘 못하면 아이들이 너무 깔보기 때문이에요. 그러나 나는 아직도 부족해요. 선생님 죄송해요. (5월 30일)

그렇게 짓눌리면서 커 나가는 아이들은 이제 집을 떠나고 마을을 떠나 돌아올 줄 모른다. 그런데 그게 꼭 입만 먹을 데 있어도 밖으로 내보내겠다는 이 곳 아버지, 어머니들만의 탓일까? 아니면 학교에서 빈 병을 가져오라고 자꾸 얘기하니까, "왜 우리 아버지는 담배는 피우면서도 술 먹을 줄은 모르는지 모르겠다."고 투정을 부리는 4학년 우리 반 옥순이 같은 아이들의 여린 마음 탓일까?

그러나 나는 지금도 이 아이들의 건강함을 굳게 믿는다. 이 세상 어디에서 무슨 일을 하더라도 결코 남을 해치려 하지 않고, 굶어 죽지 않을 아이들이라 여긴다. 마늘 심을 자리가 없어서, 지난 해에 농협 빚내고 농사지은 돈 좀 보태어 마련한 텃밭을 날마다 돌아보면서, 학교 운동장 같지 않느냐고 아이들에게 몇 번이고 되물으면서 흐뭇해하셨다는 정택이 아버지. 앞 해에 견주어 반값도 못 나가는 올 마늘 값에 실망을 했다가도 다음 해에 다시 잘 지으면 된다면서, 피우던 청자 담배나마 끊어야겠다는 생각을 해 보는 그런 정직한 농사꾼 아버지. 그런 아버지, 어머니가 있는데 이 세상 그 어떤 어려움인들 감히 이 아이들을 무너뜨릴 수가 있을까? (1986년)

1979년 2월 20일도전국만학교 제28회졸업

2부 교사로 누린 행복

한 아저씨는 입마개를 하고 있었고, 다른 한 분은 그조차 벗어 놓은 채 일을 하고 있었다. 한 분에게 학교를 다니는 아이가 있는지를 여쭈었다. 고개를 끄덕여 주는 그이 얼굴에는 땀이 흘러내리고 있었다. 막장에서 이름 모를 광부 아저씨들을 만난 걸 나는 여태껏 가장 큰 행운으로 생각하고 있다. 그것은 바로 내가 교사로서 누린 행복이기도 하다. 그 경험 하나만으로도 지금 나는 내가 걷고 있는 이 길을 누구와 바꿀 생각이 없다.

산골 큰선생님

큰선생님

흔히들 살아오는 동안 많은 사람을 만났다고 생각한다. 나 또한 그랬다. 그러나 곰곰 따져 보니 그 말이 나에겐 어울리지 않는다는 걸 알았다. 스치듯 지나친 사람을 모두 들라면 얼마쯤 되겠지만, 가까이서 그분의 속마음까지를 들여다보면서 만난 이들을 헤아려 보라면 손가락으로 꼽을 수밖에 없다.

명절 때나 스승의 날이 다가오면, 내가 꼬박꼬박 전화를 드리는 분이 있다. 내 마음 속 한편에 늘 소중히 모시고 있는 분이다. 강원도 정선의 산골 분교에서 정년 퇴임을 한 지 여덟 해가 지났으니 이제 선생님도 칠순을 넘기고 팔순을 눈앞에 두고 있다.

어느 3월, 나와 선생님은 같은 학교에서 처음 만났다. 내가 먼저 짐을 싣고 들어가 짐 정리를 한 뒤에 선생님이 왔다. 나는 함께 일해 갈 선생님이 늙은 분이라는 게 맘에 차지 않았다. 더군다나 키만 껑충한 데다가 빼빼 마르고, 얼굴 또한 검버섯이 일어 이제는 집에서 조용히 쉴 때가 된 분이, 뭐가 모자라 아직까지 아이들을 가르친다고 학교에 남아 있는지 모르겠다는 맘이 일기도 했다.

아무 말이야 없었지만, 이런 생각을 하고 있는 내 마음을 읽고 선생님은 무슨 생각을 했을지 지금 돌이켜보아도 낯부끄럽기 짝이 없다. 예전에는 '내 속마음을 누가 알랴!' 싶기도 했다. 그러나 속마음이 얼굴에 그대로 드러난다는 걸 헤아려 보지 못한 나는 강아지나 고양이 같은 짐승들한테조차 내 속마음을 들키면서도 아직 부끄러워할 줄 모르고 있었다.

나는 이렇게 나이 많은 선생님과 함께 일해 본 적이 없었다. 선생님에 대면 나 같은 사람은 풋내기나 다름없었다. 그런데도 선생님은 나에게 '선생'도 아닌 '선생님'이라면서 깍듯이 존대말을 써 주는 바람에 나는 몸둘 바를 몰랐다. 문제는 선생님을 불러 드릴 만한 마땅한 이름이 없다는 것이었다. 예순이 지난 선생님이었지만, 낯선 마을에 처음 온 탓에 주임 자리조차 차례가 오지 않았다. 지금까지 맡아 오던 대로 토박이 젊은 선생님에게 그 자리가 돌아간 때문이었다. 그래서 그냥 '박 선생님'이라고 불러야 되었는데, 나는 그 말이 입에서 잘 나오지 않았다.

나도 나려니와 아이들이 선생님을 불러 드릴 만한 마땅한 이름을 갖지 못했다 생각하니 더 맘이 쓰였다. 그런 어느 날, 내가 아이들 앞에서 선생님을 가리켜, '큰선생님'이라고 불러 드렸다. 많은 사람이 따르는 스님을 일컬어 '큰스님'이라 부르듯, 나는 이 이름이 선생님에게 맞겠다 싶었다. 이런 내 생각을 알 턱이 없는 아이들은, 그저 선생님이 여느 선생님보다 키가 커서 붙인 이름인 줄 알고 스스럼없이 '큰선생님' 하면서 곧 그대로 따랐다.

모 심는 철이 돌아왔다. 학교 일을 마치면 큰선생님은 곧장 들판으로 나가 못줄을 잡았다. 일하는 이들과 함께 막걸리를 마시면서 해가 저물도록 들판을 지켰다. 나는 마지못해 뒤를 따랐고, 모심기가 끝나는 날까지 줄곧 논에서 밤을 맞았다.

벼 이삭 줍기

이듬해가 되었다. 주임을 하던 선생님이 다른 데로 가고, 비로소 큰선생님이 학교 책임을 맡게 되었다.

선생님은 아이들을 데리고도 부지런히 일을 했다. 학교 꽃밭에 깨꽃, 맨드라미, 과꽃, 금송화 같은 것들을 모부터 길러 갖추어 심었고, 아이들이 오가는 그 먼 마을 길을 코스모스로 채웠다. 학교 공부가 끝나면 선생님 반 3학년 아이들이 앞장서 일을 했으므로, 누가 말하지 않아도 위 학년 언니들은 물론 운동장에서 놀던 아이들까지 꽃삽을 들고 따라나섰다. 교문을 막 들어서는 곳에다는 마을에서 헌 구유를 두 개 얻어다 앉혀 놓고 채송화를 심었다. 채송화가 도톰한 잎줄기를 한껏 뻗어 나가기 시작할 때면, 교문 양쪽에 늘어선 수양버들이 만들어 준 큰 그늘 밑에서 아이들은 냇가에서 주워 온 몽근 돌로 공기놀이를 했다.

그 해 가을, 벼를 거둘 무렵에는 비가 많았다. 이제 개려나 하면 비가 왔고, 조금 반짝해서 벼를 베려 하면 또 논에 물을 채워 버렸다. 이젠 바람만 불어도 모가지가 꺾이곤 했다. 그런 탓에 벼를 조심해서 베지만 벼 모가지가 논바닥에 떨어졌고, 묶어 나르고 난 논에는 벼 이삭이 깔리다시피 했다. 하지만 어느 집에서도 그걸 주울 엄두를 못 냈다. 비에 시간을 많이 빼앗겨 손 넣어야 할 다른 가을일들이 무척 많은 때문이었다. 그걸 보고 큰선생님은 학교에서라도 아이들을 데리고 나가 주워야 한다고 얘기했다. 그렇지만 남의 논이라 함부로 주울 수가 없어, 논 임자들을 찾아가 그래도 되겠느냐고 먼저 물어야 했다. 처음에는 아까운지 선뜻 대답을 않던 사람들이 자기네가 조금 주워 보기도 하다가 안 되겠다 싶었던지 허락을 했다.

그 날부터 공부가 끝나면 아이들과 선생님은 이 논 저 논 찾아다니면서 벼 이삭을 주웠다. 눈썰미가 있는 위 학년 머슴애들은 쥐구멍을 용케도 찾아 벼를 양동이가 묵직할 만큼 꺼내기도 했다. 그런 나락들은 여느 것과 달리 흙 한 점 묻지 않았으면서 모두 실하게 여문 것들이었다.

아이들이 비료 포대에 채워다 쏟아 놓은 벼 이삭이 학교 한편에서 하루가 다르게 불어나자, 아이들은 물론 마을 사람들도 깜짝 놀랐다. 그리고 그걸 어떻게 쓰나 하고 호기심 있는 눈길을 보내 왔다.

알갱이가 덜 여문 것, 흙이 묻어서 버렸으면 싶은 것, 찰벼 모가지나 메벼 같은 갖가지 나락들이 섞인 벼를 털어 방아를 찧으니 쌀이 한 가마가 훨씬 넘었다. 큰선생님은 그 쌀로 떡을 해다가 나락을 줍고 말리느라 고생한 아이들과, 쌀을 찧기까지 도와 준 마을 어른들 몇 분을 모셔다 함께 나누어 먹었다. 그리고 우리 직원들이 쌀을 조금씩 나누어 사면 어떻겠느냐고 물었다. 마을에선 그 쌀을 살 사람도 없거니와 또 선생님들은 어차피 쌀을 사 먹어야 하니 그렇게 하는 것이 좋겠다고 마을 분들도 찬성을 했다.

이래저래 제법 돈이 모아졌다. 지난 해부터 큰선생님이 앞장서서 논둑, 밭둑을 헤매면서 거두어들인 빈 농약병 판 값과, 학교 뒤쪽에 쓰레기 처리장을 짓고 남은 돈까지 보태니 생각지도 못한 큰 돈이었다.

면에서 마을마다 쓰레기장을 지으라고 돈을 얼마씩 내보낸 게 있었다. 그런데 품을 사서 할 만큼 넉넉한 돈은 아니었다. 게다가 쓰레기장을 선뜻 자기 집 가까이에 세우려고 하는 사람도 없었다. 그러자 이장님이 그 쓰레기장을 학교에 두면 어떻겠느냐고 물어 오기에 이르렀다. 마침 학교에는 쓰레기장이 필요했다. 그 때문에 학교 안에는 멋진 쓰레기 태움터가 하나 생겼고, 남의 손을 빌리지 않아 품삯까지 그대로 남길 수 있었다.

어느 날, 큰선생님은 모인 돈을 어디에 썼으면 좋을지에 대해 이야기를 했다. 나는 상상도 못 해 본 일이었다. 그런 '눈먼 돈'이 있으면 으레 그렇 듯 직원들끼리 알아서 술값으로 없애거나, 어디 놀러 가는 데에 보태면 그만이었다.

그 며칠 뒤 학부모들을 학교에 모이도록 해 놓고 큰선생님은 학교에서 생각하고 있는 일 하나를 이야기했다.

"지금 마을에 남아 있는 할머니, 할아버지 들이 가장 불쌍한 세대라고 생각합니다. 옛날에는 못 먹긴 했다지만, 늙으면 함께 사는 자식들한테 대접받고 살았지요. 그러나 지금은 그 자식들이 너나없이 밖으로만 나가 늙으신 분들이 감옥에 사는 거나 다름없습니다. 그래서 이번에 마을 노인네들께 바다 구경을 시켜 드리면 어떨까 물어 보려고 바쁜데도 이렇게 나오시라 했습니다. 지금 학교에는 아이들이 주워 모은 쌀을 판 돈과 쓰레기장을 짓고 남은 돈이 있습니다. 그런데 우리가 마련한 돈으로는 차를 빌리는 데 드는 돈밖에 되지 않습니다. 그래서 드리는 말씀인데, 그 날 어른들이 드실 음식 마련만 부모님들이 도와 주시면 학교에서 계획을 짜 보겠습니다."

큰선생님 이야기가 끝나자 교실 안은 삽시간에 웅성거림으로 가득 찼다. 이윽고 학부모님들은 마을이 생겨난 뒤 처음 있는 일이라면서 작은 마음들이나마 모아 정성껏 학교일을 돕겠다고 나섰다.

그 날이 다가왔다. 하던 일손들을 놓고 어머니, 아버지 들은 장을 보아다 마련한 음식들을 차에 실었다. 좁은 학교 운동장에는 배웅 나온 이들로 꽉 차 버스가 떠나기 전부터 잔치가 벌어진 셈이었다. 마을 노인네들은 아이들처럼 좋아했다. 어떤 할머니는 제대로 걸을 수가 없는데도 이런 자리에는 꼭 끼어야 한다면서 당신 다리가 되어 줄 며느님과 함께 차에 올랐다. 할머니, 할아버지 가운데에는 아직 바다 구경을 못 해 본 분들이 많았다. 워낙 골짜기 마을이라 버스가 들어온 지도 몇 해 되지 않은 탓이었다. 그전에는 가을걷이를 마치고 난 뒤 강물이 줄면, 강 따라 비료를 실은 짐차가 들어왔다가 곡식들을 싣고 나가는 게 모두였다고 했다. 그러다가 산모롱이를 깎아 내고 강턱을 메워 가까스로 버스가 다니도록 해 놓았다.

바다를 처음 본 할아버지 가운데 '수암이 아버지' 란 어른이 있었다. 키가 조그만 데다가 수염을 꼰 탓에 좀 우스꽝스레 생긴 분이었다. 할아버지는 버스가 '삼팔선 휴게소' 에서 쉬자, 밖으로 나와 검푸른 파도가 넘실대는 바다를 신기하다는 듯 바라보았다. 버스가 강릉을 벗어나 바다를 끼고 달릴 때, 할아버지는 어린애처럼 "어, 저기 배 좀 봐!" 하면서 이제까지 말로만 들어 왔던 바다 저편 위의 배를 가리켰다. 그리고는 가만히 제자리에 있는 것 같은 그 배가 지금 무얼 하고 있는가를 나에게 물었다. 내가 고기 잡는 배라고 일러 드리자 어떻게 고기를 잡는지 궁금하다면서 가 보고 싶다고 했다.

할아버지는 바다에서 눈길을 떼고 돌아오다 수족관을 보고는 걸음을 멈추었다. 바다 생각을 잊은 듯 그 앞에서 눈이 둥그레진 채 떠날 줄을 몰랐다. 마을 강에선 볼 수 없었던 커다란 바다 물고기들이 바다도 아닌 집 앞 유리통 속에서 헤엄치고 다닌다는 게 할아버지한테는 신기한 일로만 비쳤을 터였다. 할아버지는 버스에 다시 타야 하는 것조차 잊고 있었다.

이 할아버지가 한 번 더 놀란 것은 설악산 들머리에 내렸을 때였다. 말로만 듣던 설악산에 왔는데, 하늘 높이 떠다니는 게 있었다. 케이블카였다. 할아버지는 케이블카가 움직이는 방향으로 고개를 돌려 눈길을 보내다가, 손으로 그걸 가리키면서 놀랍다는 시늉을 해 보였다. 그래서 그게 무어냐고 나는 부러 모른 척하고 물어 보았다. 할아버지는 거침없이 '솔개미차' 라고 했다. '솔개미차' 라니, 나는 귀가 번쩍 뜨였다. 나는 할아버지 말이 맞다면서 손을 꼭 쥐어 드렸다. 일찍이 이런 멋진 말을 나는 들어 본 적이 없었다. 그래서 우리 나라에 새로 들어오는 것들이 있으면, 이 할아버지처럼 아무 데도 가 보지 않고 배우지 않은 분들한테 먼저 물어야겠구나 하는 생각을 했다.

여행을 다녀온 며칠 뒤였다. 할아버지가 학교를 찾아왔다. 그 뒤에는 조무래기들이 줄을 이었다.

할아버지는 아이들을 만나면 고추를 만져 보겠다고 쫓는 수가 있었다. 그러면 꼬마들은 도망했다가 맘 좋은 할아버지를 다시 뒤따르면서 돌멩이도 던지고, 뒤뚱대는 할아버지 걸음걸이를 흉내내기도 했다. 할아버지는 우리들이 있는 곳으로 오더니 비닐 봉지 하나를 내밀었다. 아마 학교에 볼일이 있어서 이렇게 찾아오는 건 처음일 듯싶었다.

그 비닐 봉지 속에는 두 홉들이 소주 한 병과 새우깡 한 봉지가 들어 있었다. 그 날 우리들은 소주를 한 병 더 사다가 모처럼 귀한 선물을 받았다면서 술잔을 주거니 받거니 했다.

태극기

큰선생님은 학교 안에서도 늘 일을 만들었다. 아이들에게 토끼장을 만들어 주고, 난로에 넣을 땔감이 한데서 비를 맞거나 정리가 안 된다고 땔감 창고를 새로 짓기도 했다. 옛 물건들을 모아 박물관도 만들고, 그 밖에 면에서 마을에 보내 온 시멘트가 남으면 조금씩 얻고 모자라는 건 사서 비가 오면 질척거리는 운동장에 아이들 다닐 길을 만들었다.

그런 일에는 늘 솜씨가 있는 학교 아저씨가 고생을 많이 하셨다. 그래도 그건 혼자서만 할 수 있는 일이 아니라서, 직원들이 모두 날이 어두울 때까지 힘을 모아 시멘트 삽질을 하곤 했다. 그런 날에는 사모님들이 저녁을 마련해 놓기도 했는데, 그럴 때마다 큰선생님은 저녁상에 둘러앉아 당신이 지내 온 나날들에 대해 얘기판을 벌였다.

6·25 난리가 지난 뒤 불탄 학교를 몇 달에 걸쳐 손수 못질을 하면서 새로 짓던 이야기, 월급 대신으로 식량을 받았을 때, 한 아이 학비를 주고 나면 돈이 떨어져 그 다음 달에 다른 아이 학비를 주는 식으로 네 남매를 기른 이야기……. 어느 날인가는 당신이 어렵사리 아이들 공부를 시키고 나니 그 때에야 공무원 자녀들에게 학자금이 나오더라면서, 당신을 복 없는 사람이라 하기도 했다. 선생님이, 집을 뜯은 나무에 박힌 못 한 개라도 모두 빼내고, 구부러진 건 낱낱이 펴 모아 두는 까닭을 이제는 말하지 않아도 알 수 있었다.

큰선생님이 해 준 이야기 속에, 지금도 내가 얼굴 모습이며 손짓까지를 바로 눈앞에 대하듯 새길 수 있는 게 있다. 동해 바닷가에서만 살아오다 말로만 듣던 산골로 발령을 받았을 때 이야기였다.

말로는 35리라는데, "가도 가도 끝이 없는 길이더라." 했다. 머릿속 35리와 발걸음 35리가 어떻게 다른가를 산길을 걸어 보지 않은 사람은 알 수가 없다 했다. 이제 한 고개만 넘으면 다 왔는가, 몇 번인가를 속은 뒤에야, 저 멀리 휘날리는 태극기를 보는데 눈물이 왈칵 쏟아지더라 했다. 나이가 들었다고 그런 데로 보내는가 싶어 서운하기도 했지만, 그 태극기를 보는 순간 모든 걸 잊을 수 있었노라면서.

거기서도 큰선생님은 약초꾼들 짐차에 시멘트를 부탁하고, 비가 올 때면 운동장에 생기는 모래를 거두어 두었다가 교실 뒤 무너져 내리는 축대를 쌓았다. 보는 이나 찾아오는 이 아무도 없지만, 당신이 그렇게라도 하지 않으면 열하나 아이들이 맘 놓고 뛰놀 수 없는 때문이었다.

몇 푼 나오지 않는 돈으로 학교 살림을 꾸리면서도, 큰선생님처럼 일을 많이 하는 사람을 나는 일찍이 만난 적이 없었다. 그런데도 돈이 모자라지 않았다. 참으로 놀라운 일이었다. 나는 이런 큰선생님 같은 분이 교장

이 되고, 대통령이 된다면 우리 나라는 하루 아침에 바뀔 거라는 생각을 많이 했다. 우리는 늘 돈이 없어 무슨 일을 못 한다고들 하는데, 그것은 언제나 일을 쉽게만 하려는 사람들의 핑계가 아니겠는가! 나는 큰선생님이 돈이 모자란다는 말을 하는 걸 들어 본 적이 없었다.

똥을 푸는 날

한 해에 한 번씩은 변소를 퍼야 했다. 맘 좋은 학교 아저씨는 이런 일을 일요일에 하면서도 불평 한 마디 하지 않았다. 예전에는 서로 똥을 퍼 가려던 마을 사람들이 이젠 퍼다 주어도 마다할 정도로 변해 버렸는데, 그 똥을 퍼내는 일을 늘 큰선생님이 하셨다. 사람이 덜 익었던 나는 감히 그 일을 함께 할 생각조차 못 했다. 그런 날은 부러 아무 데도 나가지 않고 모른 척 집에만 틀어박혀 지냈다. 그러고선 두 분이 깨끗하게 치워 논 변소에 내가 가장 먼저·똥을 누러 갔다.

큰선생님은 이렇게 궂은일을 다른 사람에게만 맡기지 않을 뿐 아니라, 직원 가운데 누가 일찍 출장길에 오르면 앞날 아무리 늦게 잠들었더라도 새벽같이 일어나 배웅을 해 주었다. 또 차가 떨어져 늦은 길에는 손수 손전등을 들고 어디까지라도 마중을 나왔다. 처음에 나는 이게 이상했다. 일찍이 이런 일을 보고 배우지 못한 탓이었다. 나는 큰선생님이 아이들에게만 무얼 가르치는 게 아니라 우리들에게도 끊임없이 가르치고 있다는 걸 눈치챘다. 나는 큰선생님이 좋았다.

세배 다니기

명절이 다가오면 말은 없어도 모두들 집에 갈 마음으로 들뜨기 마련이다. 그래서 서로 눈치를 살피노라면, 큰선생님은 우리를 모두 보내고 당신이 남아 학교를 지켰다.

어느 해 설에는, 나와 큰선생님이 같이 남게 되었다.

그 날 오후, 큰선생님은 함께 윗마을에 올라가자고 했다. 나는 마땅히 할 일도 없어 큰선생님을 따라나섰다. 어디 가나 '선생님'이라고 깍듯이 대접받을 큰선생님은 당신보다 나이가 많은 어른은 말할 것도 없고 비슷한 나이 또래인 분들한테까지 차례대로 찾아뵈었다. 이미 할머니와 할아버지가 무얼 좋아하는지 알아 둔 큰선생님은 큰절을 드린 뒤, 담배나 사탕 봉지 같은 걸 하나씩 내놓았다. 나는 비로소 마을에 나이 많은 노인들이 그토록 많은 줄 처음 알았다.

할아버지나 할머니 가운데에는, "선생님이 보잘것 없는 늙은이한테 어려운 걸음을 해 주었다."고 미안해하는 분들이 많았다. 그 때마다 큰선생님은, "나보다 나이가 많은 어른들이 선생님이지 내가 무슨 선생님이냐?" 하면서 오히려 부끄러워했다. 나는 큰선생님 때문에 이래저래 대접만 잔뜩 받았다. 집집마다 내놓는 맛있는 음식들을 고루 맛보면서 해가 지도록 마을을 휘돌았다. 떡을 찍어 먹으라 내놓은 조청은 먹어도 먹어도 물리지 않았다. 그렇게 마을을 돌고 났을 때, 큰선생님은 얼굴이 붉도록 술에 취해 있었다.

고향을 눈앞에 두고

내가 큰 선생님께 큰절을 올린 건 정년 퇴임 잔치가 있던 날이었다. 이런 잔치 때면 으레 그렇듯 노래를 부르는데 드디어 내 차례가 돌아왔다. 나는 교실 칸막이를 뜯어 제법 널따랗게 판이 어우러진 자리에서, 큰선생님이 아이들에게보다 나에게 가르쳐 준 게 무엇인가를 이야기하고 나서, 큰절을 올릴 테니 다시 한 번 큰선생님께 내 대신 손뼉을 쳐 달라고 부탁을 했다. 마을 사람들은 내 부탁을 받아 손뼉을 치기 시작했고, 큰선생님은 고맙다는 말을 다 끝마치기도 전에 눈가에 눈물을 적시고 말았다.

내가 지금까지 큰선생님이라 일컬었던 분은 바로 박상철 선생님이다. 휴전선 너머 가까운 곳이 고향이어서, 바로 그 고향 가까이 사느라 속초 땅을 떠나지 않은 분이었다.

언젠가 전화를 드렸을 때, "울밑 아버지가 나를 큰선생님이라 불러 준 걸 지금도 잊지 않고 있어요." 하고 여전히 카랑카랑한 목소리로 이야기한 적이 있었다. 그런데 요 며칠 전 스승의 날을 앞두고 다시 전화를 드렸는데, 목소리가 예전 같지 않았다. '사람이 몸만 아니라 목소리도 함께 야위는구나.' 싶었다. 그 목소리 속에는 큰선생님이 나에게 몸으로 가르쳐 준 일들이 모두 들어 있기도 했다.

어느 해 가을 큰선생님은 식구들을 만나려고 버스를 몇 번이나 갈아타야하는 속초 나들이를 하셨다. 그 때, 얼음을 가득 채운 물오징어를 한 상자 가져와 손수 회를 만들어 가까이 사는 이웃들을 불러 모으기도 했다. 학교 운동장에 모여든 조무래기들이 꽃 찾은 벌을 잡고 꽃을 따 꿀을 빨아먹을 땐 아이들을 벌준다면서 뜀박질을 시키고는 함께 쓰레기를 줍기도 했다. 또 아이들에게 상장을 읽어 주는 날에는, '대독'이라는 말보다 꼭, "대신 읽고 전합니다." 하고 아이들이 알아들을 수 있는 말로 다듬어 들려주곤 했다.

나는 이런 큰선생님과 나뭇짐을 지고 함께 걷던 산길들을 정선 산골에 두고서 헤어진 뒤로는 좀체 찾아뵙질 못하고 있다. 그러나 그 아쉬움보다는 어서 좋은 세상이 와 큰선생님 바람대로 걸어 걸어 당신 고향 마을에 다다를 수 있었으면 좋겠다. (1996년)

이 봄에 생각나는 그 날 소풍

산골짝의 다람쥐
아기 다람쥐
도토리 점심 가지고
소풍을 간다
다람쥐야 다람쥐야
재주나 한번 넘으렴
팔딱 팔딱 팔딱
날도 참말 좋구나

눈을 감고 누워 있는데, 이 동요가 떠올랐다. 그래서 속으로 살며시 불러 보았다. 생각 없이 이 노래를 배웠던 때와는 달리 이제야 이 노래의 참맛이 드러나는 듯싶었다.

며칠 앞이었던 일요일, 2학년짜리 집 아이가 점심도 거른 채 놀다가는 해질 무렵에야 들어왔다. 그러고는 손을 씻는 둥 마는 둥 하고서 저녁을 먹었다.

저녁을 마친 바로 뒤였다. 아이는 제 엄마에게 손과 발, 머리 씻기를 내

맡긴 채 닦달을 당하고 있었다. 가만히 들어 보니, 이젠 옷을 안 빨아 준다는 것과 이대로 잠자면 이불이 어떻게 되겠느냐는 거였다. 그런 제 어미의 말에 아이는 한 마디 대꾸도 않고 있었다. 이를 닦으면서 내려다보니, 속옷 끄트머리에 황토물이 벌겋게 들어 있었다. 올 봄 들어서 처음 있는 일이었다.

씻자마자 아이는 이불 속을 찾아 들어갔다. 그래서 내가 제 어미에게 꾸중들은 것도 달래 줄 겸 슬쩍 다가가 손을 잡아 주면서,

"야, 빛이랑, 오늘 바짓가랑이가 젖은 걸 보니 신나게 놀았나 보지?"

하고 말을 건네 보았다.

그랬더니 녀석은 금방 잠들 것만 같던 눈을 번쩍 뜨고는, 기다리기라도 했다는 듯 낮에 있었던 일들을 주섬주섬 주워섬기기 시작했다.

"골 안에 가면 큰 돌 있지요? 그것이 돌 우주선이에요. 그 돌 타고요, 완이랑 우주선놀이 했어요. 그리고요, 책에 있는 사람들이 만든 '졸졸졸'이라는 말보다요 그냥 물 흐르는 소리가 훨씬 좋았어요. 그리고요, 물이 얼마나 찬지요, 1분 동안도요 발을 담글 수가 없었어요."

아이가 들려준 '졸졸졸' 흐르는 물 소리보다 훨씬 좋았다는 물 소리 느낌이 어떤 건지 확인해 볼 수야 없지만, 일요일을 맞아 제 동무 두엇과 함께 가까운 산골짜기를 찾아간 아이의 나들이야말로 노랫말 속에 나오는 다람쥐들의 소풍이 아니었나 싶었다. 그래서 공부 때문에, 혹은 이런저런 과외 때문에 아이들을 무작정 어른 곁에다만 붙잡아 두거나, 한술 더 떠어른들의 생각만을 강요한다는 것은 그들에게서 '상상의 싹'을 싹둑 잘라 버리는 거나 무엇이 다르랴 싶은 생각이 들었다.

그 멀던 소풍길

지금 돌이켜보아도 초등 학교 때 우리들의 봄 소풍길은 한 마디로 '장정'에 견줄 만큼 멀고 먼 나들잇길이었다. 이는 너른 들판을 끼고 있었던 학교 사정 때문이기도 했다. 그래도 소풍을 하루 앞둔 저녁만큼이나 우리들의 가슴을 죄게 하는 날도 드물었다. 소풍을 겪어 본 모두의 경험이라고 밖에는 달리 말할 수 없겠지만, 잠을 자다가 오줌을 누러 밖으로 나와 쳐다보던 초롱초롱한 하늘만큼 가슴 설레게 하는 게 또 무엇이 있던가! 그와는 반대로 해질녘부터 구름이라도 낄라치면 그게 비를 몰고 올 것인지, 아니면 그대로 날이 들 것인지를 아버지, 어머니에게는 말할 것도 없이 이웃집 할머니, 할아버지한테까지 쫓아가 물었다. 비가 결코 오지 않을 성싶어 안심되지 않으면, 자다가도 저절로 눈이 떠졌고, "학교를 지을 때 나왔다는 큰 구렁이를 일하던 사람들이 잡아 버려서 소풍 때나 운동회 날 비가 내린다."는 아이들 입에 떠돌던 말이 사실처럼 느껴졌다.

우리들이 해마다 소풍을 간 곳은 도회지로 물을 보내는 상수도 수원지였다. 무슨 이야기의 한 대목처럼, 들을 지나고 산길을 걸어 내려가야만 닿을 수 있는 소풍터였다. 벚꽃이 활짝 피어올랐을 적에 날을 잡아 줄을 서서 학교 문을 벗어나면, 아이들은 벌써 웃옷을 벗어 들곤 했다.

그렇게 하염없이 걸은 다음에야 목적지에 닿을 수 있었는데, 거기에서 다시 줄을 서서 '열두 마리 돼지들 소풍'처럼 아이들 머리 숫자를 세고 또 센 뒤 곧장 점심을 먹으러 달려갔다.

한 시간쯤 걸리는 점심 시간에 이어 보물찾기놀이를 한 번 하고, 전교생이 한데 모여 몇 사람 노랫소리 조금 듣다 보면 다시 돌아서야 할 시간이었다. 집에 닿기도 전에 지쳐 버린 우리들은 저녁을 먹지 않은 채 잠에 떨어지기 일쑤였다.

그것이 모두였다. 지금도 어렸을 적 소풍 생각을 하면, 끝없이 걸었던 것말고는 달리 생각나는 게 많지 않다. 그런데 왜 그다지 소풍날 오기만을 기다렸을까? 학교 울타리에서 하루 벗어난다는 것만으로 과연 그 모두를 설명할 수 있을까? 아니면, 용돈 몇 푼 받고, 좀 맛난 걸 먹을 수 있는 즐거움에?

하여튼 길을 떠나기에 앞서, 교장 선생님은 자연을 배우니 어쩌니 하면서 '지루한 말씀'을 하였지만, 돌이켜보면 혼자서는 감히 엄두를 내지 못할 길을 소풍 때문에 동무들과 어울려 걸어 볼 수 있었다. 커 갈수록 멀리, 더 멀리 나아가야 할 발길을 위해 그렇게 닦아 둔 거였는지도 모른다.

그러나 학교 소풍은 분명 아이들 것만은 아니었다. 늘 장이 서는 뒷날로 잡히는 소풍날을 보아도 알 수 있다. 이 날만은 아버지 혼자서 들판에서 일을 하게 되더라도 어머님들이 아무 짐 없이 아이들을 따라나섰다. 그래서 흥에 겨우면 막걸리도 한잔 마시고, 덩실덩실 춤을 추기도 하면서 일밖에 모르던 생활에서 잠깐 벗어날 수가 있었다.

우리의 소풍이 이랬을 때, 옆 반 이 선생님의 소풍은 또 달랐다.

4학년 때였다고 한다. 여느 동무들보다 수줍음을 타던 선생님은, 점심시간이 끝나고서 그저 다른 아이들이 노는 것만을 바라보고 있었단다. 그런데 누가 등을 두드려 깜짝 놀라 뒤돌아보니, 3월에 새로 온 선생님이 다정히 이름을 물으면서 사이다를 마시라 주더란다. 그러면서 특별 활동 시간에 '글짓기부'로 와 달란 부탁을 하면서. 그렇잖아도 처음 선생님을 만났을 때부터 먼발치로나마 선생님을 맘에 새기고 있던 터라, 정말로 '글짓기부'에 들게 되었고 지금도 그분이 잊히지 않는다고 했다.

이런저런 소풍 이야기는 끝이 없을 터이다. 그러나 큰 학교에서 아이들을 가르치기 시작하면서 해마다 '소풍 병'을 앓은 다음부터는 소풍이 나에게 좋게 다가오지 않았다. 3천 명 가까운 아이들이 들어섰던 산언저리는 그 날로 쑥대밭이 되어 버렸다. 풀들은 짓뭉개지고, 나무들은 가만히 서 있질 못했으며, 무엇보다도 나를 질리게 만든 건 산더미처럼 쌓이는 쓰레기였다. 아이들은 마치 다시 줍기 위해 쓰레기를 버리는 것 같았다. "학교는 죽었다."는 말들을 하는데, 나는 이 말을 따서, "소풍은 죽었다."고 이야기하기도 했다.

함께 만든 소풍

나가서 노래하기

6학년 배연재

선생님께서
노래할 사람 하면
누가 나가나
모두 눈치만 본다

그러다가 아무
사람도 안 나가면
선생님께서 시킬까 봐
고개를 숙이고 있다가

누가 나가면
좋다고

박수를 친다.

내가 이 어눌한 아이들을 만난 것은 여섯 해 전이었다. 마을에 버스가 들어온 지 얼마 되지 않는다는 조그만 분교에서였다. 늘 오륙십 명을 데리고 살다가, 빙 둘러 산으로 막히긴 했지만 강물이 감돌아 흐르고 산골 치고는 제법 널따란 논밭을 가진 마을에 내리니 딴 세상만 같았다. 게다가 전교생 숫자가 예순 명 남짓했으니, 앞 학교 한 반 아이들 수에 몇 명만 더 얹어 놓은 셈이었다. 한편 예수님의 제자 수와 똑같이 우리 반 아이들도 모두 열두 명이었다. 그 몇 되지 않는 아이들과 지내노라니 좁지 않은 운동장의 나뭇잎 쓸기 같은 일을 할 때는 힘들기도 했지만, 무슨 일에나 꾀를 부리지 않는 아이들이 좋았다. 무엇보다도 공부 시간에 "조용히 해라." 하는 말을 자주 하지 않아 살 것만 같았다.

그리고 도회지 학교와는 달리 크고 높은 담장 대신 울타리에 나무가 자라고 있으므로, 학교가 그대로 마을이었고 마을이 학교의 한 부분이었다.

공부 시간에 어쩌다 밖을 내다보면, 이웃에 사는 꼬마 아이들이 운동장에 나와 저희들끼리 소꿉놀이를 하거나 그네를 탔다. 그러다 싫증이 날 땐, 엄마 아빠가 일하고 있는 논밭으로 달려갔다. 비라도 오는 날이면, 우리 반 순녀는 동생을 교실 안으로 데리고 들어왔다. 그리고선 옆자리에 앉혀 낑낑대는 동생 오줌도 누이고, 잠이 들면 웃옷을 벗어 덮어 주면서 언니 노릇을 톡톡히 했다.

더딘 봄이긴 하였지만 5월에 접어들면서 강 따라 철쭉이 붉게 피어오르고, 가뭄에도 아랑곳없이 옥수수씨를 넣어야 할 밭들도 점점 줄어들고 있었다. 그리고 고추 모를 옮겨 심을 밭마다 검거나 흰 비닐들을 씌워 장관을 이루었는데, 이젠 그 비닐 위에 고추들을 어느 정도 심어 먼 곳에서도 알아볼 수 있게 되었다.

　그 선생님이 봄 소풍 얘길 꺼냈을 때, 나는 '짐이 또 하나 생겨났구나!' 하고 생각했다. 몇 안 되는 직원이었지만, 그 가운데 내가 가장 나이가 어렸다. 이렇게 되면 소풍날 아이들과 씨름할 사람은 자연히 내 몫으로 돌아왔다. 아이들이 많아도 걱정이지만, 이럴 때 아이들이 적은 것 또한 걱정이었다. 부끄럼 많은 아이들은 남 앞에 서는 일을 무엇보다 어려워했고, 어떤 놀이를 해도 곧 끝나 버려 시간 보내기가 힘들었다.

　그래도 소풍날은 왔다. 5월 8일 어버이날로 맞춘 것에 답이라도 하듯, 하늘은 더없이 푸르렀다.

　열 시까지 오라고 일렀음에도 아이들은 여느 때처럼 학교에 와 만나기만 하면 언제 소풍을 떠나느냐고 묻곤 했다.

　아직도 '시골 소풍'이라는 말에 걸맞게 아이들은 거의 다 새 옷차림이었고, 제 손으로 도시락을 들고 온 아이는 거의 눈에 띄지 않았다. 유리창 너머로 그 아이들 노는 걸 바라보고 있노라니 그 때야, '책가방 없이, 그 누구의 방해도 없이 오늘 하루 놀러 가는 자유가 아이들에게 주어졌구나.' 하는 생각이 들었다. 아이들은 한 마디로 살아 있었다.

　강을 따라 도는 조그만 산허리를 지나면 목적지였다. 그 길에서 내려다보는 물길도, 저만치 떨어져 보이는 학교 풍경도 새로웠다. 흥에 겨운 아이들 노래 속에 아래쪽 지름길에는 할머니, 할아버지들의 모습이 눈에 띄었고, 짐꾸러미를 실은 경운기도 털털대면서 소풍길에 나서고 있었다.

　맑디맑은 물가였다. 바위산이 병풍처럼 둘러쳐져 있고, 조그맣게 모래밭도 펼쳐져 있었다. 풀어 놓자 아이들은 그 곳으로 달려가 모래에 뒹굴거나, 물수제비를 뜨느라 돌팔매질을 하기 시작했다.

　그러는 아이들을 다시 불러 모아 여느 소풍에서처럼 손뼉치고 노래를 부르는 동안에, 꼬마들부터 여든 가까운 할머니에 이르기까지 마을 사람들이 거의 다 모이게 되었다. 소풍 간 곳이 마을에서 가까운 것은 바로 나이 든 어른들을 한 분이라도 더 모시려는 주임 선생님의 뜻이었다.

이제 우리 아이들 숫자보다 어른들 숫자가 더 많게 되었다. 그러자 조그만 식이 마련되었다. 마을에서 효부 노릇을 가장 열심히 한 미녀 어머님께 표창장을 드리는 일이었다.

먼저 소풍에 나온 할머니, 할아버지를 죽 늘어앉으시게 한 뒤 아이들 모두에게 큰절을 올리도록 했다. 처음 해 보는 탓인지 줄을 맞춰 설 땐 저희들끼리 히죽거리기도 하더니, 막상 큰절을 올릴 때는 누구에게 질세라 점잔을 빼면서 몸가짐을 추슬렀다. 그러자 누가 시킨 것도 아니건만 구경하고 있던 어머니, 아버지 들은 말할 것 없고 할머니, 할아버지 모두 크게 손뼉을 쳐 대었다.

절이 끝난 다음 학교장 이름으로 미녀 어머님께 표창장을 드렸다. 상품은 2천5백 원짜리 밥그릇 한 벌이었다. 미녀 어머님은 여든 가까운 시어른들을 시집 온 그 날부터 모셔 오고 있었다.

표창장과 조그만 상품을 전해 드린 뒤, 우리 모두는 똑바로 선 채 "높고 높은 하늘이라 말들 하지만……" 하고 '어머님 은혜'를 부르기 시작했다. 머리가 허연 할머니, 할아버지 들을 바라보면서 1절을 다 부르고, 2절을 부르는데 코가 시큰거렸다. 우리 아이들이 목청껏 부르는 노랫소리들은 산을 넘지 못하고 메아리로 되돌아왔지만, 이토록 감격스런 어버이 날 잔치를 일찍이 나는 상상조차 해 본 적이 없었다.

미녀 어머님은 어떻게 고마움을 표시해야 할 줄 모르겠다면서, 사이다 두 병과 네 홉들이 소주 한 병을 점심상에 들고 왔다. 나는 비로소 그분의 거친 손을 가까이에서 바라볼 수 있었다. 열다섯부터 시작한 시집살이 손이었다.

순택이 할머니는 인절미 한 접시를, 영미네에선 송편과 메밀묵을, 순녀는 감자떡과 찐빵을, 정택이네는 환타 한 병을……. 여느 소풍에서 구경할 수 있는 빛깔 좋은 음식들과는 달랐지만, 그런 빛깔은 이미 산빛, 물빛, 하늘빛 들이 넘치도록 채워 주고 있었다.

아이들이 벌인 씨름판에서 학범이가 뒤집기를 성공했을 때, 당신도 모르게 눈을 껌벅이면서 두 주먹 불끈 쥐어 보이던 만규 씨, '눈 가리고 아내 손 찾아 내기'를 할 때 이웃집 아주머니 손을 붙들고서, "우리 집사람이 틀림없다."고 큰소리 빵빵 치던 종우 아버님, 아이와 어른 모두가 하나 되어 있었다. 거기에 줄다리기를 할 때 외쳐 대던 함성이며 어머님들끼리 겨룬 '바늘에 실 꿰기' 같은 일들이 끝없이 이어졌다. 산그늘을 줄였다 늘였다 하면서 옆에 서 있는 산 또한 어느 새 우리와 함께 어울리고 있었다.

길고도 긴 마을 잔칫날이었다. 그러나 누구 한 사람 빨리 돌아가자며 서두르는 이 없었던 우리들만의 소풍날이었다. (1989년)

교사로 누린 행복

내 동생 민영이가 친구하고 놀다가 나보고,

"언니야, 저 아이 되게 못됐어."

하고 말했다. 나는 왜 그러느냐고 물어 보았다. 동생은,

"내 물건 다 만지고 자꾸 부수어."

하고 우는 듯이 말했다. 나는 괜찮다고 했지만, 동생이 말을 안 들었다. 동생이 귓속말로

"언니야, 아빠 온다고 빨리 가라케."

하면서 거짓말하도록 나한테 시켰다. 하지만 나는 말하지 않았다.

그 아이가 5분 뒤에 갔다. 가고 나서 문을 잠그고 동생에게 조용히 타일렀다.

"민영아, 앞으로 거짓말하면 안 돼. 거짓말하면 나쁜 사람이잖아!"

내 말을 끝까지 다 듣고 난 동생은 눈물을 흘렸다. 나는 흐르는 눈물을 닦아 주었다. (6학년 박덕희, 1996년 4월 8일)

누가 나한테 이다음 다시 교사가 되겠느냐 물으면 한 마디로 나는 아니라 대답하겠다. 아이들을 가르친다는 게 나에겐 너무 힘든 일이다. 그러

나 누가 내가 하는 일을 물을 때는 나는 숨김없이 초등 학교 교사라고 일러 준다. 사람들과 이야기 나누는 걸 좋아하는 나는, 사실 상대가 묻기에 앞서 스스로 하는 일을 밝힌다. 상대편에게 내가 짐 없는 사람이라는 걸 깨닫게 해 주어야 이야기하기가 쉬워지기 때문이다.

나는 그래도 우리 반 덕희 같은 아이를 만날 수 있어 행운이라고 여길 때가 있다. 이 아이들이 가만가만 들려주는 이야기를 듣노라면 내가 어디 조용한 숲 속에 있는 느낌을 가질 때가 있다. 교사가 아니었더라면 꿈조차 꾸어 보기 힘든 일이다.

스무 해쯤 아이들 곁에서 지내는 동안 담임다운 대접을 받아 본 게 나에겐 한 번 있다. 탄광 마을에서 지낼 때였다. 나는 굴 속이 무엇보다도 궁금했다. 그러나 어떻게 가 볼 수 있단 말인가! 그런데 마침 우리 반 반장 아이 아버지가 광업소에서 높은 자리에 있었다. '항장'으로 굴 하나를 책임지고 있던 분이었다. 다른 선생님들께 물으니 항장 자리에 있으면 그 굴 속에선 임금이나 다름없다고 했다. 나는 그분께 사정을 해 보기로 했다.

웬걸, 생각과는 달리 반장 아버님은 알맞은 날만 잡으면 언제라도 굴 속 구경을 시켜 주겠다고 했다. 나는 좋아라 하면서 다른 한 사람을 더 데리고 가도 되겠느냐고 했다. 같은 사택에 사는 분으로 내가 따르는 선생님이었다. 아버님은 괜찮다면서 함께 오라고 했다.

약속 날짜를 현충일로 잡았다. 광산도 일요일은 쉬나, 일요일이 아닌 공휴일은 일을 쉬지 않았다. 곳곳에 문을 지키는 이들이 있었다. 그러나 항장님 이름을 대니 어딘가로 전화를 해 보고선 친절히 안내해 주었다.

항 이름을 숫자로 썼는데, 그 숫자는 바로 산 높이였다. '875항' 항장실에서 젊은 항장님은 우리를 깍듯이 맞아 주었다. 그리고는 당신보다 나이가 많은 사람들한테 우리를 위해 무엇 해라, 무엇 해라 시키는데 그럴 때마다 나는 몸둘 바를 몰랐다.

함께 간 이성무 선생님과 나는 항장님이 내준 '굴 옷'으로 갈아입었다. 등 달린 모자도 쓰고, 목이 긴 검정 장화도 신었다. 이에 앞서 항장님은 거미줄보다 더 얽혀 있는 굴 속 지도를 가리키면서 이런저런 이야기를 해 주었다. 그 지도에는 바다 높이 가까이 내려가 지금 파고 있는 곳, 이미 길을 막아 버린 곳, 앞으로 탄을 캐내기 위해 짐을 싣고 오갈 길을 닦는 곳이 모두 나와 있었다. 그리고 항장님은 석탄이 어떻게 만들어졌는지, 어떻게 파야 하는지도 낱낱이 들려주었다. 이제까지 나는 그냥 석탄 줄기를 찾아 죽 파 들어가는 줄만 알았는데 그게 아니었다. 석탄 줄기 아래쪽에 먼저 탄을 실어 나를 수 있는 길을 만든 다음, 마름모꼴로 탄 줄기를 찾아가 탄을 파 내린다고 했다.

이윽고 사무실을 떠나 항장님은 굴을 찾아 앞장서 걷기 시작했다. 조금 전까지만 해도 나는 많은 광부들이 탄 실은 차를 타고 바삐 오가고 한쪽에서는 탄을 캐는, 좁은 왁자지껄한 시장 바닥 같은 분위기를 머릿속에 그려보고 있었다. 그러나 그와는 딴판으로 묵은 굴 속만이 갖는 퀴퀴한 냄새와 습기, 휑뎅그렁하게 뚫려 있는 굴이 무섭게 느껴지기까지 했다.

우리는 가장 힘들게 일하는 곳을 찾아가 보고 싶다고 했다. 보통 바깥 사람들이 구경 오면 편하게 보여 주려 꾸며 놓은 곳이 있다는 말을 들은 적이 있어서였다.

2천3백 미터 알림판을 보고도 또 걸어 나갔다. 끝이 없어만 뵈는 굴 속은 그대로 하나의 요새였다. 수백 미터 아래쪽에서 또 위쪽에서 캐낸 탄을 옮기고 사람을 실어 내는 권양기 기계실이 있는가 하면, 전기실, 사무실, 창고 같은 시설물들이 따로 안에 모두 들어 있었다. 그리고 우리가 그런 데를 찾아 들어갈 때마다 직원들은 깜짝 놀라 군대식 인사를 올렸다.

한 시간 반을 더 걸은 뒤였다. 이제 감독을 앞세운 우리는 5미터는 좋이 될 만한 사다리가 곧추 서다시피 놓여 있는 절벽 같은 곳에 멈췄다. 사다리 오른쪽에는 탄을 받쳐 내리는 쇠판이, 바로 그 밑에는 빈 탄차가 한 대 놓여 탄이 채워지기를 기다리고 있었다.

사다리를 오르니 탄받이 왼쪽으로 엎드려야만 기어오를 수 있는 조그만 길이 나 있었다. 온통 까만 것투성이 속에 탄받이만은 유난히도 반짝거렸다. 그 동안 지나온 길과는 달리 습기라곤 없었다. 나는 맨몸으로도 숨이 헉헉 차올랐다. 땀도 온몸에서 흘러내렸다. 우리 바로 뒤에 선 한 분이 등에다 긴 나무 토막 네 개를 걸머진 채 따라오고 있었다.

좁은 천장을 촘촘히 떠받친 동발들이 끼운 지 한 달도 채 아니 되었다는데 내리는 짐에 눌려 사정없이 비틀려 있었다. 곳곳에는 이미 탄을 다 캐낸 구덩이도 보였다. 그런 데에는 말장을 가로 대어 못질을 해 놓았다.

길이 더 좁아지면서 끝난 듯하다가 다시 나왔다. 바위와 바위 새에 석탄을 캔 흔적들이 또렷이 드러났다. 나는 그 자국들을 고스란히 떼어다 우리 교실에 두었으면 싶었다.

바라던 막장이었다. 한 아저씨는 입마개를 하고 있었고, 다른 한 분은 그조차 벗어 놓은 채 일을 하고 있었다. 두 분 모두 마흔쯤 되어 보였다.

인사를 나눈 뒤 그분들은 우리 부탁대로 곡괭이를 들어 탄 벽을 찍어 보여 주고, 지렛대로 두들겨 보이기도 했다. 하지만 두 분은 끝내 아무 말이 없었고, 우리의 눈길을 피해 내 머리 뒤쪽 검디검은 벽만 바라보았다.

산소를 날라다 주는 쇠관으로부터 '쉬쉬' 하는 소리가 끊이지 않았다. 그리고 갈 데 없는 탄가루들은 전등 불빛 사이를 이리저리 떠돌고 있었다. 나는 얼른 그 곳에서 나오고만 싶었다. 바깥에선 지금 비가 오는 줄도 모르고 탄을 캐다가, 뜻밖의 손님들을 맞고 어쩔 줄 몰라 하는 그분들한테 더없이 미안하기만 했다.

나는 떠나기에 앞서 마지막으로 한 분에게 학교를 다니는 아이가 있는 지를 여쭈었다. 그렇다는 말 대신 고개를 끄덕여 주는 그이 얼굴에는 땀 이 흘러내리고 있었다.

막장에서 이름 모를 광부 아저씨들을 만난 걸 나는 여태껏 가장 큰 행 운으로 생각하고 있다. 그것은 바로 내가 교사로서 누린 행복이기도 하 다. 그 경험 하나만으로도 지금 나는 내가 걷고 있는 이 길을 누구와 바꿀 생각이 없다. (1996년)

마음 흔들어 놓기

한때 우리 교단에는 교과서 안에 있는 내용만 가르치라는 지시가 떨어진 적이 있었다. 교사로서 자신이 원망스러웠고, 우리 현실이 그 때만큼 아뜩해 보인 적도 없었다.

도대체 가르친다는 것은 무엇일까? 교과서에 들어 있는 문장 뜻을 풀이해 주면서, "착한 일을 해야 한다."고 적혀 있으니 그렇게 하라 일러 주는 걸 말하는 것일까? 아닐 것이다. 이 세상 어느 누가 "남을 도우면서 살아야 한다.", "부지런히 일하고 배워야 한다."는 책 속의 이야기를 모르겠는가!

가르친다는 것은, 이제까지 생각 없이 지나치던 일에 뜻을 불어넣어 줌으로써 배우는 이의 경험이 되도록 하는 게 아닐까 하고 나름대로 생각해 오고 있다. 잔잔한 물에 돌멩이를 던지면 물결이 일듯 '마음을 흔들어 놓는 일' 말이다.

교과서만 들고 아이들을 마주할 때는, 사실이지 좀 빨리 내 말뜻을 알아듣는 아이가 예뻐 보인다. 이와는 거꾸로 그렇지 못한 아이들은 한 마디로 눈 속 티끌처럼 거추장스럽고 볼품이라곤 없어 보인다.

그러나 한 발자국만 물러서 보면, 교과서를 잘 이해하든 그렇지 못하든 그들 모두가 세상을 함께 살아가야 할 아이라는 걸 알 수 있다. 그리고 스스로 제 삶을 책임질 줄 알고 남들에게 눈물 안 흘리게 하는 사람으로 커가도록 우리가 도와 주어야 할 아이들임을 생각지 않을 수 없다.

아이들이 내놓은 일기장을 살펴보는 참이었다. 내 눈은 희점이의 이야기를 다시 읽어 내렸다. 집으로 가는 길에 저를 태워 주지 않고 지나간 짐차 뒤에다 욕을 퍼부었다는 이야기였다. 먼 길을 걸어다니는 것을 아는 기사 분들은 더러 아이들을 태워 주곤 하는데, 이에 맛들인 아이들은 이제 어느 차라도 지나만 가면 은근히 태워 주겠지 하고 바라곤 했다. 아무 탈 없이 잘 걷다가도 차 소리만 나면 걷기가 싫어지고, 행여 그냥 지나쳐 가는 기사 아저씨가 있으면 양심조차 없는 사람으로 여겨졌다. 그래서 그런 차 뒤에다 대고 팔뚝질을 하고, 돌아올 땐 골탕먹으라는 생각에 돌멩이를 들어다 놓고선 시시덕거리기에 이르렀다.

갑자기 내 어린 시절이 떠올랐다. 어머님을 일찍 여읜 데다 막내였던 나에게 이웃 사람들이나 친척들은 불쌍하다는 말을 곧잘 하곤 했다. 그게 틀린 말은 아니었을지 모른다. 그러나 지금 돌이켜보면 고개를 젓도록 하는 일이 아닐 수 없다. 누구 한 사람이라도, "어머님이 안 계시지만 꿋꿋이 살아가거라." 하는 얘기를 해 주었더라면 얼마나 좋았을까! 나도 모르는 새에 누구에게나 어리광을 부리고 기대는 버릇이 붙어, 어른이 되어서도 나는 그걸 쉬이 고칠 수 없었다.

이런 경험을 안고 있어서 나는 자칫 스스로가 못났다 생각하곤 하는 농촌 아이들에게 교과서 밖 이야기를 많이 들려주곤 한다. 그 날도 마찬가지였다. 만일의 경우 차 사고가 났을 때 그 책임을 몽땅 져야 하는 기사 아저씨의 처지를 이해시키고, 감춰져 보이진 않지만, 스스로 걷지 않고 남에게 기대어 가려는 '거짓된 뿌리'를 들추어 냈다. 그러면서 아이들이 늘 일기에 적는 이야기들, 산딸기를 따고, 목말라 샘물을 마시고, 이상한 벌레를 보고, 힘들면 바위 위에 앉아 쉬고, 동무들과 다투어 토라졌다가도 곧 돌아서는 모든 것들이 이 다음에는 큰 보물로 남을 거라는, 손끝에 잡히지 않을 이야기까지 길게 해 주었다.

열네 아이들이 조용히 내 이야기를 듣긴 하였지만, 나는 그 이야기들이 아이들 마음 어디를 얼마만큼 흔들어 놓았을까 자신이 없었다. 편하게 살 수 있다는 꾐이 늘 현실이기 때문이었다. 그러나 그 뒤 아이들 마음은 내 이야기에 얼마만큼 흔들리고 있음에 틀림없었다.

학교에서 돌아오는 길에 책을 읽으며 왔다. 처음에는 희점이와 같이 왔는데, 희점이는 책을 읽으면서도 걸음이 빨라 나보다 조금 앞서 있었다.

상유 위쯤에서 오토바이 소리가 나 뒤돌아보니 미애 아버지가 오고 계셨다.

미애 아버지가 내 앞에 서길래 인사를 하니, "탈래?" 하고 말씀하셨다. 무척 타고 싶었지만 남에게 기대는 마음이 생각나 괜찮다고 하니, 미애 아버지는 그냥 오토바이를 몰고 가셨다.

집에 빨리 오진 못했지만 남에게 기대지 않은 것이 무척 기뻤다. 희점이를 따라가니, 희점이가 웃으면서, "용감하네." 하고 말했다. 그 말에 나도 웃었다. (정혜원, 1991년 4월 13일)

수업을 마치고 가게에 들어가 과자를 사 먹고 아이들과 막 나오니까 택시가 한 대 올라왔다. 그런데 거기서 누구를 오라고 했다. 처음에는 누구를 오라고 하는지 몰랐는데 자세히 보니까 고모 집 형님이었다. 그래서 뛰어가 보니까 타라고 했다. 나는 타고 싶지 않았는데 나도 모르게 타게 되었다. 타고 조금 왔을 때 운전사 아저씨가 형님보고, "태워 주려면 다 태워 주어야 되고, 아니면 태워 주지 말아야 하지 않겠습니까?" 하고 말하고, 또, "타고 가는 아이는 좋지만 타지 못한 아이는 얼마나 타고 가고 싶겠습니까?" 하였다. 나도 그렇게 생각했으나 내리지도 못하고 그냥 집에까지 왔다.

집에 와서 텔레비전을 막 트니까, "미안하다."는 말이 나왔다. 못 타고 온 아이들을 위해 텔레비전이 나 대신 말해 준 것 같았다. (지경오, 1991년 5월 26일)

이렇게 아이들 맘을 들여다보면서, 나 스스로도 길을 오르내리면서 무척 조심했다. 차가 뒤에서 오면 일부러 차를 못 본 척 고개를 돌리면서 걸었다.

그런데 어느 아침에 차가 내 뒤에 와 서더니, 기사 아저씨가 큰 소리로 나를 불렀다. 그래 뒤를 돌아보니 변소를 치러 오는 똥차였다. 만일에 내가 타지 않으면 속을 모르는 기사 아저씨는, '베푸는 마음도 모르고, 똥차여서 안 타는구나!' 하고 오해할 것만 같았다. 그래서 고맙다 얘기하고 높다란 자리에 올라앉았다. 정말 똥 냄새가 지독하게 났다.

그 날 아침 교실에서 이 이야기를 들려주니 아이들이 신나게 웃으면서 손뼉을 쳐 주었다. 내가 처음 타 본 똥차 이야기를 해 놓고 나도 아이들을 따라 웃지 않을 수 없었다. (1991년)

호두나무 그늘

개학을 열흘쯤 앞두고 나는 학교에 나가 보았다. 자취방 닫힌 벽장 속 이부자리와 옷가지들에 햇볕을 쏘이고, 사나흘 쉬면서 적게 먹고 싶었다.

혼자 밥을 끓여 먹으면서 두 해 남짓 아침 거르는 습관을 들였더니, 방학하여 집에 머무를 때가 가장 견디기 힘들었다. 아내가 해 주는 맛난 밥에 이것저것 가리지 않고 먹어 대니, 배는 늘 더부룩하고 책이라도 읽으려면 얼마 안 가 졸음이 쏟아졌다.

더군다나 아파트가 사람을 가두어 두는 곳이라면, 내 자취방은 문을 열면 곧장 논이고 밭이어서 언제나 나를 밖으로 내끌었다. 아무 때라도 길을 따라 나설 수가 있고, 아이들 사이에 끼어도 어른이라는 티가 나지 않아 좋았다. 공 차는 실력이 아이들을 따르지 못하기는 했지만, 1학년 정민이부터 중학교에 다니는 차종이까지 모두 쳐도 판이 어울릴 둥 말 둥 한 놀이판에서 나는 당당히 아이들의 동무로 낄 자격을 갖춘 셈이었다.

밤에 자리에 누우면 창문 너머로 별이 보였다. 이듬해에 학교에 가게 될 선화는, 그 별들이 해가 쪼개져서 만들어졌다고 했다. 낮에는 그 별 조각들이 모여 다시 해가 되는데, 선화는 그런 걸 모르는 어른들이 참 이상하다고 했다.

북두칠성은 일곱 개의 별을 다 보여 주다가 밤이 깊을수록 국자 모양 쪽부터 감추어 갔다. 그래서 시계를 보지 않고도 밤의 깊이를 어느 정도는 잴 수 있었다.

별이 많이 돋은 여름밤일수록 풀벌레 우는 소리들로 세상이 꽉 채워졌다. 그 많은 소리가 있다는 게 좋았다. 그리고 내가 그 소리 가운데 들어 있다는 것이 큰 행운이라고 생각했다.

바람이 불면 옥수수잎 서걱거리는 소리가 내 잠을 더디게 하고, 호박잎에 떨어지는 빗방울 소리는 처마 밑 비막이 투명 플라스틱 위로 떨어지는 빗소리와 묘하게 잘 어울렸다. 아무리 문명을 뽐낸다 해도, 이미 내 몸 속에 깊이 들어와 박힌 이런 자연의 숨결을 버리고선 나는 아무것도 아니라는 생각을 하고 있었다.

일직을 하고 있던 장 선생님이 나를 반갑게 맞아 주었다. 일직이라고는 하지만, 이런 조그만 학교에선 기껏해야 한두 번 걸려 오는 전화를 받는 게 고작이었다. 때문에 장 선생님은 제법 자라 넉넉한 그늘을 만들고 있는 느티나무 아래에 의자를 갖다 놓고 앉아 신문을 읽고 있는 중이었다. 고르바초프 소련 대통령이 쿠데타로 자리에서 물러났다는 머리기사가 실려 있는 신문이었다.

마침 그 그늘은 바람이 지나는 길목이어서 더 시원했다. 한 시간 넘게 버스를 타고 오는 동안 비포장 길 흙먼지를 뒤집어쓰고, 햇살 드는 창 쪽에 앉아 땀을 흘려 답답해진 몸이 스르르 풀려 왔다.

곧 일직을 바꾸기 위해 와 있는 전 선생님도 나오고, 선화 어머님은 오이를 한 바가지 따 왔다. 목이 마르던 때라 오이 맛 또한 그만이었다.

그러나 곧 나는 불안해지기 시작했다. 앞에 나 있는 찻길로 경운기를 끌고 가는 사람, 지게에 풀을 베어 지고 가는 사람, 삽을 들고 논으로 가는 사람들이 비록 띄엄띄엄이기는 했지만 끊이지 않고 지나갔다. 무심코 우리 옆을 바라보고 지나친다 해도, 그이들 마음 속에 들어 있는 우리는 너무나 한가한 사람들임에 틀림없을 거였다.

그러나 그보다 더 내가 얼른 자리를 떠야겠다고 생각한 것은 산 밑 영미를 보고 나서였다. 논 위를 날면서 먹이를 즐겨 찾는 제비들도 이런 한낮에는 그늘에서 쉬었다. 그런데 그늘 한 점 없는 논 가운데에 영미는 들어 있었다. 어머니, 언니와 함께였다. 언제부터 시작했는지 논둑을 말끔히 베 놓고 이젠 논에서 피사리를 하고 있었다. 논둑마다 콩을 심어 더디베어야만 했을 논둑 풀들이 멀리서도 시들어 보였다.

지난 해 처음 만났던 영미는 검정 고무신을 신은 나를 보고 얼굴을 돌리면서 자꾸 웃곤 했다. 큰 키만큼이나 부끄럼이 많았던 그 애가 중학생이 된 지금, 제 어머니의 '몸뻬'를 입고서 땀을 흘리고 있는 중이었다.

딸 다섯과 아들 하나, 여섯 남매를 둔 영미 아버지는 아이들 가르칠 돈을 벌어야 한다면서 집을 떠나 일을 했다. 그 때문에 모심고 거둘 때만 잠깐 아버지가 집에 들어왔다. 그래서 식구가 모두 함께 지낼 수 있는 때는 아버지가 집 짓는 일을 하기 힘든 한겨울이라야만 했다. 그러니 집안일은 언제나 어머니와 아이들 몫이었다.

장마가 한창이던 때 아침 일찍 산책을 나갔다가 비옷을 입고 꼴을 베는 영미 어머니를 만난 적이 있었다. 소를 내다 메지 못하여 꼴 베는 게 한정 없다는 영미 어머니의 낫질 솜씨는 여느 남자와 다름이 없었다. 그걸 보면서 이제 영미 아버지에게 바깥일 그만 시키라 했더니 영미 어머니는 이렇게 대답하면서 웃었다.

"이제 집에 있으면 답답타고 나가려고만 하잖아요."

나는 슬그머니 자리에서 일어나 내 방으로 왔다. 벌써부터 문을 열어 두었는데 아직도 방 안에는 곰팡내가 가시지 않고 있었다.

먼저 이불을 꺼내다 볕에 널었다. 그리고 걸레를 빨아 구석구석까지 정성들여 닦았다. 쓰레기통도 비워 오고 그릇 몇 개도 다시 씻었다.

한결 산뜻해진 방에서 나와 마당에 있는 풀을 뽑았다. 그토록 메마른 땅에 뿌리를 내리는 풀들의 힘은 무엇일까 싶었다. 그 풀 가운데서도 바랭이는 억세기로 둘째 가라면 서러워할 놈이다. 뻗어 나가는 마디마디에 뿌리를 내려 땅바닥에 붙어 있는데, 내 손에 힘을 줄 때마다 그 자리에 있게 해 달라고 아우성을 치는 듯만 싶었다.

풀을 뽑는 틈틈이 나는 영미가 있는 곳을 바라보았다. 그러면서 자꾸만 내 머리 위 호두나무를 생각했다. 몇 해 전 누군가가 둥치를 잘라 버려 아직 열매를 많이 맺진 못하지만, 호두나무는 가지를 무성히 뻗어 그늘을 넓게 만들어 내고 있었다. 하지만 나는 그 호두나무의 그늘 한 줌조차 영미에게 날라다 줄 수가 없었다. (1991년)

내가 받은 돈 봉투

얼마 전 〈아림 신문〉에 학부모들이 교사들한테 건네는 '돈 봉투' 이야기가 꽤나 크게 실렸다. 사설에서까지 다룬 이 기사를 읽고 일반인은 일반인대로 또 교사들은 교사들대로 입맛을 다시면서 씁쓸했을 터였다. 나도 이 기사를 읽고서는 어쩐지 가슴 한 구석이 텅 비는 듯해, 슬며시 신문을 덮어 버리고 말았다.

며칠 뒤 동료 교사 한 분이 이 문제를 들추면서 내 의견을 물었을 때도, 나는 뚜렷이 할 얘길 찾지 못한 채 얼버무리고 말았다. 다만 내가 무슨 자리에 있든 그런 조그만 돈을 받고 말을 듣느니 받지 않겠다고만 했다. 대신에 그 자리를 떠나도 평생 먹고 살 수 있을 만큼의 돈이라면 생각해 볼 문제라면서.

억울한 생각을 하면서까지 마지못해 몇 푼 넣은 돈 봉투를 갖다 바친 학부모들한테는 이 기사가 고소했을지 모르겠다. 그러나 내 둘레에 있는 많은 동료들은 받아 보지도 않고 이런 소리를 들어야 한다면서 억울해했는데 나 또한 은근히 부아가 치밀어올랐다.

어쩌다 책방에 들를 때가 있다. 보고 싶은 책을 주문해 놓았다가 사러 가는 것이다. 그런데 책방 안을 살피다 보면 책 욕심을 부리게 되는데, 만

약 주머니 속에 그런 '눈먼 돈'이 들어 있다면 '에라, 잘 됐다.' 하는 마음으로 나도 쓰고 말았을 터다. 그러나 한 발만 물러나 그 돈 속에 들어 있는 마음을 조금이라도 읽어 낸다면, 감히 그런 돈 받는 일이 쉽지는 않을 거란 생각을 해 본다.

내가 처음으로 돈 봉투를 받아 본 것은 학교 생활을 시작한 지 네 해째 되던 해였다. 산골짜기 학교에 있던 처음 세 해 동안에는 그런 건 생각지도 않고 지내 오다, 학급이 많은 탄광 마을 학교로 옮겨 갔을 때였다. 첫 해 4학년을 맡았는데, 반장 어머니가 5천 원을 가져다 주었다. 그 때나 지금이나 나는 학부모가 우리 교실에 오면 가슴부터 떨렸다. 아이들이 지켜본다 생각하면 나는 학부모님과 만나 이야기하는 것조차 그렇게 짐스러울 수가 없었다. 그런데 '돈 봉투'까지 들고 왔으니, 어떻게 그 뒤 시간을 보냈는지 알 수가 없었다.

아이들을 돌려보내고, 나는 바로 옆 교실 주임 선생님을 찾아가 부모님이 돈 가져온 걸 얘기했더니, 짐스러워하지 말고 받아 두라 했다. 대신 좋은 데에 쓰면 되지 않겠느냐는 거였다. 그 말에 용기를 얻어 나는 그 돈을 갖고 책방으로 달려갔다.

탄광 마을 학부모들의 손이 크다는 얘기는 새빨간 헛소문이었다. 내가 아이들에게 어머니들이 학교에 나오지 않았으면 좋겠다는 이야기를 해서인지는 몰라도, 어디에서건 어머니들 만나기가 쉽지 않았다.

그 해에 나는 어렵사리 굴 속 구경을 할 수가 있었다. 이듬해에는 '사북 사태'가 일어났는데, 나는 많은 아이들 글 속에서 가난을 들여다볼 수가 있었다. 그 다음부터는 어쩌다 누가 돈을 가져오면 말없이 받아 학교 내 책상 서랍 속에 두었다가, 학년을 마치는 2월에 편지를 써서 그 돈과 함께 보내 드렸다. 그리고 편지 끝에 누구에게든 비밀로 해 달라는 부탁

을 잊지 않았다. 내가 하는 그 일이 어디에라도 알려져선 안 되겠다 싶어
서였다.

내가 그 학교에서 다섯 해째를 보낼 땐 1학년을 맡았다. 화장실에서부
터 바지를 내리고 걸어와 교실 밖에 서서 화장지를 달라던 재홍이를 비롯
하여, 첫 시험 때 "풀을 뜯어 먹고 사는 동물은 어느 것입니까?" 하는 문
제에 번호에도 나와 있지 않은 토끼를 찾느라 야단을 떨던 아이들이었다.

이 꼬맹이들과 봄 소풍을 다녀온 다음 날 아침이었다. 칠판에 아침 공
부를 적어 주고 막 자리에 앉았는데, 기다렸다는 듯 종현이가 앞으로 나
오더니 편지 봉투를 내 책상 위에 두고는 말없이 들어갔다. 그 속에는 연
필로 또박또박 쓴 편지가 들어 있었다.

선생님 안녕하십니까? 어제 저희 아이들 데리고 소풍 다녀오시느라
수고하셨어요. 저희 집 꼬마를 데리고 가는 바람에 어제 선생님 식사
대접을 못 했어요. 정말 죄송합니다. 어제 점심 대접하려고 준비했다가
여의찮아서 오늘 종현이 편에 보냅니다. 약소하지만 오늘 점심 식사나
하세요. 종현이가 잘 전해 드릴지 모르겠네요.

편지를 다 읽고 봉투 속을 보니 다른 편지 종이에 만 원짜리 한 장이 들
어 있었다. 가슴이 무언가로 울컥 치밀어올랐다. 3월 초, 아이들이 갓 입
학했을 때 만나 본 어머니들 가운데 종현이 어머니는 가장 거칠거칠한 얼
굴을 지닌 분이었다.

나는 편지와 함께 봉투를 다시 접어 책상 서랍 속 깊숙이 넣어 두었다.
지난 2월에 복남이 어머님께 5천 원을 다시 돌려 드렸듯, 다가오는 2월까
지 그 곳에서 그대로 봉투는 긴 잠을 잘 것이다.

종현이가 나에게 편지를 준 지 사흘이 지나서였다. 뜻밖에도 종현이 어머님이 교실로 찾아오셨다. 그리고 하시는 얘기가 바로 그 이튿날 짐을 꾸려 떠나 왔던 시골로 다시 이사를 간다고 했다.

책가방을 챙기는 종현이더러 점심을 먹고서 서류를 가지러 교실로 오라 이르고, 아이들이 떠나간 빈 교실에서 편지를 썼다. 가슴이 자꾸만 떨려 왔다.

넷째 시간이던가요? 유리창 너머로 어머님을 뵈었을 때만 해도 선뜻 어머님을 알아보지 못했습니다. 살아가시는 일이 무척 힘들지요? 또 무엇보다도 아이들 키우기에 걱정이 많으시죠? 내가 못 배웠으니 자식들이나마 잘 가르치고 싶은데, 잘못 자라면 어쩌나, 어머니들의 걱정은 끝이 없으리라 생각합니다. 그러나 종현이만은 잘 자라리라 여깁니다. 착하고 맡겨진 제 일들을 잘 하고 있습니다.

갑자기 이렇게 떠나니 서운하기 짝이 없습니다만, 좀더 넓고 넉넉한 곳을 찾아가신다니 맘이 놓입니다. 그러나 무엇 하러 왜 가시냐고 예사 말이나마 불쑥 여쭙게 되지 않았습니다. 한 달 전에 아버님이 퇴직을 하셨다고요?

그런데 어머님, 사과드려야 할 일이 있습니다. 저번에 편지와 함께 저에게 보내셨던 것 다시 되돌려 드립니다. 저는 어머님이 베풀어 주신 고마운 마음만으로도 큰 부자가 되었습니다.

만 원이면 지금 저희에게도 큰 돈입니다. 그러나 그걸 쉽게 생긴 거라 하여 제 맘대로 쓸 수 없었습니다. 저는 그 돈을 어떻게 번 거라는 걸 잘 압니다. 아버님이 아무 사고 없이 하루 나가 힘껏 일해도 벌기 어려운 큰 돈임을 말입니다.

가난이 드러낼 수 없을 만큼 부끄러운 건 아닐지라도, 가끔 사람답게 살고 싶을 때 얼마나 불편한 것이던가요? 그런 가난을 이겨 보고자 이 어려운 곳에 들어오신 분들께 저는 오직 함께 살고 싶은 마음의 한 조각이나마 전해 드리고 싶을 따름입니다. 그것은 제가 가난하기 때문에서이기도 합니다.

봉투를 받던 날, 저는 그 돈을 제 서랍 깊숙이 그대로 두었습니다. 집에 가서도 그런 이야기만 전했을 뿐입니다. 오는 2월에 돌려 드리려고 말입니다. 다만 그 2월이 생각보다 빨리 찾아왔을 따름입니다.

그럼 어디 가시든 식구들 모두 건강하시고, 종현이가 떳떳한 사람으로 자라길 빌겠습니다. (1983년 5월 17일)

내가 거창에 옮아와 살아온 지는 몇 해 되지 않는다. 그런데 이 곳에서도 두세 번 봉투 사건을 겪었다.

지금은 없어졌지만, 신원 골짜기에 있는 조그만 학교에서 6학년을 맡았을 때였다. 아이들이 졸업하던 날 학부모 몇 분이 나한테 와, 조금 더 보태 옷이나 한 벌 해 입으라면서 봉투를 건네주었다. 10만 원이나 든 큰 봉투였다. 내가 두고 용돈으로 해도 한참 쓸 수 있고, 아내한테 갖다 주어도 무슨 큰 돈이냐면서 눈이 둥그레질 만한 돈이었다.

나는 그 자리에서 안 받는다고 실랑이를 해 봤자 아무 소용이 없다는 것을 알았다. 그래서 누런 봉투째 주머니에 넣으면서 고맙다고 인사를 드렸다. 그 돈 속에는 뱀이나 멧토끼 같은 걸 잡아서 번 것을 써 보지도 못하고 내야 했을 차종이네 아버지의 땀도 들어 있을 터였다.

봄 방학을 마치고 새 학기가 되었을 때, 나는 그 돈을 들고 가 마흔 명쯤 되는 전교생 숫자만큼 책을 사서 반마다 놓아 주었다. 그러고도 돈은 몇천 원이 남았다.

그 다음 해에도 똑같은 일이 벌어졌는데, 이제는 문제가 달랐다. 학교가 문을 닫아 버렸기 때문이었다. 이 때만은 어쩔 수 없이 내 생각대로 그 10만 원을 써 버리고 말았다. 내가 만든 약속을 처음 지키지 못한 때였다.

지난 해, 나는 거창 초등 학교로 옮겨 와 4학년을 맡았다. 학교가 하도 커서 얼떨떨했다.

소문대로 학기 초가 되자 어머님들 몇 분이 찾아와 교실에 필요한 것이 없느냐고 물었다. 나는 없다고 했다. 그것들을 어머니들이 살 필요도 없었지만, 먼저 쓰던 것들이 있었다. 딱 하나 쓰레기통이 필요했는데 그건 학교에 사 달라고 했다.

교탁 위에 꽃을 놓는 것도 나는 거추장스러웠으므로, 우리 교실은 여느 교실에 견주어 밋밋했다. 그러나 난 그런 것에는 마음 쓰지 않았다. 어머니들은 그런 날 만나는 게 좀 어려웠을지는 몰라도 맘만은 편했으리라 믿는다.

5월 어린이날 잔치가 열리던 때, 학교에 처음 온 어머니가 있었는데 그분의 눈치가 이상했다. 그래서 나는 부러 그 어머니를 피해 다녔다. 그런데 아이들을 모두 돌려보내고 난 다음 교실에서 내려오다, 나는 그 어머니와 마주치고 말았다. 그리고는 내밀어 주는 봉투를 받아야만 했다. 5만 원이 든 봉투였다. 이걸 받았다가 이 다음 거리에서 만나면 무슨 낯으로 대하나 하는 생각을 하면서도, 마음 속 한구석에 나도 이런 '눈먼 돈'을 받았으면 하는 마음이 있음을 숨길 순 없었다.

하지만 바로 이튿날 나는 편지를 쓰고, 내가 쓴 동화책 한 권을 사서 봉투와 함께 아이 편에 들려 보냈다. 워낙 큰 학교라 그게 소문이 되어 또 봉투를 가져오는 어머니들이 있을까 싶어서였다.

그 무렵, 어머니 한 분이 우리 교실에 축구공과 배구공을 한 개씩 들고 왔다. 난 고맙게 받아 아이들에게 소개를 하고 그 어머니를 위해 손뼉을 쳐 드리도록 했다. 나중에 공 한 개를 잃어버려 그 어머니께 죄송스러웠지만, 지금도 나는 공을 갖고 왔던 그 어머니를 잊지 않고 있다.

5월이다. 이런저런 날들이 겹쳐 가정의 달이라 일컫는 이 달에 이제는 학부모나 교사가 조금이라도 눈치 보지 않고 만날 수 있었으면 한다. 자장면 한 그릇, 찬물 한 잔, 아니면 길거리에 서서라도 묻고 싶고, 듣고 싶은 이야기들을 자연스레 나눌 수 있어야 하지 않을까. 학부모와 교사, 이보다 더 가까운 사이가 또 어디 있겠는가! (1993년)

어머니들께

저는 이 글을 읽으시려는 어머니들께 먼저 부끄러움을 털어놓지 않을 수 없습니다. 왜냐 하면 아이들을 가르쳐 온 지 아직 여덟 해도 채 못 되었고, 이제야 서너 살짜리 두 아이의 아버지이니 어머니들이 이미 갖고 있는 지혜로움에 제가 도저히 미치지 못하는 까닭입니다. 더구나 벽지 탄광 마을의 평범한 교사로서 남다르게 잘 다듬어진 이론 같은 것을 가지고 아이들을 가르쳐 온 것도 아니기 때문에 더욱 그렇습니다.

그래서 저는 어머니들이 혹 기대하실지도 모르는 '아이를 잘 기르는 비법' 같은 것은 말할 것도 없고, "이렇게 길러 주시오." 하고 제 뜻을 딱 잘라 설득할 만한 자신 또한 아예 없습니다. 다만 그 동안 저의 눈에 비친 '아이들의 둥우리'에 대한 이야기를 들려 드려야겠다는 게 제 생각일 뿐입니다. 그런 탓에 제가 드리는 이야기는 이미 어머니들도 들었거나 생각했던 것에 지나지 않을는지도 모릅니다.

어린이 말은 새롭다

학교에서 아이들을 가르치고 있는 저는 언제나 그 아이가 어떻게 태어났느냐보다는, 지금 무슨 생각을 하고 있으며 어떤 일을 하려 하느냐에 더 관심이 있습니다. 초등 학교 교실에서 그 아이가 천재인지 바보인지는 큰 관심거리가 될 수 없습니다. 구태여 뛰어난 머리를 지니고 있지 않아도 가르치는 것을 성실하게 따라 해 내고, 맡은 일을 꼼꼼히 치러 내는 아이가 가장 사랑스럽고 대견합니다.

하지만 많은 어버이들은 갓 말을 하기 시작하는 아이들이 성실한 사람으로 자랄 수 있도록 마음쓰기에 앞서, 서슴지 않고 '천재 판정'부터 내리려고 합니다. "이 녀석이 벌써 어려운 말들을 골라 쓰는 걸 보니 천재는 아닐까?", "네 살이 되도록 말을 잘 못 하는 걸 보니, 커서 공부하기는 틀린 것 같은데?" 이렇게 '천재 판정' 대상에 들어야 하는 아이는 그 애가 천재건 아니건 불쌍합니다. 어머니는 그 아이의 세계를 꿰뚫어 보려 하기보다, 장삿속에 눈 어두운 책 장수들의 한 마디 말에 더 넋을 앗기기 쉽기 때문입니다.

어느 유치원 선생님이 꼬마들을 데리고 설악산에 갔는데, 케이블카를 처음 본 아이들은 그것을 보자마자 '하늘나라 차'가 간다면서 탄성을 지르더랍니다. 그렇습니다. 그 꼬마들에게는 케이블카란 말이 아무런 뜻을 가질 수 없습니다. 오직 하늘을 나는 멋진 차가 될 뿐입니다.

또 한번은 어느 분이 겨울에 오토바이를 타려고 위아래가 붙어 있는 바람막이 긴 옷을 입고 있는 걸 보고, 아이들은 '코끼리 바지'라고 신기해 하더랍니다. 따옴표를 가르치던 1학년 교실에서도, 그 이름을 묻는 선생님 말을 받아 한 아이가 아주 똑똑히 '올챙이표'라 대답해 선생님 혼자 껄껄 웃고 말았다는 이야기를 들은 적이 있습니다. 제가 아는 두 살짜리 아이도 밤이 되어 어두워지면, "밖에 깜깜이가 왔다."고 이야기하곤 했습니다.

이처럼 아이들의 말은 그들이 바라보는 세계처럼 신선할 따름이지, 그들의 말이 천재와 백치를 가름하는 잣대가 되어서는 안 됩니다. 아이들을 기른다는 것은 얼마나 힘들고 또 위험이 따르는 일이던가요? 너무 울어 대는 아이를 문 밖으로 내쫓고 싶은 생각에 사로잡혀 본 어버이도 있을 것이며, 그 아이의 앞날은 내가 하기에 따라 휠 수도 검을 수도 있을 거라는 생각을 하면 앞이 아득해 보일 때조차 있었을 터입니다. 그럴 때라도 아이들의 그런 신선한 숨소리 같은 말을 받아 주고 소중히 여길 줄 아는 어머니는 어딘가에 숨어 있던 새 힘이 다시 솟아오름을 느끼게 되리라 믿습니다.

그와 같은 태도야말로 진정으로 어린이와 함께 사는 길이면서 서로가 서로에게 보금자리가 돼 주는 거라 생각합니다. 귀만 기울인다면 우리는 모든 아이들의 새로운 말을 들을 수 있습니다. 이제 어른들이 어린이들을 천재냐 아니냐로 나누려는 고약한 버릇을 버리는 문제만 남아 있습니다. 그리고 억지부려 아이들을 천재로 만들려는 생각 또한 벗어던져야 할 때입니다.

토막질당하는 아이들의 생각

획, 바람이 스치는가 싶더니 회오리바람이 일면서 종이 부스러기와 흙 먼지를 감아올려 높은 바람기둥이 만들어졌습니다. 지나던 아이들이 모두 그걸 바라보느라 정신이 팔려 있었습니다. 그 때 한 아이가 가방을 땅바닥에 던져 놓더니 그 회오리바람이 도는 방향을 따라 두 손을 벌린 채 빙글빙글 도는 것이었습니다. 회오리바람은 어딘가로 사라지고, 그 아이도 마침내 어지러움에 못 이겨 땅바닥에 주저앉았습니다. 둘러섰던 모든 아이들이 '와!' 하고 웃어 댔습니다. 손뼉을 치는 아이도 있었습니다.

또 이런 아이도 있었습니다. 저희 반 강혁이라는 아이였습니다. 아버지가 이 곳으로 온 지 두 해가 채 못 되어 시름시름 앓기만 하다가 다시 시골로 농사를 지으러 가는 바람에 지난 9월에 전학을 간 아이입니다. 이 아이는 3월 갓 들어온 뒤로부터 줄곧 제 눈에 띄었는데, 어른들에게 고분고분한 표시라고는 전혀 갖고 있지 않았습니다. 사실 저는 그게 못마땅하면서도 마음이 끌리는 데에는 어찌할 수가 없었습니다.

6월 어느 날, 아침에 운동장 모임을 하고 있는데, 줄을 선 지 5분도 안 되어 혁이만 태연히 쪼그리고 앉아 땅바닥에다 그림을 그리느라 정신이 없었습니다. 줄 사이로 끼어들 수가 없어 발만 동동 구르다가 교실로 들어가자마자 이미 정한 대로 손바닥을 자막대기로 두 대 때려 주었습니다. 아직도 줄서기가 제대로 이루어지지 않아, 똑바로 줄을 서지 않으면 손바닥을 때린다고 약속을 해 둔 터였습니다.

"혁인 왜 혼자 앉아 있었지?"

"더워서 그랬어요."

혁이의 대답은 한 치의 틈도 보여 주지 않았습니다. 저는 무엇인가 뒤통수를 세차게 얻어맞은 기분이었습니다. 저는 그 자리에서 내 잘못을 사과하지 않을 수 없었습니다. 손바닥을 때리는 것은 오직 나 혼자 편해 보자는 것밖에 아무것도 아니었습니다.

그 뒤로도, 여러 아이들이 함께 외치는 "싫어요." 하는 말은 들었지만, "싫습니다, 하기 싫습니다." 하고 혁이처럼 혼자서 똑똑히 말하는 아이를 좀처럼 만나 보지 못했습니다. 혁이는 여름 방학 그림 일기를 빼먹지 않고 저만이 그릴 수 있는 그림과 글씨로 해 왔습니다. 언젠가 옆자리에 있는 동무가 잃어버린 지우개 때문에 엄마한테 혼난다면서 훌쩍거리자, 저는 네 개를 잃어버렸어도 혼나지 않았다면서 신기한 눈초리를 보이던 혁이를 생각해 볼 때마다, 《서머힐》에 나온 닐(A. S. Neill) 선생님 말이 함께 떠올랐습니다. 우리가 어떻게 해야 아이들을 행복하게 해 줄 수 있을까 하는 물음에 선생님은 이렇게 말했던 것입니다.

"모든 강제를 없애시오. 어린이들에게 자기 자신으로 될 수 있는 가능성을 주시오. 어린이를 휘몰아 대지 마시오. 어떤 높은 곳으로 끌어올리지 마시오. 아무것도 강요하지 마시오."

실컷 놀아야 하는데

우리 놀이터

6학년 박은주

탄광에서만
탄이 나는 줄
알았는데
놀이터에서도
탄이 나요.
일하는 사람은
아이들뿐이예요.

물이 귀한 데다가 위 아이의 글에서 보듯 놀이터에서마저 석탄이 묻어나니, 이 곳 어머니들의 빨래 일은 여간 힘이 드는 게 아닙니다. 그러나 이 문제가 꼭 이 곳 어머니들만의 어려움이라고 저는 생각지 않습니다. 만일 아이들에게 노는 일을 빼고서 무엇이 남을지에 대해 생각해 보면, 모든 어머니의 수고를 쉽게 미루어 볼 수 있기 때문입니다.

나는 저녁 때 그네를 타는데 어머니가 자꾸만 오라고 합니다. 그래도 나는 그네를 탑니다. (1학년 이제헌)

이게 바로 아이들의 마음입니다. 어려운 북한 아이들을 구해 낼 방법에 대해 말해 보라니까, "나쁜 사람들이 잠잘 때 귀신놀이를 하는 척하면서 나무 뒤로 숨어 가서." 따위로 말하지, "우리가 부자 나라가 되어서, 힘을 길러서, 수소 폭탄을 떨어뜨려서." 하는 식으로 대답하지는 않습니다. 이런 1학년 아이들을 두고, 어리석다 말할 수는 없겠지요. 하지만 모를 일입니다. '아이들도 저들만의 생각을 갖고 있다.' 는 걸 잊고 있는 어른들이라면 말입니다. 그러나 제가 살펴본 아이들의 글이나 일기에는 많은 아이들이 놀았다고 해서, 어른들의 말을 따르지 않았다고 해서 한결같이 꾸중들은 이야기들로 가득 차 있습니다.

아이들이라 해서 해야 할 일이 없는 건 아닙니다. 하지만 그 아이가 어떻게, 무슨 일로 재미있게 놀았는지 묻기보다, 그저 옷을 새까맣게 만들어 왔다는 것만 붙들고 나무란다면, 아이들이 몸 붙일 곳이 어디 있겠습니까?

무엇에 바탕을 두고 제가 다음과 같은 생각을 갖게 되었는지는 모르겠습니다만, 아무 걱정 없이 맘껏 놀아 본 아이들만이 이 다음 자라서 제 할 일을 기쁘게 하리라 믿고 있습니다. 시달림을 받고 자란 아이일수록, 커서 참으로 놀아야 할 때라도 놀지 못한 채 구경꾼으로만 남고 말 거라는 생각이 듭니다.

장난감은 시대를 말한다

날마다 벗하는 텔레비전에서 총칼을 들고 싸우는 국군 아저씨들이 늘 이기는 데 감동을 받아 그러는지는 모르겠지만, 우리 반 남자 아이들의 장난감은 거의가 총과 칼뿐입니다. 그래서 어느 아이의 일기에는 날마다 전쟁놀이, 칼싸움들로만 채워져 있습니다. 이 다음에 군인이 되겠다는 애들이 대부분이고, 천 원짜리 총을 서슴지 않고 살 수 있는 걸 보면 가난하다는 말조차 거짓말만 같습니다.

어느 날, 우연히 당신 아이들에게 가게 진열대에 놓인 장난감들 대신 솔방울을 한 바구니 따다 준 경아 어머니의 이야기를 들은 적이 있습니다. 바로 그 어머니처럼 우리 아이들의 손바닥에다 플라스틱의 죽은 감촉 대신 살아 있는 자연의 감촉을 쥐어 주는 일이야말로 우리 어른들이 먼저 해야 할 일이 아닐까 합니다. 총과 칼은 사람을 죽이는 나쁜 것들이니 버리자면서 타일러 보았으나, 아이들은 선뜻 용기를 내지 못했습니다.

자기의 욕심을 위해 총과 칼로 남의 재산과 목숨을 빼앗는 데 앞장선 나폴레옹 같은 사람을 높이 받드는 사람들을 이해할 수 없습니다. 그 나라 사람들이야 혹 그런 생각을 가질 수 있을는지 모르겠지만, 서로 도우면서 함께 사는 세상을 만들어 나가야 할 우리들에겐 나폴레옹은 한낱 싸움터의 주인공에 지나지 않습니다.

아이들에게 바른 뜻을 기를 수 있는 장난감을 골라 주는 것은, 바로 좋은 책을 안겨 주는 것과 다름없다는 생각을 해 봅니다.

맺음 이야기

주제에서 벗어난 듯싶습니다만, 이미정이라는 6학년 여자 아이 이야기를 하려고 합니다. 이 아이는 아이들을 정성껏 보살피는 어머니 밑에서 자란 때문인지 얼굴에서 구김살을 찾아볼 수 없는 아이입니다. 엊그제는 함께 해야 할 일이 있어서 요즘 하고 있는 일을 물어 보았습니다. 그랬더니 어머니한테 바느질을 배우고, 집 앞에다 고무줄을 매어 놓고 높이뛰기를 한다면서 웃었습니다. 그 말을 듣고, 아이들을 이해하고 함께 놀아 주는 어머니가 가까이에 있었구나 생각하니 나도 몰래 신이 났습니다.

그럼 이런 미정이가 생각하고 있는 어머니는 어떤 분일까요?

전 엄마가 꼭 제 친구 같아요. 그리고 엄마 품에 안기면 엄마 냄새가 나요. 아주 독특한 냄새 말이어요. 우유 냄새도 아니고 화장품 냄새도 아닌 엄마의 냄새예요. 전 그 엄마의 냄새가 좋아요. 그 엄마의 냄새를 맡으면 잠이 와요.

우리 아이들에게 어머니는 하늘이나 다름이 없습니다. 그 어느 곳이라 하여도 어머니보다 훌륭한 환경은 있을 수 없겠기 때문입니다. (1985년)

솔이 어머님께

솔이 어머니 안녕하세요?

언제까지나 꺾이지 않을 듯만 싶던 무더위가 슬그머니 자리에서 물러가고 가을 기운이 성큼 그 곳을 채우고 있습니다. 골짜기 따라 자리한 층층논 벼들은 초록빛에서 연둣빛, 연노랑에서 진노랑까지 저들이 여름 동안 힘쓴 만큼의 빛을 드러내고, 밤나무 밭마다 밤 줍는 사람들의 손길이 바빠지고 있습니다.

올 여름, 찾아뵙고 이 곳 아이들 살아가는 이야기를 들려 드린다는 게 그만 이리저리 미루어지고 말았습니다.

저희는 9월 1일 개학을 했습니다. 한동안 비워 둔 학교 운동장에는 바랭이, 괭이밥, 명아주 같은 풀들이 몰라보게 자라 있었습니다. 그런 한 편에서도 맨드라미, 채송화 같은 꽃들이 시들지 않은 채 꽃밭을 지키고, 어렵사리 씨를 구해다 심어 놓았던 몇 포기 목화들 또한 아무 탈 없이 철바꿈 하는 자리를 꾸미고 있었습니다. 아직도 연붉거나 하얀 꽃을 피우기도 하고, 벌써 굵어진 다래들은 머잖아 탐스런 목화송이를 피워 올리겠다는 듯 가만가만 하늘 숨을 쉬고 있었습니다.

아이들은 방학할 때보다 더 검게 그을린 얼굴로 눈을 반짝이면서 내 앞에 앉아 있었습니다. 한 달이 넘도록 만나지 못해 서로 무척이나 반가웠을 텐데도, 불쑥 다가와 인사하는 걸 어려워했습니다. 모든 말과 행동을 마음 속으로만 할 뿐 꾸중도 칭찬도 똑같이 부끄럽고, 남 앞에 서는 일은 더더욱 부끄러운 아이들, 그 아이들은 내가 어서 무슨 말인가를 꺼내 1학기 때처럼 스스럼없는 사이가 되었으면 하고 바라는 눈치였습니다.

말을 하기 전에 나는 아이들을 다시 한 번 둘러보았습니다. 아! 얼굴만큼 검붉어진 다리들을 내 보이면서 아이들은 교실 안에 앉아 있었습니다. 다른 동무들보다 더 부끄럼이 많은 미숙이의 상처투성이 다리도 맨 앞에 있었고, 그 옆에 귀연이, 혜숙이도 다를 바가 없었습니다.

순간, 나도 모르게 솔이가 떠올랐습니다. 내년에 중학교에 가던가요? 지난 겨울에 만난 솔이는 참으로 대단한 아이였습니다. 어지러워 보이는 악보를 피아노로 막힘없이 쳐 대던 솔이가 정말이지 저에겐 예사 아이처럼 보이지가 않았습니다. 그뿐이 아니었지요. 피아노 학원에 다녀와 컴퓨터 하러 가고, 영어 배우러 가고, 누구하고 노는지 알 수도 없었지만 그보다는 놀 틈이 더 없어 보이던 솔이. 올 같은 더위 속에서도 솔이는 제가 사는 세계만 있는 줄 알고, 어쩌면 큰 불평 없이 어머니가 어르는 대로 슬기롭게 더위를 이겨 냈으리라는 생각이 드는군요.

그 솔이와 달리 남자 넷에 여자 여덟인 우리 산골 아이들이 어떻게 여름 방학을 보냈는지 궁금하지 않으신지요? 개학하던 날은 저도 그게 궁금하여 아이들이 정성들여 해 온 숙제물을 챙겨 보느라 밤이 늦었습니다. (정성들여 해 온 숙제물이라 했습니다만, 식물 채집을 방학 끝 무렵에 한 것도 있고, 내가 어릴 적에 그랬던 것처럼, 여러 날 치 일기를 한꺼번에 써 온 녀석도 있었습니다.)

오늘은 소 먹이러 범느들로 갔다. 아이들은 소나무 뿌리에 고삐를 감고 잔디씨를 따러 다녔다. 오늘은 얼굴이 발갛게 타서 껍질이 일어났다. 소들이 자꾸만 위로 올라가서 우리가 힘들었다. 날씨가 너무 더웠다. 나무 위에도 올라가 놀았다. 그늘이 없어서 팔이고 얼굴이고 햇빛에 다 타서 따가웠다. 우리는 소를 놔 두고 잔디씨를 땄다. 나는 아이들을 따 주었다. (곽명희)

오늘은 은옥이와 소 먹이러 갔다. 소를 먹이고 있으니까 인옥이 언니네 소가 왔다. 그래서 내려가니까 인옥이 언니가 오고 있었다. 그런데 내려가다가 돌에 디비져서 무릎을 다치게 되었다. 나중에 일어서니까 무릎이 까져서 피가 나고 있었다. 나는 휴지를 가지고 피를 닦았다. 닦아도 닦아도 피는 자꾸만 났다. 그래서 나는 비행기 고사리를 가지고 비벼서 피가 나는 곳에 발랐더니 아프지 않고 피도 나지 않았다. 다행이다 생각하고 소 먹이는 곳으로 가니까 소들이 싸우고 있었다. 그래서 할 수 없이 소가 무서워도 가서 고삐를 당기니까 소가 날뛰기 시작해서, 나는 워워 하면서 소를 짜매 놓았다.

그리고 잔디밭에 가서 모두들 쌀을 꺼내어 함께 밥을 해 먹었다. 다 먹고 치우니까 두 시가 되어 소를 풀어놓고 잔디밭에 누워 가만히 하늘을 쳐다보았다. 머리가 어지러워 걸음을 걸을 수 없었다. 그래서 세 시간 정도 자고 일어나니까 다섯 시가 되었다. 우리는 함께 집을 향하여 내려왔다. (이영미)

서울에서만 자란 솔이 어머님에겐 이런 아이들의 이야기가 조금은 낯설게 여겨질지도 모르겠습니다. 더군다나 솔이에겐 먼 나라의 이야기처럼만 들릴 것 같구요.

그러나 결코 힘들게 일하면서 살아가는 이 아이들을 동정하는 마음일 랑 갖지 말아 주세요. 물론 힘에 겨운 소고삐를 쥐고 뙤약볕 아래 서 있는 이 아이들을 솔이에게 대보면 뒤떨어지는 게 한두 가지가 아닙니다. 피아 노 앞에 앉거나 컴퓨터 앞, 어려운 시험지 앞 그 어디서도 우리 아이들은 솔이에게 미치지 못하리라는 걸 알고 있습니다. 그렇지만 저는 이 아이들 의 손이 자라서 이다음 우리가 먹고, 입고, 자는 데 필요한 것들을 만들어 내리라 믿습니다. 그래서 솔이가 행여 검게 그을린 이 곳 아이들을 우연 히 만났을 때라도 이들이 햇볕의 동무, 들녘의 동무라는 걸 인정하고, 솔 이가 미처 모르고 있는 세상 이야기를 들려줄 수 있는 귀한 이웃임을 함 께 깨닫도록 해 주었으면 합니다.

바로 햇볕의 친구임에 틀림없는 명희가 방학 과제로 해 온 몇 가지는 다음과 같습니다.

첫째, 물을 더럽힌다는 샴푸 안 쓰기에서 : 스물한 번 머리를 감는 가 운데 세숫비누 열여섯 번, 샴푸 다섯 번 씀.

둘째, 잠자고 있는 어머니 손 만진 느낌 쓰기에서 : 부드럽고 따뜻하 다. 하얀색의 손이 조그마하다. 몰랑몰랑하고 인정이 많은 손이다. 늘 일 을 열심히 하는 손, 남부끄럽지 않은 자랑스러운 손, 그게 엄마의 손이다.

셋째, 우리 마을 집 수 조사에서 : 스물일곱 집 가운데 빈 집이 셋, 할 머니, 할아버지만 사는 집이 셋, 마을 사람 수 93명.

넷째, 소를 몰면서 : 소는 안개 속에서 잘 움직이지 않고 소들도 더위 먹는다는 걸 알게 됨.

그리고 명희는 이다음 농촌에 산다면, "남보다 뒤떨어지지 않는, 남을 도와 주는 그런 착하고 부지런한 농부가 되겠다."고 했습니다.

솔이 어머님, 솔이와 명희 같은 아이들이 서로서로를 위하고, 또 서로에게 부끄럽지 않게 살아갈 수 있도록 어른인 우리가 해야 할 일을 함께 찾아보고 싶었는데 아쉽습니다.

아무쪼록 건강하시기 바랍니다. (1990년)

탄광 마을 속으로 우리가 이사를 들어온다 했을 때, 사람들은 알 수 없다는 눈치를 보내 왔다. 그러나 이제는 싸움하는 집에 들어가 말리기도 하고, 함께 막걸리를 마시면서 아이들 이야기를 나누기도 한다. 여름에도 부엌에 연탄불을 꺼뜨려서는 안 되는 이 언덕바지에서, 나는 그만그만한 집들의 이웃이 되어 조그만 비탈길을 오르내리면서 조용히 살아간다.

3부 다시 하늘로 땅으로

고향을 그리다 간 떠돌이 노인

임 선생 보시지요.

신유년 새 봄은 왔슴니다. 만물이 추워서 떨든 동삼은 지나가고 꽃피고 새들은 노래를 부루며 한껏 즐거운 봄이 왔슴니다. 임 선생 내외분 봄마지 활짝 즐겁게 하시요. 이 늘그니도 뒷동산에 올라가서 봄마지를 할가 합니다. 임 선생 고맙슴니다. 안부하여 주시니 고맙슴니다. 삼 월 십사 일 일곱 시 안노인은 오지 못할 길을 갓고, 내가 먼저 가야 되는데 제가 먼저 가니 울어도 울어도 시연치 안코, 눈물과 고독을 삼키면서 동중이 모여 밤새기로 하연는데 정나진 아들이 와서 차에 싯고 갓소. 인간이 한세상 살다가 가는 거슨 사람마다 쌔가 잇지만 수즉다욕이라고 나난 엇지하야 업는 죄가 인는드시 서름과 고통으로 세월을 보내는지 처량함니다. 그러나 나에 신세타령 만이 해서 미안함니다. 봄날이 기러지고 쌰스하거든 고한 가는 길에 한 번 들닐가 합니다.

삼 월 삼십일 일 씀.

띄어쓰기와 문장 부호 없이 세로로 죽 쓰인 이 편지를 받은 때는 내가 사북에 있던 1981년이었다. 그 앞 해에 나는 그 할아버지가 사시는 마을을 떠나 왔는데, 따지고 보니 할아버지와 나 사이에는 한 해 사이에 엄청난 변화가 있었다. 할아버지가 아내를 잃은 대신에, 나는 아내를 만나 살림을 시작하고 있었다.

그 때는 편지 속 사실이 잘 믿어지지 않았다. 지금도 나는 마치 새들이 지저귀는 것처럼 말을 굴리면서 환하게 웃음짓던 그 안노인의 모습을 떠올릴 수 있는데, 나이는 바깥노인보다 열다섯 살이나 아래였다.

추석이나 설 같은 명절에 담배 한두 갑을 사 넣고 인사를 드리러 가면, 안노인은 춤이라도 출 듯이 반기면서 방 한 구석에 보아 놓은 술상을 내오셨다. 술상이래 봐야 때에 전 보시기에 담긴 콩나물국과 김치였는데 두 가지 다 소금에 절여 낸 것처럼 짜디짰다. 돌이켜 생각해 보면, 그 맛이야말로 두 노인네의 땀맛이나 다름없었다. 투정처럼 안노인은 이야기했다. "투덕투덕 다툴 때면 속이 상해서 아들네 집으로 달려가고 싶어도 내가 가면 저 늙은이 혼자 어쩌나 싶어서 못 가." 그러면서 할아버지는 꼭 당신 품에서 죽어야 한다는 말을 덧붙였다.

그러던 안노인이 돌아간 지 한 해가 지날 무렵, 할아버지는 편지를 또 한 통 보내면서 그 끝에다 이렇게 썼다.

　나는 고독 단신으로 이 곳에서 죠혼 일이나 납분 일이나 문답할 사람도 업고, 늘고 병드니 사람은 점점 머러지고…….

내가 김응서 할아버지를 처음으로 뵌 것은 1976년 일이었다. 그 때 나는 교육 대학을 졸업하고 두 해가 넘게 빈둥거리다가, 발령이 났다기에 쫓아갔는데, 정선군의 가장자리에 있는 삼복식 두 학급짜리 분교가 있는 마을이었다. 땅에 달라붙을 듯한 토박이 집들이 띄엄띄엄 있는데, 저마다 부엌에 외양간을 들여 소를 키우고 있었다. 추운 겨울을 나는 지혜가 깃든 집이란 걸 미처 깨닫지 못했으므로, 이런 더러운 부엌에서 어떻게 밥을 해 먹는지 이상한 사람들이라는 생각을 했다. 그뿐 아니라 흙벽을 하려고 엮는 외벽감으로 대나무를 쓰는 것만 보아 오다, 겨릅대나 참나무를 쓰는 걸 보고서는 '낯선 땅'에 와 있다는 걸 실감할 수 있었다.

어쩌다 마을 학부모들 틈에 끼어 앉았을 땐, 선생 노릇을 잘하려면 술 먹는 것부터 배워야 한다고 떼를 쓰는 이들의 술잔에 시달려야만 했다. 게다가 밭에 널려 있는 돌멩이를 왜 주워 내지 않느냐고 물으니, 돌멩이들이 오줌을 싸야 옥수수가 잘 된다고 둘러대는 걸 참말로 알아들어 웃음거리가 되기도 했다.

내가 그렇게 서툰 생활을 시작하면서 우체부, 길가 밭의 임자, 몇몇 나무 이름, 이곳 저곳의 골짜기들을 거의 익혀 갈 즈음에도 나는 그 노인에 대해서는 아무것도 모르고 있었다.

햇볕이 좋은 여름날이었다. 학교 아저씨가 발 엮을 쑥대를 베러 간다기에 나도 따라나서기로 하였다. 찻길 너머 산등성이로 오르고 있을 때였다. 아이들 몇이 그런 데서 나를 만난 게 신기한 듯이 인사를 하기보다는 멀뚱멀뚱 쳐다봤다. 나 또한 그 애들이 그 먼 곳에 뭐 하러 왔나 싶었다.

마을을 에워싼 골짜기들이 학교 운동장 같은 놀이터일 순 없어도, 늘 그 아이들을 손짓해 부르고 있다는 걸 미처 생각지 못한 터였다.

몇 발짝이나 더 갔을까? 한 언덕바지에 두툼한 마대 보따리를 부려 놓은 채, 어느 노인 내외가 땀을 닦고 있었다. "선상님이 여기까지 웬일이세요?" 하고 활짝 웃으면서 반겨 주시는데, 나는 그저 놀라울 따름이었다.

'이렇게 일하면서 사시는구나……'

마대 속에는 투박한 떡갈나무 잎이 가득 들어 있었다. 그것들은, 그 뒤로 곧 없어지긴 했지만 생긴 지 얼마 되지 않은 읍내 공장에서 고급 벽지를 만드는 데에 쓰이는 것들이었다.

내가 짐을 져다 드리겠다고 하니 바깥노인은 한사코 마다했다. 찻길까지만 내다 놓으면 공장에서 보낸 차가 실어 간다는 것이었다. 내가 꼭 나를 결심을 보이자 안노인은 당신 것은 놔 두고 바깥노인 것만 날라 달라 하였다. 그러나 찻길까지도 가까운 거리가 아니었다. 가는 멜빵 탓에 어깨가 짓눌리는데 나에게도 한짐거리였다.

김응서 할아버지는 열다섯에 평안남도 성천 땅을 떠나면서부터 떠돌이 생활에 발을 내디뎠다.

말씀에 따르면 평양 서문동이라는 곳에서 열아홉을 맞이하였고, 해주 황파동에 있는 '조선 화약 주식회사'에서 스물을 넘겼으며, 어찌하여 춘천까지 떠밀려 왔다. 거기에서 노점상을 꾸려 밥벌이를 하면서 양담배를 몰래 팔기도 했다. 그러다 다시 청주 땅을 밟았을 때에, 그만 6·25를 만나 노무자로 끌려가는 신세가 되었다. 내뺄 수도 없어 중화기 중대에서 탄통을 져 나르는 일을 맡았는데, 그 탄알이 어디 섞여 있을 동생들을 쏘고 있을 것만 같았다. 그러나 하도 배가 고파 주먹밥 하나만 보아도 '미쳐서 환장하던 때'라, 그렇게 산다는 게 더러운 일만 같았지만 어쩔 수가 없었다.

그 뒤 탄통지기에서 벗어나 원주에서 짐을 풀었을 때가 가장 평화로웠는데, 노인은 모자 고치는 기술을 익혀 주로 시골을 찾아다녔다. 마을 노인들과 번갈아 막걸리 사기도 하고, 어떤 때 고약한 사람들이 마을 앞을 지나는 길 세를 물라고 떼를 쓰면 꼼짝없이 당하기도 했다.

할아버지는 이제 깊어진 나이로 강원도에서도 산이 많은 정선 차령골로 찾아들었다. 사람들이 점점 모자를 덜 쓰게 되고, 그 곳에선 약초 캐는 것만으로도 먹고살 수 있었다. 또 언제부터인지 산을 섬겨 왔는데 당신 묻힐 곳을 찾아든 길이기도 했다. 게다가 나이를 먹어 갈수록 부모 형제와 아내가 있고 산 많던 고향이 그리움이기도 했다. 그러나 노인은 그 차령골 '벚밭'이라는 곳에서 정을 붙이자마자 곧 떠밀려 나와야만 했다. 이른바 '울진 삼척 무장 공비 침투 사건'이 있고 나서, 나라에서는 외딴 집들을 한 곳에 모으는 일을 하고 있었다. 할아버지는 끝내 자연스런 마을 이름 대신, '외딴 집들을 모아 놓은 동네'를 이르는, 이름조차 망측한 '독가촌 살이'를 했다. 날림 집 한 칸과, 이사 비 몇 푼, 몇천 평이라고는 해도 부리나케 개간하여 밭둑이 반이나 되는 이름뿐인 비탈밭이 그 때 할아버지가 받은 모든 재산이었다. 이젠 영락없이 농사꾼이 되어야만 했는데, 힘도 힘이려니와 혼자만으로는 어림없는 일이었다. 그래서 재 너머 바닷가 마을에서 고기 다라이를 이고 오는 아낙네에게 "통사정하여" 마지막 아내 곧 '안노인'을 만나게 되었다.

하기야 그전에도 노인은 자리를 옮기고 일거리를 바꾼 만큼이나 많은 여자들을 만났다. 그 가운데에는 하룻밤 자고서 해 준 옷만 가지고 내빼 버린 여자가 있고, 말과 술을 감당 못 해 할아버지 스스로 '비껴선' 여자도 있었는데, 불행인지 다행인지 자식들은 생겨나지 않았다.

나는 사북에서 다섯 해를 지내고 다시 할아버지가 살고 있는 면의 학교로 자리를 옮겼다. 같은 면이라고는 하지만 70리가 넘는 데다, 드물게 다니는 버스를 갈아타야만 닿을 수 있는 곳이었다. 그래도 내가 연락을 드리자 할아버지는 같은 마을에 사는 것 같다면서 반겼다. 그 동안에 나는 두 아이의 아버지가 되어 어렴풋이나마 나를 낳아 길러 준 어버이들의 고생을 헤아려 볼 수 있게 되었는데, 할아버지는 한쪽 다리 신경통이 점점 깊어져 장날마다 면사무소 옆 조그만 의원에 들러 주사를 맞곤 했다.

그 때 마침 내가 알고 있던 '초원봉사회'라는 모임에서 외로운 노인들께 용돈 보내 드리기를 시작했다. 나는 곧 김응서 할아버지에 대한 사연을 적어 보냈다. 몇 푼 안 되는 조그만 돈이라지만 평생 누구에게 용돈을 받아 보기 힘들었을 터이고, 그보다는 무언가 기다리는 일이 생긴다는 것에 얼마나 즐거워하시랴 싶어서였다. 내가 이따금 편지를 드리면, 그 날로 곧장 답장을 써서 장날을 기다렸다가는 겉봉을 우체국 직원에게 써 달래 부쳐 오곤 하던 할아버지였다.

할아버지가 소개된 초원봉사회 회보에는, 고향이 북녘 땅이라고만 할 뿐 이름 밝히기를 마다한 어느 신부님이 "고향에 두고 온 아버님 삼아 당신 용돈을 쪼개 보내겠다."고 쓴 내용이 함께 실려 나왔다. 그 때 나는 그 회보를 읽고 또 읽었다.

그렇게 하여 조금씩 용돈을 받게 되자, 가끔 우리 집에 다니러 오던 할아버지의 발걸음이 특별한 때를 빼고는 석 달에 한 번씩으로 자리잡혀 버렸다. 석 달마다 한 번씩 소액환으로 오는 3만 원의 용돈을 찾으러 장에 나오는 때가 곧 우리 집에 오는 날인 셈이었다. 사탕 한 봉지를 사고 어떨 땐 과일까지 몇 개 얹었는데, 아무리 말려도 소용이 없었다. 두 꼬마 아이들은 할아버지가 오는 날이면 놀다가도 버스가 닿는 다섯 시 무렵에는 교문께로 뛰어나갔다.

어느 날에는 배급 쌀을 아꼈다가 떡을 쪄 오기도 했다. 그걸 돌리는 아내에게 이웃 아주머니들이, "시아버님 오셨소?" 할 정도로 노인은 이제 온 마을에 낯익은 분이 되고 말았다.

할아버지는 우리가 어디에 있더라도 온 그 이튿날 떠났다. 아무리 더 묵다 가라 해도 무슨 볼일이 있다거나, 우리는 알 턱이 없는 이런저런 노인을 일컬으면서 그이들을 꼭 만나야 한다고 했다. 이런 '거짓말'은 담배 피우고 싶을 때 우리 식구를 귀찮게 하지 않으려고 능청떨면서 굳이 밖으로 나가는 고집과 하나도 다를 바가 없었다.

그러께 6월 하순이었다. 긴 가뭄에 무더위조차 겹쳐 있던 때였다.

셋째 시간이 끝났는데, 정선 쪽에서 우리 집에 손님 한 분이 온다는 전화 연락을 받았노라고 옆 선생님이 전해 주었다. 휴가철도 아니어서 누구인지 가늠할 수가 없었다. 그러나 오후가 되어 막상 맞아 보니 도봉산 천축사의 원공 스님이었다. 스님은 우리 겨레가 하나 되도록 비는 맘으로 서울을 떠나 백열닷새째 걷고 있는 참이라 했다. 그러고 보니 3월 어느 날, 스님이 7월 초에 우리 집에 들르실지 모르겠다는 전화 연락을 윤구병 선생님이 해 준 적이 있었다.

스님은 오던 날로 40리 밖 장터까지 나가야겠다고 했다. 내가 섭섭한 얼굴을 하자 스님은 얼굴만 보았으면 되었다고 했다. 그러나 귀한 손님을 묵어 가도록 하고 싶은 욕심도 욕심이려니와 할아버지께 스님을 만나게 해 드리고 싶었다. 저녁 버스로 할아버지가 우리 집에 오기로 되어 있었다. 그 무렵 사북과 한 정거장 사이인 증산에 수녀님들이 꾸리는 조그만 양로원이 문을 열어 식구들을 받고 있었다. 그 소식을 들은 우리는, 이젠 할아버지 혼자 겨울 나는 일도 그렇고 해서 그 곳으로 갈 뜻이 있는가를 여쭐 셈이었다. 무엇보다도 탄광 마을 모두를 아우를 양로원치고는 너무 작아 미리 식구들이 다 차 버리면 어쩌나 하고 마음을 졸이고 있었다.

이야기를 들은 스님은 하룻밤을 할아버지와 보내기로 했다. 이 닐은 아내가 스님을 위해 마련한 반찬들, 이를테면 더덕찜이나 고비볶음 같은 나물들로 저녁상을 차렸다. 스님은, 아침에 길을 떠나 올 때 잠자리를 마련해 준 평창의 어느 신부님이 싸 준 거라면서 고추장을 꺼내 놓았다. 그리고는 밥을 두 그릇이나 비웠고, 할아버지 또한 넉넉하게 들었다.

저녁상을 물리고 이런저런 이야기를 나누던 때였다. 할아버지가 남들이 좋다 하는 약을 다 써 보았지만 소용이 없다고, 방법이 없겠느냐면서 당신의 다리를 내 보였다. 그러자 스님은 마치 기다리고 있었다는 듯 망설임 없이 말했다. "이제 연세가 높으니 흙하고 몸을 바꾸셔야죠."

뜻밖의 말에 나와 아내는 눈이 둥그레 가지고 마주 보곤 얼른 할아버지 얼굴을 살폈다. 할아버지도 태연하게, "그렇지요?" 하고 짧게 받았을 뿐 뒷말을 달지 않았다.

이튿날 밀짚모자를 쓴 스님은 오던 때와 똑같이 걸어서 먼저 떠나고, 할아버지도 양로원 문제는 겨울을 난 다음에 다시 생각해 보겠다면서 버스로 떠나갔다. 그 날 따라 배웅 나왔던 딸아이 울밑이 철커덕하고 버스 문이 닫히자마자 소리내어 울더니, 교실에 닿을 때까지도 그치질 않았다.

9월 17일, 이 날은 서울 올림픽을 한 해 앞두고 있던 날이었다.

지금도 마찬가지지만 나는 올림픽에는 그다지 관심이 없었다. 그 큰 경기를 치러서 우리 나라 곳곳이 낯선 땅 여러 사람들에게 알려지고, 거기에 따른 이익이 많다는 걸 모르는 바는 아니었다. 다만 힘없이 죽어 가거나, 그늘에 가려진 사람들의 아픔은 곁에 둔 채 잘난 사람들을 더 잘나도록 부추기는 일로만 보이는 잔치에 나까지 손뼉을 쳐 보낼 수가 없었다.

아침에 일어나 어제 산에다 해 둔 땔감을 한 짐 지고 오니, 아내가 걱정스런 얼굴로 할아버지가 사는 가목리에서 전화가 왔다면서 할아버지 걱정을 했다. 나는 학교로 가 그 곳으로 전화를 해 보았다. 공교롭게도 모든 전화가 불통이었다. 어쩐지 맥이 풀리면서 무슨 의욕 같은 게 꺾이는 기분이었다. 나는 그 길로 불을 지피고 있는 아내에게 함께 나가 보자고 했다. 목요일이어서 우리 반 두 학년 수업을 빼먹어야 했지만, 마음이 조급

해져 그냥 있을 수가 없었다.

우리는 그 동안 몇 번이고 할아버지를 집에 모셔 오자고 하면서도, 그때마다 우리 네 식구도 모두 눕기 힘든 하나뿐인 방을 핑계로 뒤로 미루고 있었다. 6월에 할아버지한테 양로원 애길 드린 것도 당분간은 방 두 개짜리 집을 갖는 일이 쉽지 않다는 생각에서였다.

덜컹대는 차 안에서 서로 밖을 내다만 볼 뿐, 아내와 나는 말을 나누지 않았다. 그러나 생각은 병원에 누워 있을 할아버지한테 가 있었다. '만일 할아버지가 이런 시골 의원에 있으면 끼니도 변변히 얻어먹지 못할 터인데, 이 기회에 집으로 모셔 오자.' 서로 이런 생각을 하고 있었다.

마을을 하나 둘 지나칠 때마다 버스에는 빈 자리가 줄어들어 갔다. 그렇게 얼마를 지나갔을까? 수많은 물오리들이 널따란 강물에서 노닐다가 차 소리를 듣고는 한꺼번에 날아올랐다. 처음 보는 풍경이었다. 맑은 개울물 위, 그 오리떼로 말미암아 버스 안이 갑자기 소란스러워졌다. 올해는 오리가 흔타느니, 몇 마리 그물로 씌워 잡아 술안줏감 했으면 좋겠느니…… 아내는 버스 속 술꾼들 머릿속에서 살아나려 애쓴 그 물오리들을 서른네 마리까지 세다가는 그만두었다고 했다.

며칠째 뚝 떨어진 기온 탓인지 새로 지은 면사무소 건물에 칠을 하는 이들이 불을 피워 놓고 그 옆에서 참을 먹고 있었다. 병원은 바로 그 곁에 있었다. 열어 놓은 창문으로 사람들이 어른대는 게 보였다. 원장실에 들어서니 할아버지는 일곱 시쯤에 돌아가셨다고 했다. 나는 너무나 뜻밖의 일에 아무 말도 할 수 없었다. 원장님을 따라 옆 병실로 가는데 눈에 익은 지팡이가 벽에 세워져 있었다.

병실에서는 마을 어른 세 분이 수의를 입히려 준비하다가 이제까지 나를 기다렸다면서 반갑게 맞았다. 그러나 할아버지는 입을 다문 채, 눈을 꼭 감고 아무 말이 없었다. 늘 아프다던 왼쪽 다리의 무릎 부분이 유난히 시퍼렸는데, 그 다리로 일흔아홉 이제까지 걸으셨구나 하는 생각이 들었다.

아내는 병실 밖에서 울고 있었다. 그러나 나는 울음이 나오지 않았다.

할아버지 주검을 관에 넣은 뒤에, 나는 일한 어른들을 가까운 식당으로 모시고 가 술을 따라 드렸다. 돌아가신 분을 더 정성껏 모셔 달라는 내 속마음을 그들이 헤아리지 못한다 해도 아무 상관이 없었다. 밥을 먹으면서 할아버지와 벽을 사이에 두고 살았던 금옥이 아버님이 또다시 나에게 찾아와 주어 고맙단 말을 하고는, 할아버지에 대한 얘길 꺼냈다.

"주민등록증이 들어 있는 지갑에서 나온 10만 원과 병원에 가자면서 내놓았던 10만 원으로 수의값, 관값, 실어 나를 찻값 모두 댔어요. 장지 술값까지도 그 돈에서 나갔는데, 할아버지는 참 깨끗이 살다 아무에게도 빚지지 않고 가셨어요. 그리고 돌아가시면 북녘을 볼 수 있게 묻어 달라고 자주 말씀하셨어요."

금옥이 아버지 이야기를 들으니 불현듯 병실에서 본 할아버지의 주민등록증이 떠올랐다. 고향은 북녘 땅이되 본적이 강원도 정선군으로 되어 있는, 이제는 주인 잃은 물건이었다.

장지는 마을에서 멀리 떨어진 좌병산 기슭이었다. 초파일이면 할아버지가 치성 드리러 오는 곳이라 했다. 낯익은 마을 분들이 벌써 묏자리를 파고 있었다. 어느 분은 마른 나무를 모아다 불을 지폈다. 인사드리면서 맞잡은 거친 손들은 옛날과 다름없는데, 얼굴들은 그 동안 많이 바뀌어 있었다.

마을 분들이 시켜서 내가 '첫 흙 넣기'를 하고 이어 봉분을 만들고 있을 때, 이제까지 흐렸던 하늘이 걷히면서 햇살이 들기 시작했다. 앞을 가린 산 때문에 동쪽으로 조금 틀어 북동을 보도록 할아버지를 뉘었는데,

멀리 동쪽 바다 위 그 너머 너머로 푸른 하늘이 눈부시게 피어올랐다. 순식간에 온 하늘이 푸른빛으로 덮이고 어쩌다 떠 있는 구름 조각들은 그 푸른빛이 더 푸르러지게 거들고 있었다.

할아버지가 살았던 방을 둘러보려고 마을에 들르니, 마을 어귀 한쪽 잿더미에선 아직도 흰 연기 줄기가 피어오르고 있었다. 할아버지 손때가 묻은 물건들이 타서 하늘로 오르고 있는 것일 터였다.

그러나 할아버지가 심었다는 뒤뜰 들깨들은 앞뒤로 활짝 열린 할아버지 방을 통해 불어 오는 바람을 맞으면서 가볍게 흔들리고 있었다.

돌아오는 길에 아내는, 마당 뒤편과 먼지가 내려앉은 장작더미 옆 부엌 바닥에 아무렇게나 놓여 있던 흰 고무신 두 짝이 자꾸만 눈에 밟힌다고 했다. 그 때 내 손에는 수의를 입힐 때 챙겨 두었던 할아버지의 황토 빛 지팡이가 들려 있었다.

집에 돌아오자 하루 내내 우리를 기다리던 아이들이 춥다고 하였다. 아내는 불을 지피기 시작했다. 나는 방으로 들어와 이제껏 쓰지 않고 두었던 일기장을 꺼내 이렇게 적어 넣었다.

할아버지 죄송해요.
편히 잠드세요.
잠들어 이제 눈 뜨지 마세요.

(1989년)

비둘기 할아버지

올 봄 어느 토요일 오후였다. 아내가 고추장을 담그는 데 홍두깨가 필요하다면서, 주 선생님 집에 있으니 좀 갖다 달라고 했다. 나는 그러마고 건성으로 대답만 해 놓고는 신문을 뒤적거리면서 시간을 끌었다. 그러다가 아내가 다시 재촉해서야 한쪽으로 신문을 밀쳐놓고 집을 나섰다. 밖에 나와 갑자기 바람을 맞으니 눈물이 저절로 흘러나왔다. 게다가 마침 불어 대는 바람에 실려 흙먼지까지 눈으로 날아들었다.

세 갈래 길을 뒤로 하고 손수레나 경운기 같은 걸 고치는 허름한 가게를 지나려는데, 누가 뒤에서 나를 불렀다. 돌아보니 '비둘기 할아버지'가 내 쪽으로 다가오고 있었다. 작달막한 키에 기다란 수염을 가진 할아버지는 늘 그러하듯 얼굴 가득 웃음을 띠고 있었다.

그 동안 할아버지는 나를 만나려 애쓰다가, 며칠 전에는 우리 아파트까지 올라왔다가는 헛걸음을 쳤노라 했다. 학교에 나가는 선생 집을 찾는데 한둘이 아니어서 그냥 내려가고 말았다는 거였다. 그러면서 할아버지는 왜 여태껏 소식이 없었느냐고 물었다. 지난 가을에 팥 이야기를 하기에 여태껏 팔지 않고 가지고 있다면서, 내가 그 동안 어디로 이사 간 줄로만 알았다고 했다. 그러는 할아버지한테 죄송하다고 빌었지만 사실은 내가 그런 이야기를 했는지 기억조차 없었다.

　우리가 푸성귀를 가꿔 먹는 터 가까이에서, 할아버지는 어느 집 묘를 돌봐 주면서 밭뙈기 하나를 붙이고 있었다. 할아버지는 그 밭에 팥을 심어 놓고 들며 나며 정성껏 돌보았다. 그런 할아버지에게 팥을 거두면 우리에게 한 말만 달라고 부탁한 모양이었다. 그러고는 어찌 된 일인지 우리는 그 부탁을 까맣게 잊어버리고 말았다. 우리가 그렇게 된 데에는 기나긴 가뭄으로 너나없이 망쳐 버린 농사를 보고, '아무것도 거둘 게 없겠구나.' 하면서 미리부터 모든 걸 포기한 데서 비롯되었는지도 몰랐다.

　어쨌든 우리는 할아버지가 농사짓는 걸 여간 즐기지 않았다. 할아버지는 초여름 어느 날, 밭에다 이런저런 얄궂은 것들을 세워 놓았다. 일테면 나무 막대를 꽂아 그 위에다 플라스틱 약통을 걸어 두거나, 모자나 헌 고무장갑 같은 걸 걸쳐 놓기도 했다. 못난 허수아비며 금이 가 이젠 쓸모가 없게 된 똥바가지도 어디서 주워다가 거꾸로 박아 놓았다. 처음 우리 식구들은 그걸 보고, 할아버지가 무엇 때문에 그러나 하고 몹시 궁금해했다. 그래서 어느 날 까닭을 물었더니, 멧비둘기란 놈들이 팥씨를 자꾸만 빼 먹어 그걸 막아 보려 그런다고 했다. 우리 식구들은 그 이야기를 하면서 배꼽을 쥐고 웃었다. 과연 비둘기가 할아버지 굿거리에 순순히 물러설 것인지, 아니면 이 할아버지 속셈을 알아채고 저희들 맘대로 팥밭을 더 누빌 것인지 모르겠다면서. 그리고 그 뒤부터 우리끼리 이 할아버지를 '비둘기 할아버지'라 불렀다. 그러나 이 때까지만 해도 우리는 할아버지에 대해 아무것도 모르고 있었다.

　할아버지가 나에게 언제 팥을 가져 갈 거냐고 물었다. 나는 그 자리에서 곧장 대답을 할 수가 없어 집사람에게 의논한 다음 찾아뵙겠다면서 전화 번호를 물었다. 그리고 몇 번이나 죄송하다 빌면서 값을 물으니, 지금

시세는 모르지만 지난 가을에는 한 되에 4천 원씩 받았다고 했다.

홍두깨를 찾아 집으로 돌아오는데, 나는 내가 가르치는 사람이라는 게 부끄러웠다. 일흔아홉이 된 이 날까지 학교 문턱에 가 본 적이 없다는 할아버지에 견주면 나는 이른바 배운 '현대 사람'이었다. 그런데도 과연 내가 나이 먹은 '구식 사람'보다 무엇이 낫다 말할 수 있을까? 만일 거꾸로였다면 나도 이 할아버지처럼 가을부터 지금까지 팥을 팔지 않은 채 가지고 있을 수 있었을까? 집으로 와 아내에게 할아버지 얘기를 하니, 참으로 큰 실수를 했다면서 아내도 깜짝 놀랐다.

나는 아내가 지갑을 털어 마련해 준 4만 원을 가지고 곧 할아버지를 찾아갔다. 할아버지는 무슨 생각을 하는 중이었는지 부는 바람도 아랑곳없이 아까 있던 자리에 우두커니 서 있었다.

할아버지는 집으로 가면서, 곧 이사를 가야 한다는 이야기를 했다. 한해 41만 원을 내면서 살고 있는데 집주인이 방을 비워 달라는 거였다.

할아버지 방은 햇볕 들지 않는 구석진 곳에 있었다. 안으로 들어서자마자 부엌에 가득 차 있는 연탄 가스 내가 코를 찔렀다. 집주인이 방을 비워 달라고 하지 않아도 이사를 해야겠구나 싶었다.

지난 해까지만 해도 할아버지한테는 아내가 죽은 뒤 새로 만나 서른 해 가까이 함께 지내 온 할머니 한 분이 있었다. 그런데 그 할머니의 친아들네가 할머니를 모셔 가는 바람에 늘그막에 할아버지는 외톨이가 되고 말았다. 내가 슬그머니 요즘 그 할머니한테 전화라도 오느냐고 물어 보았다. 할아버지는 어제도 전화가 오긴 왔는데 아무 소용 없는 일이라고 했다. 떠났으면 그걸로 그쳐야지 자꾸만 남아 있는 사람 마음을 흔들어 좋을 게 없다는 거였다. 그래서 다시 할머니가 간다고 했을 때 왜 잡지 않았느냐 하니, 간다는 것은 나에게서 맘이 떠났다는 건데 한사코 잡아 둔들 무슨 소용에 닿겠느냐고 되물었다. 그리고는 할머니가 한 10년 전에만 떠나갔어도 다른 할머니를 만나 늘그막에 이런 낭패는 없었을 거라 말하는 게, 당신만 남겨 두고 훌쩍 떠나 버린 할머니한테 몹시 서운해하는 눈치였다. 그나저나 지금까지는 닥치는 대로 일을 해 먹고 잘 걱정은 하지 않았는데, 이제 몸이 병들면 어떻게 될는지 모르겠다는 할아버지 얘기가 꼭 남의 일 같지만 않았다.

이틀 뒤 아내가 이웃집 준규 어머니에게 만 원 받고 팥 두 되를 팔았다면서, 그 돈을 할아버지한테 갖다 드렸으면 했다.

내가 다시 찾아갔을 때, 할아버지는 낡은 텔레비전을 벗삼고 있다가 나를 반갑게 맞았다. 할아버지 등 뒤로, 무얼 쌌는지 작은 보퉁이들 몇 개가 해묵은 벽지에 기대어 놓여 있었다. (1996년)

정다운 이웃

　지금은 그 터가 사라져 가고 있지만 목포에서 가까운 기차역 일로에 천사 마을이 있다. 거기에 사는 '작은이패들'이 큰일 치르는 집을 찾아다니면서 각설이타령을 뽑아 댈 때, 우리 조무래기들은 한 구경 만난 듯 멀찍이서 그들을 따라다녔다.

　그이들이 부르는 각설이타령 흉내도 내 보고, 주인이 마당 한쪽에 차려 주는 술상을 받는 모습을 보면서 입맛을 다시기도 했다. 그 때 나에겐 한 가지 궁금증이 있었는데, 그들은 왜 일을 않고 얻어먹고만 다니는지, 또 그 거지들의 아버지는 어디 사는 어떤 분들일까 하는 것이었다. 그러면서 나름대로, 아마도 우리와는 아주 다른 그 어떤 사람들일 거라는 생각을 어렴풋이 하면서 궁금증을 달래었던 듯싶다. 초등 학교에 다닐 때, 북한에 사는 '불쌍한 동포'들은 모두가 쇠고랑을 발목에 찬 채 일에 시달린다고 배우고, 그런 그들이 불쌍하다는 생각에서 한 치도 벗어나지 못했던 거나 다를 바가 없었다.

　지난 1980년, '사북 사태' 때 온 나라 안 사람들은 텔레비전과 신문이 알려 주는 대로 "무식한 광부, 난폭한 광부들" 소식에 의심 없이 젖어들었을 법하다. 그 때 그 소식을 아무 준비 없이 무심코 들어야만 했던 어린이들이 행여 '광부들은 우리와 다르구나!' 하는 생각을 갖지는 않았을까?

이 글을 쓰다 보니 그 신문과 텔레비전을 한 손에 넣고 주물렀던 사람들이 누구인지, 또 그들의 아버지는 어디 사는 누구인지 내 눈으로 똑똑히 좀 보았으면 하는 생각이 든다.

올 봄에 우리는 또다시 탄광 마을로 이사하게 되었다. 두 번째였다.

우리는 이 곳에 이사 온 지 채 한 해도 넘기지 못하고 다리를 다쳐 부산으로 배를 타러 간다는 젊은 부부네 집을 봐 두었다. 그런데 처음부터 마음에 안 들어 하던 아내가 아무리 생각을 해 보아도 그 집에서 살 자신이 없다면서 마다하는 바람에 그만두겠다는 얘기를 하러 갔다. 우리가 다시 찾아가 사정을 이야기하니 아주머니는 이미 자기 남편은 부산으로 방을 구하러 갔고, 이 집이 팔리지 않으면 자기네는 오갈 수 없다면서 안타깝게 우리를 바라보았다. 한편 햇빛이 들지 않아 어두침침하고 냄새나는 이런 방에 들어 있는 아이를 보니 가슴이 막혀 왔다. 아이는 저도 모르는 새에 이런 방에 몸을 익힐 터였다. 나는 한사코 마다하는 아내를 설득해 주인이 달라는 값 138만 원에서 한 푼도 깎지 않고 계약을 했다. 그런 뒤에도 아내는 이런 집에서 어떻게 사느냐고 찔찔 울었다. 뒤에 집을 둘러본 어른들 또한 계약금을 떼더라도 집 사는 일을 그만 두라 했다.

밤마다 우는 아내를 달래 이사를 하고, 품을 사서 이곳 저곳 고쳤는데도 집이 집 같지가 않았다. 그러나 이웃 분들은 우리 집이 이제 많이 "양반이 되었다."고 했다. 우리 집은, 탄광이 문을 열 때 이 곳에 터를 정해야만 했던 어떤 이가 변변한 연장도 없이 산에 있는 나무와 흙으로 막 지은 것이 틀림없었다. 한쪽으로 기운 기둥을 바로 세워 보려고 곁에 있는 판자때기를 떼어 내니 올올이 엉키고 구부러진 자작나무는 꿈쩍도 하지 않았다. 이렇듯 그분들이 고생한 숨결이 그대로 배어 있는 집이었다.

그런데 올 봄에 무슨 바람이 불었는지 살던 집들을 부수고 몇 집이 새로 슬레이트로 집을 짓기 시작했다. 또 어떤 이들은 배불뚝이 흙벽을 털어 내고 스티로폼을 넣어 새로 벽을 만들기도 했다. 봄날 내내 나는 그 일터들을 보면서 학교에 오갔는데, 그 어느 집도 주인 혼자 매달려 일하는 데는 없었다. 탄광 일을 끝내고 오는 대로 집 지을 물건을 나르고 망치질을 했다. 영민이네 아버지는 탄이 묻어 시커먼 얼굴을 씻지 않은 채, 그 손 그 얼굴로 일에 매달리기도 했다. 열흘도 넘게 걸려 짓고 고치는 동안 주인이 일하는 곁에는, 누구라고 정한 이 없이 나타나선 힘닿는 대로 도왔다. 그러다 시간 되면 또 회사에 나가고……. 나는 그 때 이런 생각을 했다. '함께 고생하고 함께 가난하기 때문에 그런 정들이 솟아나겠구나!'

우리는 이런 분들과 이웃해 살면서, 공동 수도에서 물을 날라다 먹었다. 그런데 이 곳에서 오래 산 집들은 먼 골짜기에서 호스를 끌어다 물을 집 안에 들여놓고 먹었다. 나와 아내는 그걸 몹시 부러워했다. 그 가운데 한 집이 날이 풀려 땅 위로 호스를 끌어가도 얼지 않게 되자, 우리에게 자기네 물을 대어 먹을 수 있도록 도와 주었다.

온데 고장 사람들이 모여 사는 탄광 마을 속으로 우리가 이사를 들어온다 했을 때, 사람들은 알 수 없다는 눈치를 보내 왔다. 그러나 이제는 싸움하는 집에 들어가 말리기도 하고, 함께 막걸리를 마시면서 아이들 이야기를 나누기도 한다. 언덕에 자리만 있으면 차곡차곡 처마 맞대고 들어앉은 집들마다 마당조차 없어 집 안이 훤히 들여다보인다. 그러나 누구네라고 특별한 비밀을 가지고 있지 않다. 여름에도 부엌에 연탄불을 꺼뜨려서는 안 되는 이 언덕바지에서, 나는 그만그만한 집들의 이웃이 되어 오늘도 조그만 비탈길을 오르내리면서 조용히 살아간다. (1988년)

아내가 그리는 산골 마을

지난 2월 끝 무렵이었다.

읍에 있는 아파트 방구석에 처박혀 지내다가 모처럼 버스를 타고 나들이를 하게 되었다.

간밤에 비가 내려 땅마다 촉촉히 젖었고, 흐린 날씨에도 포근한 봄기운이 감돌았다. 그리고 차창 밖에 서 있는 수양버들은 가지마다 금방이라도 싹을 틔워 올리겠다는 양 푸르스름한 빛을 띠고 있었다. 지나쳐 가는 산비탈 사과나무나 밤나무 뿌리들도 촉촉히 젖어 있을 거라는 생각을 하니 어쩐지 신이 나기도 했다. 봄이 온다는 것은 겨울에 끝이 있다는 것을 말해 주는 것으로, 힘들게 살아가는 사람들에게는 늘 희망의 시작이기도 했다.

버스는 잎갈나무 밭을 지나 곧 큰물이 흐르는 벌판을 끼고 돌았다. 들판에는 비닐 씌운 마늘밭이 제법 널려 있었다. 파랗게 펼쳐진 보리밭에선 농부 내외가 비료를 주고, 다른 한 곳에서는 약을 치고 있었다. 점점 찾아보기 힘든 보리논이었는데, 얼마나 반갑던지 나는 차창에 바싹 다가앉아 내 눈길이 멀어질 때까지 일하는 이들을 바라보았다.

'지금 그이들은 어떤 생각을 하면서 일을 하고 있을까? 이렇게 때맞추어 들판에 나서는 분들 때문에 우리가 살아갈 수가 있는데.'

나는 이런 내 생각을 전해 드릴 수가 없는 게 안타까웠다. 이윽고 버스는 다른 풍경을 보여 주고 있었다. 그러나 내 머릿속에서는 보리논에 거름을 주고 약 뿌리는 네 분 모습이 사라지질 않았다.

우리 식구들은 한때 강원도 산골에서 지낸 적이 있었다. 교통이 불편한 곳이긴 했지만 제법 논밭이 넉넉한 마을이었다. 그 곳에서, 모심기는커녕 김 한 번 매 본 바 없던 아내는 우연찮게 시골일을 배울 수 있었다.

지금이야 기계가 사람 손발 노릇을 해 주어 모심는 걸 대단찮게 생각하지만, 손으로 하는 모내기란 아무나 하는 일이 아니다. 그래서 '사모님' 소리를 듣던 아내는 모내는 집에 가서 밥 나르고 설거지하는 게 고작이었다.

그러던 어느 날, 주인아주머니와 오후 새참을 이고 논으로 나온 아내가 잠깐 틈을 내어 논 '도장방'에 들어서더니, 벼 낱을 하나하나 세다시피 쪼개면서 한 포기 한 포기 꽂아 보기 시작했다. 그러자 마을 사람들이 그 정도면 됐다면서 당장 모를 심으러 나오라 채근했고, 아내 또한 엉겁결에 그러마고 대답해 버렸다. 그러고는 그 날 밤 집에 와서 몹시 걱정을 하였다. 괜히 하지도 못할 걸 시작했나 싶은 탓이었다.

이튿날, 일을 하고 돌아온 아내에게 힘들지 않았느냐고 묻자, 아내는 꾀부릴 생각을 않으니 따라 심을 수 있더라고 했다. 그러고는 그대로 쓰러져 잠에 떨어지고 말았다.

아침이 되자 아내는 온몸 어디고 아프지 않은 데가 없다고 울상을 지었다. 허리와 배가 당기고 다리는 가렵다 했다. 손가락 끝조차 어디에 부딪힐까 겁이 난다고 했다. 그러면서도 억지로 자리에서 일어나더니 다시 모심는 논으로 나갔다. 마을 사람들은 먼저 일하는 집으로 가 죽을 한 그릇씩 먹는데, 아직 거기에 길들여지지 않은 아내는 그냥 논으로 갔다.

농번기 때는 마당 가 말뚝도 한몫을 해야 한다고 했다. 발을 들여놓은 이상 아내는 모내기가 끝날 때까지 이제 무논에서 벗어날 수가 없었다.

그렇게 며칠 지나자 정강이며, 종아리에 발간 반점이 생겨났다. 아내는 가려움을 참느라 침을 발라 두드리다가 어느 순간에는 박박 긁어 댔다. 그러면 그 언저리가 벌겋게 달아오르기도 했다. 두엄이며 비료, 농약이 섞인 진흙 바탕에서 독이 올랐을 터였다. 그래서 허벅지까지 차오르는 노란 비닐 장화를 하루 내내 신고 있어야 했는데, 이제는 발이 숨을 못 쉬니 가려움증이 가실 리 없었다. 아내를 더 괴롭힌 것은 음식이었다. 본디 비위가 좋지 않았던 아내는 조미료가 많이 든 반찬이나 조금이라도 상한 음식을 먹지 못했다. 그러나 없는 손으로 여러 가지 음식 마련을 해야 하는 안주인들이 모든 음식을 깔끔하게 해낼 수는 없었다. 아내는 그 때문에 제대로 먹질 못했고, 배가 고파 무얼 좀 먹으면 연실 화장실에 들락날락해야만 했다.

그런 속에서 아내는 밤마다 끙끙 앓다가도 아침이면 살아나 논으로 갔다. 그런 아내 덕에 우리 식구들은 이 집 저 집 떠돌면서 집 안 구경을 하고, 끼니를 때우기도 했다. 나도 조그만 짬이라도 나면 아내가 일하는 곳으로 가 손을 넣었다. 조금이라도 빨리 일을 마치고 사람들이 쉬기를 바라는 마음에서였다.

모내기가 끝나고 조금 지나자, 아내는 이제 옥수수밭 김매기 같은 데에도 따라나섰다. 일을 해 보지 않은 사람들이 눈을 감고 그려 보거나, 차를 타고 지나치면서 보는 아낙들 김매는 풍경은 한 폭의 그림이라고 해도 지나치지 않을 터이다. 아내도 자기가 호미를 들어보기 전에는 그런 생각을 해 보았다고 했다. 그리고 어쩌다 풀이 수북이 자란 밭을 대하면, "이 집 주인은 얼마나 게으르기에 밭을 이 꼴로 만들어 놓았을까?" 하고 흉을 보듯 중얼거리기도 했다. 그러나 가뭄으로 흙이 돌덩이처럼 굳어 있는 밭에 잠깐만이라도 앉아 본 적이 있다면, 감히 그런 말을 함부로 할 수 없었을 거라 했다. 그러면서 아내는 우리 나라 교과서가 너무 쉽게 쓰였다고 화를 냈다. "논밭의 김을 잘 매야 한다."는 말처럼 무책임한 말이 없다는 거였다. 김을 잘 매는 일이 얼마나 힘든 일이고 그게 얼마나 중요한 기술인가에 대해선 한 마디도 없는데, 그건 일을 해 보지 않은 사람들이 책을 만든 탓이라고까지 했다.

모심기를 해 보고서 아내가 일에 어느 만큼 자신을 얻은 건 사실이었다. 그래서 순녀네 어머니가 함께 밭 매러 가자 했을 때도 거절할 생각을 하지 않았다. 오직 햇볕에 얼굴을 태우지만 않으면 된다는 생각에, 흰 장갑이며 챙이 넓은 모자, 그 위에 다시 수건을 둘러대는 복잡한 준비에만 신경을 썼다. 게다가 여느 때에는 처박아 두고 돌아보지도 않았던 '물분'(파운데이션)까지 꺼내 얼굴 그득 찍어 발랐다. 하지만 이러한 '중무장'은 밭에 들어앉자마자 곧 쓸모가 없다는 걸 알았다. 땀만 샘솟게 할 뿐이었다. 수건이야 머리에 둘렀지만 맨손에 호미만 쥐고 나온 어머니들에 견주면, 아내의 차림은 요란한 빈 수레나 다름없었다.

어머니들이 너나없이 두 골씩을 맡아 자리를 잡을 때, 순녀 어머니가 아내를 당신 옆에 앉히면서 한 골만 잡아 가라고 일러 주었다. 하지만 아내는 한눈만 팔지 않는다면 두 골이라도 못 따라 가겠나 싶었다.

그러나 그런 아내의 자신감은 한나절도 지나지 않아 무너지고 말았다. 손 빠른 순녀 어머니가 잊을 만하면 아내 밭골에 손을 넣어 주는데도 도저히 아내는 손을 맞춰 갈 수 없었다. 그래서 돌아 맬 땐 가도 가도 그 자리에만 매달려 있는 듯해 자꾸만 앞을 바라보게 되고 기울지 않는 해가 원망스럽기만 했다. 그뿐 아니라 이제까지 무심코 보아 온 밭이랑이 그토록 길다는 것도 처음 알게 되었다.

세 이랑째를 매고 참을 먹으려 하는데, 호미자루를 쥐었던 손이 잘 펴지지가 않았다. 펴려고 힘을 주어 보지만 정작 손가락에는 힘이 가질 않았다. 끝내 엉거주춤 구부러져 있는 오른손 손가락들을 왼손으로 하나하나 편 뒤에야 호미자루를 빼내었다. 그리고 조심스레 장갑을 벗겨 냈는데 웬걸, 손바닥 가죽들이 손가락 첫마디에 달라붙어 있었다. 아내는 그 모습이 부끄러워 슬쩍 손을 감추긴 했지만, 울컥 알 수 없는 설움 같은 게 가슴 속에 복받쳐 오르는 걸 남모르게 삭여 내야만 했다.

머리에 썼던 수건으로 먼지를 툭툭 털고 앉았지만 신경은 온통 손에만 쏠렸다. 그러나 옆에 있는 어머니들 때문에, 펴지지 않는 손으로 겨우 숟가락을 들어 몇 술 뜨는 흉내만 냈다.

일을 다시 시작할 때에, 아내는 또 손가락을 하나하나 당겨 편 뒤에야 겨우 장갑을 끼었다. 그리고 어렴풋이나마 '손과 호미가 하나가 되어야만 밭 매는 일을 제대로 할 수 있겠구나.' 하는 생각을 해 보았다. 그러자 비로소 어머님들 호미 놀림에 어떤 리듬이 들어 있다는 걸 알 수 있었다. 어머니들 밭 매는 모습이 전혀 힘들어 보이지 않지만, 풀들이 쉬이 뽑혀 나오는 까닭도 이해할 수 있었다. 그리고 어머니들이 말이야 함부로 안 해도, 하나부터 열까지 세상일을 꿰뚫고 있다는 것 또한 알게 되었다.

다시 세 이랑을 매고 점심때를 맞았을 땐, 아예 장갑이 손에 달라붙어 벗을 수가 없었다. 밭 매는 동안에 일어난 일이었다. 그뿐 아니라 흙먼지와 함께 올라온 땅 열기 탓에 목이 잠겨 있기도 했다. 아내는 장갑을 낀 채로 강물에다 손을 담갔다. 이제까지 감싸여만 있던 손에게 얼른 숨을 쉬도록 해 주고 싶었다. 그러자 물집들이 봉긋봉긋 되살아 올랐다. 그걸 본 어머니들이 아내에게 그만 집으로 돌아가라고 했지만, 아내는 끝까지 견디겠다고 물러서지 않았다. 그러고는 해가 진 다음에야 어머니들과 함께 저녁 길을 걸어 집으로 돌아왔다. 그 날 밤, 바늘을 찾아 물집을 터트리고서 아내는 그걸 다스리느라 그 뒤 며칠을 그냥 집에서 보냈다.

봄이 오면 아내는 이녁이 모심고 밭 매는 걸 배운 강원도 산골을 그리워한다. 이 산 저 산 데리고 다니면서 더덕 줄기를 찾아 주고, 고비밭, 고사리밭에 함께 가 준 어머니들을 보고 싶어 한다. 몇 해 동안이었지만 세상 살아가는 걸 그 곳에서 모두 배운 것 같다는 말에 나도 뜻을 함께 한다. 지금도 봄비가 오고 나면, "어느 어느 골짜기로 고비 꺾으러 가면 되는데……." 하고 얘기하는 아내를 보면 천생 시골에서 살 사람이구나, 하고 생각한다.

지난 가을 아내는 우리 반 해원이네가 거의 농약을 치지 않고 지은 쌀을 여기저기에 내다 파느라 한동안 바쁘게 지냈다. 시장 값보다 3만 원씩을 더 받게 해 드리기 위해서였다. 이웃말고도 서울에 있는 아는 이들한테도 전화를 하니까, 사람들은 아내가 무슨 쌀 장사를 하는 줄로 오해하기도 했다. 하지만 그런 것은 아랑곳하지 않았다. 대신에 "호미자루 한 번 쥐어 보지 않은 사람들이 쌀값 흥정을 하는 묘한 세상에 지금 우리가 살고 있다."면서 화를 내기도 했다.

아내는 늘 제 손으로 농사지어 밥상을 꾸리는 사람들이 부럽다는 말을 한다. 그럴 때마다 나는 "우리에게도 그런 날이 곧 올 거요." 하고 대꾸한다. 호미자루처럼 손이 둥글어진 사람을 보면 정답게 느껴진다고 얘기하는 아내에게 어찌 그런 날이 돌아오지 않겠는가! (1990년)

그리운 아버지

　지난 해 여름 아버지 묘를 옮길 때였다. 땅에 묻힌 지 스무 해가 넘은 뼈들이 나무 뿌리에 감기기도 하고 까맣게 썩어 들기도 해, 이미 흙으로 바뀐 곳이 많았다. 나는 그런 아버지의 뼈를 조심스레 닦아 내면서, 남은 뼈마저 어서 흙이 되어 당신이 짊어졌던 힘든 세상살이가 영원히 땅에 묻히기를 빌었다. 그것은 내가 죽어 땅에 묻힐 때쯤에야 비로소 이뤄질 수 있는 일인지도 몰랐다. 나야말로 당신을 기억하는 맨 마지막 사람일 테니 말이다.

　중학교에 갓 들어간 어느 날, 담임 선생님이 '가정 환경 조사서'라는 쪽지를 내주면서 우리에게 써내도록 했다. 시골뜨기인 데다 부끄럼을 많이 탔던 나는 그렇잖아도 바뀐 환경에 얼떨떨하던 판인데, 무얼 잔뜩 써 넣도록 되어 있는 이 쪽지 앞에서 그만 주눅이 들고 말았다. 손이 시릴 때까지 연을 띄우면서 놀던 뒷동산을 떠올릴 수밖에 없었다. '동산, 부동산'이란 말이나, 자취니 하숙이니 하는 말을 처음으로 대하는 순간이었다. 일찍이 여관과 여인숙이 돈을 내고 들어가 잠자는 곳이라는 말을 듣고, '저마다 잠자는 맛이 달라 따로 이름을 붙였나 보다.'고 생각할 만큼 나는 도회지 문화 앞에선 야만인이나 다름없었다.

나는 그 쪽지를 누가 볼세라 손으로 가려 가면서 보호자란에 아버지 이름을 적어 넣었다. 그리고 당신 이름 석자를 한글로도 적을 줄 몰랐던 아버지의 학력란은 점을 찍는 것으로 '무학'을 대신했다. 그리고 일곱 남매 가운데 막내였던 나는, 옆에서 자기를 장남이나 차남이라 이르는 동무들을 부러운 마음으로 바라보았다.

고등 학교 다니던 때였다. 공부 시간이었는데, 누가 현관 있는 데서 나를 찾는다면서 내려가 보라고 했다. 아무리 생각해도 나를 찾아올 사람은 없는데 이상한 노릇이었다. 맘을 죄면서 아래층으로 내려갔다. 아뿔싸! 서무실 밖 골마루에서 서성이고 있는 분은 후줄근한 두루마기를 입은 아버지였다. 목포까지 나들이한 김에 막내아들이 다니는 학교가 보고 싶어 찾아왔노라 했다. 나에겐 아버지가 한 그런 얘기는 귀에 들어오지 않았다. 다만 선생님이나 친구들한테 그런 꾀죄죄한 늙은이가 우리 아버지란 게 들통나면 어쩌나 하는 조바심에 맘 죌 따름이었다.

"아부지, 뭐 허로 이런 데 오요. 다시는 오지 마씨요!"

숨이 가빠 제대로 걷지조차 못하는 아버지를 떠밀다시피 뒷문으로 모시고 가면서 나는 짜증부터 냈다. 당신 생전에 처음이자 마지막으로 '고등과'에 다니는 막냇자식 학교 구경을 아버지는 그렇게 문전박대를 받아 가면서 치러 냈다.

내가 네 살 나던 해에 우리 어머니가 돌아가셨다. 북적대던 사람이 드물었던 걸로 보아 장례가 끝나고 난 다음이었지 싶다. 음식 준비 같은 걸로 불을 많이 때서 땅바닥에 짚을 깔아 놓았는데, 나는 그 위에서 잠을 자다가 깨어났다. 눈을 비비고 밖을 내다보니 아버지가 마루 기둥 옆에 서서 먼 데를 물끄러미 바라보고 있었다. 어린 내 마음에도 아버지가 너무 슬퍼 보였다. 어머니가 돌아가신 것조차 슬픔으로 알지 못하던 나에게 왜 그런 기억이 남아 있는지는 알 수가 없다. 어쨌든 그것은 내가 아버지를 기억하는 맨 처음 모습이기도 하다.

그런데 그게 너무나 강렬히 작용한 때문일까? 내가 대학 1학년이던 초겨울, 아버지가 돌아가시던 때까지 두루 살펴도 활짝 웃는 아버지의 모습을 도무지 떠올려 볼 수가 없다. 다만 세상일에서 벗어난 듯한 욕심 없는 모습 같은 거는 얼마든지 떠올릴 수가 있지만.

1900년에 태어나신 아버지를 나는 늘 19세기 사람이라고 생각했다. 그러기에 글을 모르는 "무식쟁이"가 됐을 거라 여겼다. 그런 생각이 어디에 뿌리를 두고 생겨났는지는 알 수 없지만, 아버지가 돌아가시기 전까지 나는 아버지에 대해 너무나 모르고 있었다. 아니, 숫제 알려고 하지 않았다.

둘째 아들이었던 아버지는 세 살에 할아버지를 잃었다고 한다. 선비랍시고 비가 와 마당 우케가 젖어도 나 몰라라 했다는 할아버지는 스물세 살 난 할머니와 어린 두 아들을 두고 까닭 모르는 병으로 세상을 버리셨다. 살림이 넉넉지 못했는데도 할머니는 선비의 대를 이어야 한다고 큰아버지한테는 글을 배우도록 하고, 아버지한테는 일을 익혀 집안을 돕도록 시키셨다. 아버지가 일찍부터 남의집살이를 시작하게 된 것도 그 때문이었다.

입만 얻어먹는 것으로 시작한 남의집살이가 한 해 새경으로 쌀 한 말을 받을 수 있을 때쯤 되어, 아버지는 고향을 떠나 타성바지 마을에서 가쁜 삶을 살기 시작했다. 그것도 당신 앞날을 일구려는 모진 각오를 가지고서가 아니라, 어머니와 또 공부밖에 모르는 형님네를 위해서였다. 우리 큰형님 말에 따르면, 그 때 아버지는 수십 리나 되는 먼 길을 걸어 큰집에다 쌀가마니를 "져다 바친" 적이 있다고 했다. 언제부턴가 나는 아버지가 쌀가마니를 지고 걸었다는 길을 따라 맨몸으로라도 걸어 봐야겠다는 생각을 해 봤지만, 아직 그 뜻을 이루지는 못하고 있다.

평생 술 한 모금 입에 댈 줄 몰랐던 아버지가 나이 서른에 이를 때까지 장가도 못 들고 힘만 축내다가 "바보 같은 삶"을 마감한 것은, 열네 살이나 아래인 어머니를 만나고 난 뒤였다. 아버지는 언젠가 당신이 장가를 못 가는 줄 알았다고 나에게 얘기해 준 적이 있는데, 요즘과 달리 그 때 나이가 서른이라면 노총각도 그런 노총각이 없을 터였다. 그러나 양반 성씨라는 것과, 가진 건 없지만 일하는 걸로 미루어 결코 당신 딸을 굶길 성싶지 않겠다 여긴 외할아버지가 사위로 맞아 주었다. 그리하여 품을 팔아 끼니를 이어나갈망정 비로소 아버지는 일꾼살이에서 벗어날 수가 있었다.

내 키를 훨씬 넘는 노란 장다리꽃이 마당 한 편에 우뚝 서서 햇빛을 받고 있었다. 우리 집에 세 번째 들어오는 새어머니를 맞는 잔칫날이었다. 앞의 두 새어머니에 대면 몸집이 작고 나이는 더 들어 뵈는 이로, 어린 내 눈에도 좀 무섭고 독한 얼굴을 가진 분이었다.

나는 새로 오는 이분보다는 앞의 두 분 가운데 어느 분이 우리와 함께 살았으면 했다. 처음 분은 몸가짐이 정갈했고, 두 번째 분은 '쌍금이'라 부른 내 또래 딸아이를 데리고 온 이로 아주 순한 분이었다. 그런데 두 분 모두 조금씩밖에는 살지 못하고 떠나 버렸다. 자세한 속사정까지야 알 수 없었지만, 한 분은 집에서 내보냈고 다른 한 분은 스스로 떠나갔다.

어린 나는 내 맘 속 생각을 어느 누구와도 나눌 수가 없었다. 바로 위인 넷째 형과는 일곱 살이나 터울 져, 사는 세계가 이미 달랐다. 그래서 깊은 얘기를 나누는 일이야 없었지만 나에겐 아버지가 가장 가까운 사이인 셈이었다. 그러나 새어머니가 들어와 아버지를 차지하면, 나는 그런 아버지마저 내주고 다시 혼자가 되어야만 했다. 새로 맞이한 큰형수님이 있긴 했어도 어린 나한테 깍듯이 올림말을 쓰는 그분에게서 나는 가까이할 틈을 찾아 내지 못했다.

이 날 잔치는 새어머니가 허름한 뒷간에 한쪽 발을 빠뜨려, 그렇잖아도 말 많은 마을 사람들한테 이야깃거리를 보태 주는 것으로 끝났다. 그리고 이런 잔치 때면 호기심에 찬 눈으로 담 너머를 기웃거리는 이웃들의 눈길을 찾아 내곤 했는데, 그럴 때라도 나는 짐짓 모른 채 땅에 금긋기를 하거나 아예 밖으로 나가 사람이 뜸한 곳에서 혼자 놀았다.

이 새어머니와 큰형수님 사이에 틈이 벌어진 것은, 결혼한 작은누님이 집에 재행 오던 날 밤에 있었던 '쌀 사건' 때문이었다. 식구들끼리 모처럼 즐거운 자리를 마련한 셈이었는데, 그런 북새통 속에서 새어머니가 큰일을 치르느라 찧어 놓은 쌀에서 얼마를 퍼다가 아랫집 어느 노파네 방에다 숨겨 두었던 것이다. 쌀 한 줌을 피처럼 중요하게 여기는 가난한 집이기도 했지만, 이런저런 문제로 늘 새어머니와 큰형수님 사이가 좋지 못하던 차에 이 일은 문제를 일으키고도 남았다. 쌀이 없어진 걸 본 큰형님 내외는 우연히 한밤중에 눈 위에 난 발자국을 찾아 내고야 말았다.

문제는 그 다음에 일어났다. 새어머니는 며느리가 당신을 모함하려 든다고 공공연히 소문을 퍼뜨리기 시작했으며, 아버지조차 새어머니 편을 들면서 일은 꼬여 들었다. 끝내 이듬해 봄, 아버지와 새어머니는 큰형님네와 떨어져 딴살림을 차리느라 외딴 빈 집으로 이사를 했다. 새어머니에게는 '혹' 이나 다름없는 나도 함께 갔다.

나는 심심했다. 찾아오는 동무도 없고, 내가 불러 올 동무 또한 없었다. 집 앞에 널리 펼쳐 있는 대밭에 죽순이 자라는 걸 구경하거나, 흙이나 돌멩이를 만지작거리면서 노는 게 고작이었다. 한가로이 기어다니는 개미들이 내 동무가 되기도 했지만, 우리 집 마당으로만 몰려온 듯싶은 햇살이 무척 오랫동안 우리 집에 머물고 있다는 생각을 해 볼 때가 많았다. 잠이 오지 않는 밤에는 대밭에 부는 바람 소리가 귀신을 떠올리게 했고, 그럴 적에는 오줌이 마려워도 바깥에 나갈 수가 없었다. 그래도 바깥 사람들 눈길이 보이지 않는다는 게 나에겐 더없이 좋았다.

나는 그 곳에서 새어머니와 어떤 끈을 맺으면서 지냈는지 기억할 수가 없다. 영화 한 대목을 놓쳐 버린 것과 같다고나 할까? 그보다는 검둥이 강아지가 어느 큰 개한테 물려 여러 날 동안 뒷다리를 끌면서 다녔는데, 죽은 다음에 보니 상처난 곳에 구더기가 득실거렸던 게 눈에 선하다. 그리고 우리가 기르던 장닭이 어찌나 사납던지 어쩌다 찾아오는 사람들이 그 닭한테 쫓겨가던 일 같은 것만 그림처럼 그려질 뿐이다.

순하던 아버지가 모를 만치 변해 있었다. 벌써부터 일손을 놓았던 아버지는 걸핏하면 집으로 찾아가 큰형수님과 싸움을 벌였다. 나중에야 안 일이지만, 아버지는 형님네 집에 이런저런 걸 모두 해 달라고 했고, 당장 입에 풀칠하기도 어려웠던 큰형수님네는 그런 요구를 낱낱이 들어줄 수가 없었다. 큰형님은 가운데서 어느 편에도 끼지 못한 채로 난처했는데, 아버지가 해내라고 바라는 것들 거개는 새어머니 머릿속에서 흘러나온 것들이었다.

새어머니가 장날이면 살림을 빼돌린다는 소문이 나돌았다. 어쩌다 큰형수님이 아버지께 대들면서 하는 말 속에서 나는 그걸 알아 낼 수 있었다. 아버지와 큰형수님이 말싸움을 할 때면, 나 또한 큰형님처럼 맘 속으로라도 어느 편을 들 수가 없었다. 오직 서로가 싸우지 않았으면 하는 생각뿐이었다. 이웃 사람들이 듣고 있지 않느냐고, 부끄럽지 않느냐고 외쳐댈 뿐이었다. 다만 그 소리를 나말고는 아무도 듣지 못할 따름이었다.

두 해를 살고서 새어머니는 알량한 살림까지 털어, 어느 날 간다 온다 말도 없이 끝내 집을 떠나 버렸다. 그러자 아버지는 어쩔 수 없이 나를 이끌고서 당신 입으로 못된 며느리라면서 구박을 주었던 큰며느리 밑으로 들어갔다. 그러고는 반찬이 입에 맞는지, 옷은 언제 빨아 주는지를 헤아려 볼 수 없는 닫힌 시간 속에 갇히고 말았다. 아버지 나이가 예순을 넘어서고 있었다.

아버지와 나는 외양간이 딸린 아랫방을 함께 썼다. 드나드는 한쪽짜리 문과 외양간으로 통한 좁은 문뿐이어서 방은 어두웠다. 모진 일 때문에 갖게 되었을 해소로 아버지의 숨소리는 말할 수 없을 만큼 거칠어져 있었다. 그르렁대는 소리가 귀에 거슬려 어떤 때에 나는 두 귀를 막아 보다가 나도 몰래 신경질을 내기도 했다. 아버지는 엎드려야만 잠들 수 있을 때가 많았다.

그 아버지에게 즐거움이란 마을 영감님들과 뭉쳐 지내는 것밖에 없었다. 겨울이 되면 그 영감님들이 우리 집으로 놀러 오는 바람에 내 방은 자연스레 영감님들 사랑방이 되고 말았다. 방 안 가득 아버님 친구분들이 모여, 한쪽에선 장기판을 벌이고 다른 한쪽에선 화투치기를 하였다. 어쩌다 내가 방문을 열고 방으로 들어가려고 하면, 담배 연기가 굴뚝 연기마냥 문 밖으로 흘러나왔다.

일찍이 아버지가 화투 치는 걸 구경하면서 자란 나는 화투 치는 방법을 잘 알고 있었다. 그래서 심심하면 책가방을 방구석에 던져 놓고 가치담배 내기를 하는 영감님들 화투판 구경에 넋을 팔았다. 그런 나를 보고 아버지가 밖으로 나가라 일렀지만, 못 들은 체하고 있으면 그만이었다. 아버지는 나에게 다시 나가라 이르기보다 화투를 들여다보아야만 했다. 나는 뒤에서 이쪽 저쪽 패를 고루 볼 수가 있었으므로 아버지가 내주어선 안 될 짝을 뽑아 들기라도 하면, 맘이 조마조마해지는 게 숨이 막힐 것만 같았다.

아버지는 가래를 삭이는 '에페트린'이라는 약을 밤마다 먹으면서 점점 개수를 늘여 갔다. 이상하게 밤이면 기침이 더 극성을 부렸다. 게다가 허리조차 조금씩 굽어들고 있었다. 이젠 엎드리지 않고서는 아예 잠들 수도 없었다. 약을 그토록 먹어도 줄어들지 않는 기침이 나는 이상하기만 했다. 모이는 친구분들 가운데 아버지만 그렇게 숨쉬기를 불편해했다.

아버지는 콧물도 줄줄 흘렸다. 그래서 책종이나 신문지를 네모 반듯이 잘라 주머니에 볼록하게 담고 있다가 시시때때 꺼내 쓰곤 했는데, 내가 보기에는 늘 종이가 작아 담뱃진이 노랗게 밴 아버지의 가는 손가락 끝에 콧물이 묻어나곤 했다.

게다가 옷 갈아입기를 가뭄에 콩 나듯 했으니 아버지한테선 늘 냄새가 났을 법한데, 나라고 아버지와 다를 바가 없으니 그 냄새를 맡아 내질 못했다. 그런 속에서 나는 말라빠진 아버지의 등을 긁어 드리고, 아버지가 벗어 주는 해진 속옷 솔기를 뒤져 이를 잡아 내야 했다. 나중에는 '비에 이치시'라는 '이 약'이 나와 밤이면 이를 잡아 내야 했던 고생을 훨씬 줄였지만, 미국에서는 그걸 농작물에 뿌리는 것조차 못 하게 하고 있다는 걸 어른이 된 다음에야 알았다.

아버지에게 가장 기쁜 날은 목포 술공장에서 자전거로 술 나르는 일을 하던 넷째 형이 이따금 먹을거리를 사 오던 때였다. 초등 학교를 마치자마자 가마니 짜는 것을 익힌 형은 얼마 뒤에는 마을 처녀들과 가마니 짜는 시합을 할 정도로 일솜씨가 뛰어났다. 그러던 형이 취직을 한 것이다.

아버지는 엿이나 사탕 같은 걸 입에 물고 있으면 숨이 덜 가쁘다고 했다. 나는 옆에서 먹고는 싶지만 차마 달란 말을 선뜻 하지 못했다. 그런 자식의 맘을 모를 리 없는 아버지는 언제나 먼저 나에게 준 다음에야 이녁 입에도 넣었다. 그럴 때면 나는 못 이기는 척 받아 먹곤 했다. 지금 되돌아보면 아버지에게 나는 언제나 짐이었고, 애처로운 막내였을 거라는 생각이 든다.

아버지가 늘그막에 그래도 어른 대접을 받아 본 건 서울에서 남의 집 곁붙이로 가난하게 살고 있던 셋째 형수씨한테서였다.

일찍이 집을 뛰쳐나간 형이 서울 거리를 떠돌면서 익힌 것은 세탁 기술이었다. 그 형이 세탁소를 차려 일을 하고 있던 때에 만난 형수씨는 당신 시아버님이란 분이 그토록 꾀죄죄해도 아무 상관을 안 했다. 오히려 그런 아버지를 당신 시아버님으로 깍듯이 받들었다.

형이 세탁소를 치우고 평화 시장에서 옷 장사를 벌였다가 망하는 바람에 형님네는 한때 끼니조차 어려웠다. 그런데도 그 해 늦봄에 형수씨는 아버지를 서울로 불러올리셨다. 언제 돌아가실지 모르는데, 노인네를 모셔 보지 못하면 두고두고 한이 될 거라는 게 형수씨의 생각이었다. 그래서 당신네가 쓰던 방을 아버지께 내드리고, 당신네는 부엌 겸 마루로 쓰던 곳으로 나앉았다.

형수씨는 아버지가 서울에 닿자마자 물을 데워 손수 몸을 닦아 드렸다. 그리고 집에서 입고 온 옷 대신 마련해 둔 옷으로 갈아입혀 아버지를 완전히 다른 어른으로 만들어 놓았다. 그뿐 아니라 끼니때마다 따스한 밥을 지어 상을 차려 드렸다. 딱하게 사는 딸을 보다못해 친정 어머니가 놓고 간 용돈으로 등산길에 좌판을 벌여 술 두 병을 팔면 한 병 치로는 다시 술을 받아다 놓고, 다른 한 병 치로는 아버지 밥상에 올릴 생선 도막을 마련했다. 이 일을 좌판에서 물건이 완전히 떨어질 때까지 계속했다. 그 무렵 형수씨는 이미 홀몸이 아니었다.

이틀이 멀다 하고 옷을 갈아입으면서 몸단장을 하는 아버지는 이제 누가 봐도 대접받는 어른이었다. 게다가 누구의 눈치를 보지 않아도 되었고, 한가한 시간을 맘껏 누리게 되었다. 4·19 탑에 나가면 말벗할 수 있는 노인들이 즐비했고, 등 너머로 익혀 둔 침으로 아프다는 노인들에게 침쟁이 노릇도 하면서, 아버지는 말 그대로 꿈결 같은 나날을 보냈다. 형수씨는 그런 시아버지에게 어머니를 한 분 모셔 오시라 농담을 하면서, 당신 몸이 무거워 오는 걸 감추려 애를 썼다.

여름이 가고 가을이 왔다. 형수씨도 이제는 찬 바닥에서 지내면 안 되었다. 그러나 당신과 함께 있는 걸 좋아하는 아버지께 시골로 다시 내려가 달라는 말을 차마 꺼낼 수가 없었다. 그 대신에 둘레 친척들이 나서서 아버지더러 이제 그만 시골로 내려가라 귀띔을 해 드렸다. 그러나 아버지는 떼쓰는 아이들처럼 한사코 떠나는 걸 마다했다.

그래도 어쩔 수가 없었다. 당신을 그토록 아껴 주던 며느리가 이제는 따뜻한 방이 필요하다는데, 떼어지지 않는 발걸음으로 고향으로 되돌아가야만 했다. 그리고 그걸로 그만이었다. 두어 달 뒤, 아버지는 다시는 못 올 길로 떠나셨다. 여전히 무릎을 꿇고 엎드리신 채였다.

아버지가 돌아가셨는데도 눈물이 나오지 않았다. 때로는 아버지를 무시하기도 하고, 어서 돌아가셨으면 좋겠다는 생각을 가질 때도 있어서인지, 아버지의 죽음이 나에겐 그리 실감이 나지 않았다. 덤덤할 뿐이었다.

나는 아버지 쌈지 주머니를 뒤져 거기에 들어 있던 종이돈 두 장을 찾아 셋째 형수씨에게 드리는 걸로 내 할 일을 다 한 셈이라고 믿었다. 이제 더는 아버지와 내가 주고받을 게 없다고 생각했다.

그러나 그게 아니었다. 내가 아버지한테 멀어지려 하면 할수록 아버지는 내 가까이 와 있었다. 어느 새 나도 두 아이의 아버지가 되어, 이제 그 아이들에게 할아버지의 이야기를 보태지 않고 들려주어야 했다. 비로소 아버지한테 갖고 있었던 잘못된 생각들을 용서받을 수 있는 때가 온 셈이었다.

처음으로 동해안에 있는 온천을 찾아갔을 때에, 나는 모락모락 김이 오르는 온천물을 아버지 몸에 끼얹으면서 등을 밀어 드릴 수 있었으면 하고 안타까워했다. 그 따뜻한 물 속에서는 금방이라도 굽어들었던 아버지의 등이 펴질 것만 같았고, 그르렁대던 가쁜 숨소리조차 멎을 것만 같았다.

그 환상은 돌아오던 버스 속에서도 내 머리를 떠날 줄 몰랐다. (1994년)

고추 농사를 지어 보고

　오늘 아침, 고춧대를 뽑으러 밭으로 갔는데 생각과는 달리 일을 제대로 할 수가 없었다. 안개가 끼어 온통 찬 공기에다, 이슬은 어찌 그리도 많이 내렸는지 고추 포기를 젖힐 때면 비 오듯 물방울이 쏟아졌다. 장갑이 곧 젖으면서 손끝부터 닿아 온 차가움이 금방 몸으로 전해졌다. 바람에 쓰러지지 말라고 받침대를 세우고 비닐 끈으로 묶은 것들마저 고춧대를 뽑는 데는 하나같이 말썽이었다. 어찌나 꽉 묶어 놨던지 잘 풀어지지도 않고, 풀어진 것들은 그들대로 거추장스러웠다. 끝내 나는 세 골 가운데 한 골만을 뽑고는 시린 손을 바지에 문지르면서 집으로 되돌아오고야 말았다.

　올 봄에 집에서 그리 멀지 않은 곳에 놀고 있던 손바닥만 한 밭을 빌렸다. 남새를 가꾸어 먹는 게 어디냐 싶은 생각이었고, 무엇보다도 음식 찌끼 버릴 터를 갖는다는 기쁨이 컸다. 그리고 이왕이면 알찬 푸성귀를 먹고 싶어서 이른 봄에 먼 산에 가 우리 집 아이들과 부엽토도 몇 포대 파 날랐다.

　처음 빌렸을 땐 너무 작다 싶었던 밭이 띠와 쑥 뿌리 파내는 일만으로도 넓어 보였다. 온 식구들이 여기에 매달렸지만, 몇 해 놀리는 사이 풀뿌리들이 이뤄 놓은 세상을 뒤엎는 일이 쉽지만은 않았다.

하지만 욕심을 부려 한 포기에 백 원씩 하는 고추 모를 아는 이에게서 250포기나 샀다. 거기에 덤으로 50포기를 더 받았으니 생각보다는 많은 고추를 심게 되었다. 밑거름으로 복합 비료를 조금 넣었을 뿐, 꽃삽으로 자리를 내고 물을 부어 고추 심는 일을 여느 사람들과 똑같이 했다.

그 때부터 고추 모를 준 이도, 옆 밭에서 농사짓는 다른 이들도, 서툴어만 뵈는 나에게 이런저런 도움말을 해 주었다. "약을 조금은 쳐야 한다.", "무슨무슨 거름을 줘야 한다."면서. 그러나 그이들의 말이 내 귀에는 들어오지 않았다. 내가 고추밭에 돋아나는 풀을 일삼아 손으로 뽑아 내고, 고춧잎에 붙기 시작한 진딧물과 무당벌레마저 하나하나 손으로 잡을 때, 그래도 나는 무언가 희망과 자신이 있었다. '보시오, 이렇게 지어도 나만 아니라 몇 집 나눠 먹을 양까지 넉넉하지 않겠소!'

올 같은 가뭄에도 풀들만은 끈질기게 자라 오르고 진딧물 또한 여러 가지가 있다는 걸 살피면서, 그래도 나는 처음 정한 '약 안 치기'를 고집대로 지켜 나갔다. '이렇게 내가 정성을 들이는데 고추 저희도 알아서 열매를 맺어 주겠지…….' 하고 스스로를 위로도 하면서.

처음에 고추는 무럭무럭 자랐다. 그래서 먼 마을까지 가서 대나무를 베어다 받침대를 해 줄 때만 해도, 고추밭은 보기에 좋았다. 흰 고추꽃이 올망졸망 피어나고 이어 열매가 맺자, 풋고추를 선뜻 따내기 아까울 만치 보기만 해도 좋았다.

맏물 고추가 발갛게 익어 가기 시작했다. 그러나 나는 이미 고추한테 병이 와 있다는 걸 눈치채지 못했다. 땅힘이 모자란 데다 긴 가뭄으로 고추가 열매를 맺고 익히기보다 제 몸뚱이 거느리기에도 벅찰 거라는 생각을 미처 헤아리지 못하고 있었다. 그저 심어 놓고 풀을 뽑아 주는 것만으로 내가 할 일을 다 한 거라고만 여기고 있었다.

고추는 드디어 열매 맺는 일을 미적거리기 시작했다. 어렵사리 달리기 시작한 고추마저 죽죽 자라기보다 잎 따라 오그라들어 갔다. 두 물째마저 몇 개 따고는 그만이었다. 고추는 더 이상 일하는 걸 멈춰 버리고 말았다. 어쩌다 한두 개 익은 게 보여도 벌레 먹은 것뿐이었다.

이렇게 농사지은 고추가 열몇 근쯤 되는지 모르겠다. 올 같은 가뭄을 생각해야 하겠지만, 이웃 어른들 말로는 보통 때의 5분의 1에도 못 미친다고 했다. 돌이켜보면 초기에 병을 몰아 내는 약을 한 번이라도 쳤어야 했다. 그런데 농사를 지어 본 적이 없는 나는 무조건 농약을 무시하기만 했다. 그러면서 이제까지 농약에만 기대어 농사를 짓는다고 모든 농사꾼들을 싸잡아 나무랐다. 물론 두엄을 듬뿍 해서 약을 하나도 안 치고 지을 수는 있지만, 지금처럼 손이 없는 때에 그 많은 두엄을 누가 만들 거며, 그러다 보면 우리는 금덩이보다 비싼 곡식들을 사 먹어야만 하는데 하루 벌어 사는 가난한 사람들은 모두 어찌하란 말인가!

여태껏 내가 왜 이런 건방진 생각만을 하면서 살아왔는지 모르겠다. 아마도 일을 하지는 않고 머리로만 생각하는 삶을 살아 그랬을 것만 같다.

앞으로도 농약을 치지 않는 실험을 계속해 보겠지만, 오늘 아침 밭에서 집으로 오면서 나는 이런 생각을 해 보았다. '농사를 짓지 않는 이는 농부들이 농약 치는 것에 대해 말할 자격이 없다.' (1994년)

어떤 편지

《탄광 마을 아이들》이란 조그만 동시집을 한 권 내놓고, 나는 여러 모로 부끄러웠다. 별러 시 공부를 한 뒤에 어떤 시론에 맞게 쓴 것도 아니요, 그냥 탄광 마을 안에 방을 얻고 그 곳 사람들의 이웃이 되어 살면서 보고 들은 이야기들을 그대로 써 보았을 뿐이었다.

그런데 이웃에서 그 동시집을 보고는 나를 시인이라 부르곤 했는데, 그 때마다 나는 낯이 붉어지고 진땀이 났다. 그래서 '나는 한낱 초등 학교 선생일 따름이오.' 하고 맘 속으로 부르짖으면서 부끄럼을 잊으려 했다. 나는 아이들이 조금 서운히 한 것에 삐지기도 하고, 아이들 앞에서 숙제 검사를 하다가 졸기도 하는 산녘 조그만 학교의 교사일 따름이기 때문이다.

책이 나온 지 얼마 지나지 않은 어느 날이었다. 내 동시집을 읽었다는 어떤 이의 편지를 받았다. 서울에서 직장을 다닌다는 스물다섯 된 아가씨라고 했다. 편지지 두 장을 꼼꼼히 다 채웠다. 태백에서 조금 떨어진 철암이 그이가 자란 곳인데, 이제까지 이녁이 자란 탄광 마을에 대해 객지에서 한 번도 크게 얘기해 본 적이 없다고 했다. 그러나, "탄광의 바람, 판잣집, 매서운 그 곳의 추위, 술, 가난, 날리는 탄가루……, 그 모든 것들이 선생님 시 한 편으로 이젠 애정이 느껴집니다." 하고 쓴 그이에게는 지금 예순넷이신 아버님이 있다고 했다. 정년 퇴직 뒤에도 일을 더 하다 큰 사고를 당해 지금은 장성 규폐 병원에 계시는데, 그 아버님 생각에 시를 읽는 동안 많은 눈물을 흘렸다고 했다.

나는 그이의 편지를 읽으면서 열 해 전쯤 사북에서 있었던 일 하나를 떠올렸다.

여름 방학이 시작된 지 얼마 되지 않았을 때였다. 무슨 일이 있어 학교에 갔는데, 일직 선생님이 어떤 아이와 아주머니를 나에게 보냈다. 그 아주머니는 아이의 누나라고 당신 소개를 하면서, 아이가 2학기 책을 아직 못 받아 이제라도 받을 수 있을까 해서 찾아왔노라 했다. 나는 책이 담임 선생님께 있다면서도, '왜 이제야 와 가지고 귀찮게 굴까?' 하면서 속으로 마땅찮게 생각하고 있었다.

그런데 아주머니가 들려주는 얘기를 들으면서 나는 가슴이 뜨끔했다.

"방학 동안 모르는 글씨라도 익혀 주려 합니다. 아버지가 방학 전에 돌아가셔서 장남인 이 애가 고향 아버지 묘까지 갔다 오느라 책을 제때에 못 받았습니다."

이렇게 말한 아주머니는 고개를 돌리고서 그 사이에 울고 있었다. 나는 그런 아주머니에게 집안 사정을 더 물어 보았다. 아주머니가 울먹이는 소리로 얘기하는 동안, 아이는 아무것도 모르는 양 가만히 서 있기만 했다. 고등 학교 3학년인 여동생이 졸업하는 2월이 오면 아버지는 십 년 동안 해 오던 탄광일을 그만두고 고향으로 내려가 농사를 짓기로 했는데, 그만 남은 반 년을 못 채우고서 사고로 돌아가시고 말았다 했다. 교무실 밖 현관에서 이 얘길 하면서 아주머니는 또 눈물을 보였다.

나는 아이의 누님과 아이를 운동장 건너 우리 교실로 데리고 가 교사용으로 받아 놓은 내 책을 드렸다. 그러고는 둘이 운동장을 다 걸어 나갈 때까지 그 뒷모습을 지켜보았다.

나는 아가씨의 편지를 읽은 뒤, 키가 조그맣던 그 아이도 내 동시집 속 재중이처럼 어떻게든 살아갔으리라 믿는다.

재중이네를 보니

돈이 없으면
안 쓰고

옷이 없으면
기워 입고

쌀이 없으면
굶기도 하며

할머니와 둘이서
살아가요

가난해도
어떻게든 살아요

(1991년)

내가 쓴 동화책

1990년 6월에 나는 동화책 《산골 마을 아이들》을 냈다. 내가 쓴 동화책은 이것뿐이라서 〈우리 교육〉에서 '지은이가 들려주는 나의 책 이야기' 난에 글을 써 달라 부탁했을 때 처음에는 부끄러워 마다했다. 그러다가 '책 읽는 이들을 위해 이보다 더 필요한 일이 없겠구나.' 하는 생각에서 부끄럽지만 용기를 냈다.

이 책이 나오기까지

아직 동화를 써 본 적이 없는 나에게 어느 날 '창비 아동 문고' 일을 하는 김이구 님이 '산골 마을 아이들 이야기'를 써 보지 않겠느냐는 연락을 보내 왔다. 그 때 사실 김이구 님은 내가 탄광 마을에 있는 줄 알고 있었다. 그러나 나는 이미 그 곳을 떠나 산골 마을에 살고 있었다. 그래서 그런 사정과 아직 동화를 써 본 적이 없다고 하니, 부러 꾸민 것만 아니면 어느 곳 얘기라도 좋다면서 한 번 써 보라고 권했다. 이에 용기를 얻은 나는 그 동안 보고 들었던 것을 밑바탕 삼아 이야기들을 써서 보냈다. 그 원고가 출판사에서 네 해쯤 묵었다가 비로소 책으로 나왔다.

동화 아닌 이야기들

보통은 《산골 마을 아이들》을 동화책이라 부르지만, 나는 그냥 이야기 책이라 여긴다. 동화라 하면 어딘지 꾸민 듯한 냄새가 나기 때문이다. 그리고 동화란 시대가 바뀌어도 쓸 수 있지만 '이야기'는 그 때가 아니면 쓰기 어렵다는 생각을 하고 있는 탓이다.

나는 내가 쓴 이야기로 아이들에게 무엇을 가르쳐 보겠다는 욕심은 조금도 가지고 있지 않았다. 다만 시골에서 살아 보지 못한 아이들에게 지금 우리 농촌 어른과 아이들이 무엇을 어떻게 하고 살아가는가를 보여 주고 싶었다. 그래서 곳곳의 아이들이 조금이나마 넓은 생각을 갖기를 바랐다.

말이 될지는 모르겠지만, 나는 내가 쓴 이야기들도 하나의 역사라 여겼다. 나는 역사책에 나오는 큰 사건들도 중요하나 이에 못지않게 그 역사의 뒤안길에서 이름 없는 사람들이 가꾸어 나가는 정서 또한 중요한 역사로 대접받아 마땅하다고 여기고 있다. 그래서 이 책을 읽는 아이들이 이 책 속 아이들의 정서를 함께 이해하고, 이 아이들을 이웃으로 받아들이면서, 이 아이들과 함께 꾸릴 세상을 꿈꿔 보았으면 했다.

나는 교실에서 아이들과 글쓰기를 할 때, 우리 둘레에서 일어나는 일들을 자세히 쓰라 이른다. 사람 사는 일이라서 앞엣것이 뒤로 이어지기 마련이지만, 그래도 이 아이들이 어른이 되었을 때는 또 세상이 엄청나게 바뀌어 있을 것이기 때문이다. 그것은 내가 어릴 때 놀던 모습과 지금 아이들이 놀던 모습을 대 보아도 곧 알 수가 있다. 우리는 수도 없이 얼레와 연을 만들었는데, 지금 아이들은 문방구에서 허술하게 만들어 파는 걸 연이라고 사서 날린다. 그나마 이젠 아이들이 연 날릴 만한 터조차 쉽게 찾을 수가 없다.

일찍이 나는 이 문제에 대하여 이오덕 선생님한테 편지를 드린 적이 있었다. 선생님이 쓴 《이 아이들을 어찌할 것인가》, 《일하는 아이들》, 《시

정신과 유희 정신》 같은 책들을 읽고서 아이들 문집을 만들 때였다. 아이들이 모두 돌아간 다음 아이들이 써 놓은 글들을 읽노라면, 나도 몰래 눈시울이 뜨거워져 유리창 앞으로 달려가 창 밖을 바라보곤 했다. 탄마을 사북에서 지내고 있을 때였다.

학기 초 저는 4학년 10반을 맡았는데, 선생님 한 분이 모자라는 바람에 제가 5학년으로 올라오고, 아이들을 나누어 다른 반으로 보내는 소동이 있었읍니다. 그게 지난 달 26일이었읍니다. 그 날도 아이들은 글을 썼는데, 그 아이들의 글을 모아 문집을 냈읍니다. 약속 지키는 일이었읍니다. 이번에는 인쇄가 제대로 나오지 않아 받아 보는 이들께 여간 미안하게 되지 않았읍니다.

아이들과 나름대로 그렇게 글쓰기를 하다 보니 생각되는 게, 정직한 아이들의 글 속에는 역사가 그대로 담긴 게 아닐까 하는 것입니다. 제 욕심이 지나친 것일까요?

저는 제 동료 선생님들로부터 너무 외곬이라는 말을 듣는데, 이를테면 저희 반 아이들 글 속에는 꿈 같은 게 들여다뵈지 않는다는 것이지요. 그러나 저는 무엇보다도 아이들이 모두 소외감을 갖지 않고 즐겁게 쓸 수 있고, 어려서부터 정직한 마음을 내 보이도록 하는 게 더 중요하다고 봅니다.

그래서 저는 글짓기라는 말을 굳이 마다하고 글쓰기라는 말로 대신하고 있읍니다. 글짓기는 어른들이 하는 거라는 생각을 깊이 해 보기 때문입니다.

제 생각에 어떤 위험은 없는지요?

1984년 4월 22일

열다섯 해 전에 쓴 글로 끝말이 지금 우리가 쓰는 '습니다' 대신 '읍니다'로 되어 있다. 또, 지금은 글짓기란 말과 함께 글쓰기란·말도 널리 쓰는데, 그 때는 글쓰기란 말이 갓 태어나려 하고 있었다. 이렇듯 아무리 하찮아 뵈는 이야기라도 백 년이 지난 뒤에는 백 년 전 이야기가 되고 천 년 뒤에는 천 년 전 이야기가 된다. 그것이 바로 역사가 아니겠는가!

그러면 내 책 속에서 살펴볼 수 있는 역사와 우리 정신은 무엇일까?

'정말 바보일까요?'에 나오는 윤재석 아저씨는 이름도 같은 마을 분이다. 더 빼거나 보탤 게 없는 그런 분인데, 나는 이 뒤에 태어난 아이들이 '먼 옛날 우리 농사꾼 가운데에는 이런 멋진 분도 있었구나!' 하고 생각해 주길 바라면서 이 이야기를 썼다.

'들꽃 아이'에 나오는 보선이도 실제 아이다. 이름 또한 그대로 썼다. 다만 내가 가르친 아이가 아니고 옆 반 선생님이 가르친 아이였다. 예전에는 보선이처럼 먼 데서 걸어 학교에 다닌 아이들이 많았다. 이야기 끝쪽을 너무 성급히 맺는 바람에 이야기 맛이 줄고 말았지만, 지금 아이들이 보선이가 걸었던 길을 잃어버렸다는 게 안타까워 이 이야기를 썼다. 이런 길을 잃었다는 것은 바로 우리의 꿈을 잃어버린 거나 같다고 보기 때문이다.

'모퉁이 집 할머니'한테 올해도 우리는 할머니가 손수 뜯어 말린 고사리와 도라지를 샀다. 전화로 부탁을 하고 할머니는 그걸 소포로 부쳐 주었다. "세상이 어떻게 학대하든 할머니는 지금 그것을 꿋꿋이 이겨내고 있다."는 말밖에는 할머니 삶을 달리 설명할 수가 없다. 나는 이런 선한 할머니들에게 이렇게 아픈 삶을 살도록 한 사람들이 누구였는가가 언젠가는 가려지리라 본다. 그래서 역사는 정직하다는 걸 아이들 눈으로 볼 수 있기를 바랐다.

'명자와 버스비' 에 나오는 아이는 이름만 바뀐 내 제자 아이 이야기다. 늦가을이면 아내와 함께 나무를 하러 다녔는데, 걸핏하면 해를 떨어뜨리곤 했다. 그 때마다 아이들은 찬 방에서 우리를 기다리다가 지쳐 잠들어 있곤 했다. 도회지 아이들이 이런 이야기를 읽으면 어떤 생각을 떠올릴지 무척 궁금한데, 이제 산녘 마을 집집마다 기름 보일러를 돌리고 있으니, 내가 읽어도 이 글은 아스라이 먼 얘기가 되어 버렸다.

'일요일', '순이 삼촌', '선희가 쓴 편지', 모두 어렵기만 한 우리 농촌 모습을 드러낸 이야기들이다. 갑자기 천대를 받는 농사일이 되어 버렸지만, 언젠가는 다시 이 농사일이 가장 대접받을 날이 오리라는 믿음으로 쓴 것들인데, 아이들이 이런 이야기를 얼마만큼 이해할는지는 알 수 없다.

3부에 나오는 이야기 세 편은 내가 이런저런 까닭에 맘 속으로 더 아끼는 이야기들이다.

'검정 고무신' 에 나오는 주인공 기남이와 기담이는 내가 첫 발령을 받았을 때 만난 형제들이다. 공부를 못한다고 기남이를 많이 때려 주곤 했는데 늘 잊히지 않는 아이들이다. 그 때 검정 고무신을 신고 학교에 다니던 기남이가, 스무 해쯤 지난 지금은 무슨 신을 신고 어떤 길을 걷고 있을지 궁금하다. "너, 숲 속에서 자다 일어났을 때 무섭지 않던?" 하고 묻자, "아니요!" 하면서 아무렇지도 않았다는 듯 대답하던 기남이의 조그만 입과 둥그런 눈을 나는 지금도 그대로 그려 볼 수 있다.

'정아의 농번기' 는 일요일과 가정 실습 때, 마을 어른들 틈에 끼여 그분들과 똑같이 모내기를 하면서 살핀 이야기다. 꺾어질 것만 같은 허리를 가누면서 집으로 돌아와 쓰러지듯 잠자리에 들곤 했다. 아침이 오지 않았으면 하는 마음 한편으로, "일을 하지 않으면 밥 먹을 자격이 없다." 이런 말을 떠올리면서 나는 가까스로 하루를 버텨 냈다. 그래서 지금도 나는 쌀 한 되 값이 커피 한 잔 값보다 못하다는 게 억울하다는 생각을 늘 하고 있다.

'멧돼지' 이야기를 들려주신 동길이 아버지는 내가 일꾼이라 생각하는 몇 안 되는 사람 가운데 한 분이었다. 굵은 팔뚝, 천천히 말을 하던 두툼한 입술, 거기에 무엇보다도 나에겐 그분이 쓰던 말이 더없이 소중했다. 아주 외딴 산마을에서 태어나 자란 탓에 옛 산골 어른들이 쓰던 말을 잊지 않고 있었다. '위세소리', '자국받이', '붉돌' 같은 말들이며, 나중에 백석이 쓴 시에서 볼 수 있었지만 '마가리집' 같은 말이 스스럼없이 동길이 아버지의 입 밖으로 나오는 걸 들으면 신이 났다. 그래서 나는 그 뜻을 묻고 또 물으면서 이야기를 들었다. 언제부터 우리들이 이런 분들의 귀한 말들을 업신여기고, 쓰잘머리 없는 교과서 외우기를 아이들한테 시켜 왔나 생각하니 기가 막혔다.

그 얼마 뒤 동길이 아버지, 어머니가 농사를 지어선 아이들을 가르칠 수 없다면서 도회지에 나가 밤을 낮 삼아 김밥과 술을 판다는 이야기를 듣고 깜짝 놀랐다. 그래서 어느 날 마산 버스 정류장 가까이서 일하고 있다는 이분들을 찾아갔다. 장사를 하지만 마음은 늘 고향 산 속에 있다고 했다. 이 다음 역사가들은 이렇게 착한 사람들이 마음 부수면서 살 수밖에 없도록 만든 이 시대를 어떻게 적어 나갈지 궁금하기만 하다.

모자란 점

'우리 말법에 맞는 깨끗한 우리 말로!'

내가 요즘 편지 한 줄을 쓸 때라도 잊지 않는 생각이다. 그런데 이 책에 나와 있는 이야기들을 다시 읽어 보니 여기저기서 흠이 드러났다. 몇 군데 보기를 들어 보면 다음과 같다.

1. 새너울이라 불리는 → 새너울이라는 ('정말 바보일까요?')

2. 두 분은 마침 식사 중이었다. → 두 분은 마침 저녁을 들고 있었다. ('선희가 쓴 편지')

3. 용석이는 적이 실망이 되었다. → 용석이는 자못 실망을 했다. ('일요일')

4. 이리로 온 것이었다. → 이리로 오게 되었다. ('순이 삼촌')

맺음

위에 든 것 같은 잘못말고도, 워낙 짜임 같은 걸 생각지 않고 쓴 글이라 앞뒤가 맞지 않기도 하고 엉성한 대목도 눈에 띈다. 그런 걸 이해하면서도 내 이야기를 좋게 보아 주는 이들이 있다면 나는 그분들께 큰 빚을 지고 있는 셈이다.

이렇게 스스로 내 얘기를 정리하다 보니 앞으로 좋은 이야기를 써야겠구나 하는 욕심이 생긴다. (1994년)

정말 반갑게 읽은 동화

현덕 동화집 《너하고 안 놀아》를 읽고

물건들이 넘쳐나는 시대다. 그러다 보니 너무 많이 갖고, 너무 많이 먹어 걱정스러운 때가 되어 버렸다. 책이라고 예외가 아니다. 날만 새면 새로운 책들이 쏟아져 나와, 어느 걸 골라 읽어야 할지 망설이지 않으면 안 되게 되었다. 어느 새 책들도 우리에게 '공해'가 되어 버린 셈이다.

그러나 문제는 이런 때일수록 우리가 책에 기대야 한다는 것이다. 어른들만의 문제가 아니다. 내가 보기에 이는 아이들한테 더 절실하다. 아이가 자라 이다음에 무슨 일을 하든, 살아가는 동안 좋은 책을 골라 읽을 수 있기를 바라는 것은 우리 모든 어른들의 바람일 터이다.

그렇다면 우리 아이들 손에 어떤 책을 쥐어 주어야 할까? 이에 대한 한 가지 대답으로, 이오덕 선생님은 아이들한테 문학책을 읽도록 해야 한다고 주장하면서 다음과 같이 말하고 있다.

"어린이 문학은 우리의 아이들을 우리 겨레가 되게 하는 가장 효과 있는 거의 하나밖에 없는 수단이 되어 있습니다. 우선 어린이 문학은 겨레의 살아 있는 말을 아이들에게 전해 주지요. 더구나 요즘처럼 텔레비전과 교과서가 말을 획일화하고, 형식적인 말과 죽은 말을 가르치면서, 혹은 외국말에 오염된 병든 말을 퍼트리고 있는 형편에서는 더욱 그렇습니다. 어린이

문학은 겨레의 말로 겨레의 감정을 이어 주고, 겨레의 사상을 전하게 됩니다. 겨레의 역사와 문학의 전통, 겨레의 삶을 이어 주게 됩니다."

물론 이오덕 선생님이 여기에서 문학책이라 일컫는 것은 우리 어른들이 머릿속에 갖고 있는 문학책과는 거리가 멀다. 아이들이 읽는 만큼 관념이나 이론이 아닌 구체적인 삶을 보여 주는 이야기이다. 그리고 이 이야기는 어디까지나 이 땅의 정서를 깨끗한 우리말로 담고 있어야 한다.

나는 요즘 여기에 걸맞은 동화책을 한 권 읽었다. 바로 '창비 아동 문고' 146번으로 나온 현덕 동화집 《너하고 안 놀아》이다.

무엇보다도 내가 이 책을 읽고 기뻤던 것은 일제 때, 그것도 한창 우리말과 글을 없애려 일제가 발버둥치던 시절에 버젓이 우리말로 쓴 동화라는 점이다. 게다가 이야기 하나하나가 아이들 손바닥만큼씩 작아 초등 학교 저학년 아이들에게 더없이 좋은 읽을거리이다. 요즘처럼 책이 넘쳐난다고는 해도, 사실 저학년 아이들이 읽을 만한 책을 고르기란 결코 쉽지 않다. 그렇다고 이 책을 '저학년 아이들만이 읽을 만한 수준인가 보다.' 하고 생각하면 잘못이다. 어쩌면 아이들보다는 어른들이 더 재미있어할지도 모르겠다는 생각을 해 본다.

이 책은 1938년부터 1940년 사이에 신문이나 잡지에 발표된 글을 원종찬 씨가 새롭게 발굴해서 엮어 놓았듯이, 정작 지은이가 지금 살아 있는지 죽었는지조차 알 길이 없다. 안타까운 노릇이다. 소설 '남생이'의 작가이기도 한 현덕은 1909년 서울에서 태어나 1950년 9·28 서울 수복 때 월북한 것으로 알려져 있다.

노마, 똘똘이, 영이, 기동이, 네 꼬마가 펼치는 이야기들을 읽노라니, 왜 이런 이야기들을 우리 어릴 적에는 읽지 못했을까 하는 아쉬움이 솟구쳤다.

우리는 문학책을 읽는 대신, '혁명 공약'을 외우면서 학교에 다녔다. 게다가 책이 귀하던 때라, 새 학기가 되어 책을 받으면 으레, 도덕책을 먼저 펴 들었다. 그래도 거기에는 여느 책에 견주어 이런저런 읽을거리가 들어 있었던 탓이다. 하지만 그 때문에 우리는 '뿔 달린 공산당' 얘기를 현실로 받아들였다. 어느 결에, 낯선 길이 아니건만 혼자 길 가는 걸 두려워했고, 동무들과 함께라도 숲에 가는 걸 주저할 때가 있었다. 그런 곳에선 으레 총이나 칼을 든 간첩이 우릴 기다렸다가 나타날 것만 같았기 때문이다. 그런 정서를 몸에 익히면서 자랐다. 현덕이 쓴 구슬 같은 동화들을 어디에 묻어 두고 그런 시대를 살아야만 했는지 억울하기까지 하다.

《너하고 안 놀아》에 실린 이야기들은 짧은 만큼 줄거리도 단순하다. 게다가 되풀이되는 말이 많다. 이 때문에 이제 막 이야기 읽기에 재미를 붙였거나 글씨를 익히려는 아이들에겐 이보다 더 신나는 글도 드물 터이다. 그 당시 아이들의 정서도 어느 이야기 속에서든 실감나게 쏙쏙 배어 나온다.

더러는 단순하다는 걸 재미 없다와 같이 생각하는 이들도 있을 법하다. 그러나 우리의 삶이 하늘이 쪼개지는 큰 일들이 아니라 이런저런 자잘한 일들로 채워지고 있다는 걸 생각한다면, '단순함'을 나무랄 사람은 결코 없으리라 본다. 오히려 보잘것없어 보이는 아이들의 놀이 속에서 무언가 우리가 찾으려는 게 들어 있지 않나 살펴야 할 줄 안다.

사실은 아이들이 벌이는 일들마다 사람 본연의 모습이 담겨 있다. 어른이 했더라면 눈살을 찌푸릴 텐데, 우리는 웃으면서 읽을 수 있다. 때문에 아이가 하는 일이나 말 하나하나를 거울이라 생각하고 그것들을 감싸안을 수 있는 여유를 가져야 한다. 내가 《너하고 안 놀아》를 아이와 어른 모두가 함께 읽어야 한다고 생각하는 까닭이 거기에 있다.

"둥둥둥 둥둥둥."

솜사탕 장수 북 소리를 바람이 지붕 너머로 실어 온 지 오래건만, 기다려도 기다려도 솜사탕 장수 모습은 보이지 않는다. 초가집 문지방에 돈 한 닢씩 들고 앉아 기다리는 아이들에게 현덕은 왜 솜사탕 장수를 빨리 보내 주지 않는 걸까? (1996년)

다시 하늘로 땅으로

권정생 산문집 《우리들의 하느님》을 읽고

설을 맞아 고향에 다녀오면서 나는 다시 한 번 '발전'이란 것을 꼼꼼히 따져 보았다. 어릴 적 내가 연을 날리고 나무를 하던 마을 뒤로 고속 도로가 놓여 더 이상 올라갈 수 없도록 한 일이며, 이제는 마을 앞으로 기찻길을 낼 거라면서 빨간 측량 말뚝을 박아 놓았는데, 그게 발전이라면 나는 기꺼이 발전 아닌 때로 돌아가겠다는 생각을 했다. 고향 마을뿐이 아니었다. 버스를 타고 다니는 곳마다 새로 길을 만들고 논을 돋우어 집을 짓고 있었는데, 모르긴 해도 좁은 이 땅 모두를 자동찻길과 시멘트 건물 터로 내놓고서도 마음 편히 가질 수 있는 배짱을 우리 나라 사람들은 가지고 있는 게 아닐까 하는 마음이 들었다.

아무 걱정 없이 걷던 길을 없애고 자동차를 타고 다니라 부추기는 시대에서 이제 나 같은 사람은 헌 고무신짝처럼 어딘가에 버려져야 하나 보다 하는 생각이 들기도 했다.

권정생 선생님이 녹색평론사에서 새로이 《우리들의 하느님》이라는 산문집을 내셨다. 아픈 몸으로 한 글자 한 글자씩 써내려 이만큼 한 책을 묶어 내셨다니, 몸 성한 나는 선생님 앞에서 감히 시간이 없다느니 어쩌느니 하면서 무슨 일을 뒤로 미루었거나 못 이룬 일에 대한 변명을 거두어

들여야겠구나 하는 생각을 했다. 더군다나 올해로 선생님은 회갑을 맞으시는데도 한순간이나마 놀지 않고 계시는구나 싶은 게 선생님께 미안하기도 했다.

내가 이렇게 책 속으로 들어가지 못하고 겉만 빙빙 도는 것은, 사실 이 책은 우리가 곁에 두고 한 줄 한 줄 읽어 가야 할 것이지, 이렇다 저렇다고 토를 달 그런 책이 아닌 때문이다. 그리고 누구라도 첫 장에서 따다가 뒤표지에 써 놓은 이런 대목을 읽다 보면 질리지 않을 수가 없기 때문이다.

겨울이면 아랫목에 생쥐들이 와서 이불 속에 들어와 잤다. 자다 보면 발가락을 깨물기도 하고 옷 속으로 비집고 겨드랑이까지 파고 들어오기도 했다. 처음 몇 번은 놀라기도 하고 귀찮기도 했지만 지내다 보니 그것들과 정이 들어 버려 아예 발치에다 먹을 것을 놓아 두고 기다렸다. 개구리든 생쥐든 메뚜기든 굼벵이든 같은 햇빛 아래 같은 공기와 물을 마시며 고통도 슬픔도 겪으면서 살다 죽는 게 아닌가. 나는 그래서 황금덩이보다 강아지 똥이 더 귀한 것을 알았고 외롭지 않게 되었다.

어떤 이들은 이 대목을 읽고 "그래서 선생님이 '강아지 똥'이라는 동화를 쓰셨구나!" 하고 감탄을 할는지 모른다. 그러나 나는 그보다 선생님의 서른 살 때 이야기라는 데 기가 질려 버리고 말았다. 그 젊은 나이에 선생님이 이런 삶을 누리면서 이런 생각을 해 나갈 때, 나는 과연 무엇을 하고 있었단 말인가! 아니 그 때가 아닌, 쉰 앞을 바라보는 나이를 먹어서도 나는 늘 무얼 하고 있었단 말인가? 무얼 먹을까, 무얼 가질까, 무얼 하고 놀까만 생각해 오지 않았는가 말이다.

나는 선생님이 아픔 때문에 늘 한 곳에 붙어만 살고 있다 생각하니 더러 답답할 때가 있었다. 그런데 이 책을 읽으면서 그 생각도 지워 버리지 않을 수 없었다. 뜻하지 않게 1박 2일 동안 유기농 실천 대회에 다녀온 이야기에는 불영 골짜기를 둘러본 소감이 쓰여 있다. 나도 가 본 적이 있는 곳이다. 그런데 왜 똑같은 곳을 두고, 선생님은 다른 나라 풍경을 보고 부러워했던 걸 씻을 만큼 감동을 받으시고, 나는 그저 그런 곳으로만 볼 수밖에 없었단 말인가! 그랬다. 나는 그 동안 너무 누리고 살아만 왔다. 언제라도 맘만 먹으면 차를 타고 나갈 수가 있었고, 아무 때라도 먹고 싶은 게 있으면 먹을 수가 있었다. 그러기에 좋은 것을 보아도 좋다는 것을 모르고, 맛있는 것을 먹어도 맛있는 줄조차 모르게 되어 버린 것이다.

이 대목을 곰곰 생각해 보니, 큰물이 나야 조금 물 흐르는 시늉을 하는 조그만 도랑과, 풀과 참나무, 소나무 몇 그루 자라는 '빌뱅이' 언덕 곁 손바닥만 한 집에서 개 '뺑덕이'와 살고 있지만, 선생님이야말로 늘 가장 좋은 것을 만나고, 가장 좋은 것을 보면서, 가장 좋은 시간을 보내고 있다고 생각을 했다. 우리는 꼭 어디 가서 누구누구를 만나 봐야 한다는 말을 자주 하는데, 언제 내가 내 곁에 있는 강아지 똥이며, 풀쐐기, 개미, 민들레, 흙 속 지렁이며 밤나무 잎 같은 거 하나라도 눈여겨본 적이 있었던가. 바로 가까이 있는 것조차 만나지 못하고서 다시 무엇을 만날 수 있다는 말인가!

선생님은 마을 할머니, 할아버지를 끊임없이 만나신다. 먼발치로 만나기도 하고 찾아가거나 찾아오시는 분들과 이야기를 나누면서도 만난다. 그러다가 언제부턴지 누가 당신에게 큰 일을 했다고 주는 상을 부끄럽다고 여기게 되었다. 어느 책이, 또 어느 학자라 일컫는 분이 선생님께 이런 생각을 갖도록 해 주었단 말인가. 모두 글도 제대로 모르고, 남 앞에 나설 줄도 모르는 그야말로 당신들은 이 세상에 쓸모도 없고, 가진 거 배운 거

없는 무지렁이라 여기는 그 할머니, 할아버지들한테서다. 열아홉 나이부터 처녀 과부로 시집살이를 해 오신 영천댁이 만주댁 뒷방에 숨어 군에서 주는 효부상을 한사코 마다면서, "나는 상 받을락고 이적제 고상하며 산 게 아이시더. 뱃제 가만 있는 사람 찔벅거려 마음 상케 하니껴. 나는 상글은 거 안 받을라니더."라 한 말을 어찌 남의 얘기로 돌려 버리실 수 있단 말인가. 늘 그이들의 동무로 살았고, 끝까지 그이들의 동무가 되겠다 다짐하신 선생님이 어찌 당신만 잘났다고 상을 받으면서 기뻐하실 수 있단 말인가! 자식한테조차 버림받은 그 동무들이 어느 날 갑자기 농약을 먹거나 목매달아 숨을 거두는 걸 보고, 혼자 소리치다가 목이 메고 밤잠을 설쳐야 하는 선생님이 아니던가!

아들이 아들이 아니고, 논밭이 농사지을 땅이기보다 돈으로 보이며, 사람조차 등급이 매겨져 '쓸모 있음과 쓸모 없음'으로 가려지는 이 세상에서 선생님은 오늘날 우리 한국 교회와 그 교회 속 사람들에게 외치신다. "이 땅의 진짜 우상과 마귀는 제국주의와 전쟁과 핵무기와 분단과 독재와 폭력이다."라고. 농촌 속에서 그 농촌이 스러져 가는 걸 가장 안타까이 바라보고 사는 선생님이 내린 이 말은, 한 마디로 우리 농촌 공동체를 뿌리째 흔들어 시들도록 만들어 버린 '우상'들과 죽는 날까지 싸우시겠다는 선언이기도 한다. 이른 아침 정갈한 샘물을 길어다 비손을 했던 우리네 할머니들 삶을 미신이라 몰아붙인 제국주의 종교와 힘 앞에서 우리는 그 동안 얼마나 발가벗겨져 부끄러움을 사고 말았던가.

선생님 바람은 오직, 그 누구라도 작은 우리네 삶에 이래라저래라 간섭하지 말고, 간섭하려 드는 당신이나 잘 살아 달라 부탁하신다. 자동차를 타고 싶지 않은데 편하다면서 함께 타자고 우기려 드는 일도 이제 그만해 달라 하신다. 편안히 죽어 가는 사람을 억지로 병원으로 끌고 가지도 말라 당부하는 것은, 죽어 가는 것도 아름답거늘 모두들 있는 그 자리에 두었으면 하시는 간절한 마음에서다. 그래서 사람뿐 아니라 태기네 암소도 눈물 흘리지 않고 살아갈 수 있는 진정한 세상이 왔으면 하고 바라고 또 바라신다. 세상을 잿빛으로밖에 볼 수 없는 삶을 살아와 거칠 건 없지만, 그래도 살아 있다는 게 "두렵고 오싹하게 느껴지는" 소심한 선생님한테는, 아직 이루지 못한 꿈이 하나 있다고 하셨다. 이런 교회를 하나 세웠으면 하는 바람이었단다.

뾰족탑에 십자가도 없애고 우리 정서에 맞는 오두막 같은 집을 짓겠다. 물론 집 안 넓이는 사람이 쉰 명에서 백 명쯤 앉을 수 있는 크기는 되어야겠지. 정면에 보이는 강단 같은 거추장스런 것도 없이 그냥 맨 마룻바닥이면 되고, 여럿이 둘러앉아 세상살이 얘기를 나누는 예배면 된다. ○○교회라는 간판도 안 붙이고 꼭 무슨 이름이 필요하다면 '까치네 집'이라든가 '심청이네 집'이라든가 '망이네 집' 같은 걸로 하면 되겠지. 함께 모여 세상살이 얘기도 하고, 성경책 얘기도 하고, 가끔씩은 가까운 절간의 스님을 모셔다가 부처님 말씀도 듣고, 점쟁이 할머니도 모셔 와서 궁금한 것도 물어 보고, 마을 훈장님 같은 분께 공자님 맹자님 말씀도 듣고, 단옷날이나 풋굿 같은 날에 돼지도 잡고 막걸리도 담그고 해서 함께 춤추고 놀기도 하고, 그래서 어려운 일, 궂은일도 서로 도와 가면서 사는 그런 교회를 갖고 싶다.

선생님은 이 일이 이루어지기를 바라면서, 혼자 가슴 설레어 하느님께 기도도 했지만 그냥 생각만으로 그쳐 버리고 말았다고 하셨다. 그러나 내가 《우리들의 하느님》을 읽고 느낀 바로는 그렇지가 않다. 생각대로 선생님은 그런 교회를 한 개가 아니라 이미 헤아릴 수 없이 세워 이야기를 나누고 계셨다. 어느 해 선생님은 내 마음 속에조차 그런 교회를 떡하니 세워 놓으셨다. 딱히 내가 허락해 드린 것 같지 않은데도 말이다. 언제 선생님을 뵈면 나는 허가 없이 집을 지은 벌금을 내라 떼를 써 봐야겠다는 생각을 해 보았다.

언제쯤 선생님한테, "오래오래 사셔야 돼요." 하고 부탁 한번 드려 볼 수 있을까? 그러면 또 화를 내실 텐데……. (1997년)

4부 민들레반 아이들 교단 일기

아이들이 모두 왔을 때 사탕 두 개씩 나눠 주었다. 그러나 혜숙이에겐 말을 안 듣는다는 핑계로 주지 않았다. 뒤에 줄 요량이었는데, 혜숙이는 낯빛을 조금도 찡그리지 않고 태연히 받아 넘겼다. 이럴 때 난 긴장을 하고 짐을 느끼지 않을 수가 없다. 내가 잠깐 생각에 잠겼다가 아이들을 보니 혜숙이가 사탕 한 개를 들고 여유만만해했다. 정옥이가 저에게 주었다는 거였다. 나는 오늘 아이들한테 완전히 졌다.

임길택 선생님은 마지막으로 교실에서 아이들을 가르쳤던 1997년 4월 초까지 교단 일기를 썼습니다. 깨알 같은 글씨로 아이들 이야기, 교육 이야기를 어느 것 하나 빠뜨리지 않고 꼼꼼하게 적어 놓았습니다. 교실 비품을 산 내역, 학부모에게 보내는 편지, 다른 교사에게 교실을 물려주면서 이것저것 챙겨 주는 글까지도 일기장 안에 들어 있습니다.

그 가운데 1993년부터 1995년까지 3년 동안 거창 초등 학교에서 다른 아이들보다 몸이 조금 불편하고 공부가 모자라는 특수 학급 아이들을 모아 가르친 기록을 이 곳에 모았습니다.

민들레반 아이들

나는 '특수 학급'을 맡고 있는 선생님들이 늘 부러웠다. 그래서 만일 내가 특수 학급을 맡으면 얼마나 좋을까? 하고 생각해 본 적이 많았다. 일반 학급을 맡는 것보다 시간이 많을 것 같은 게 무엇보다도 내 마음을 당기게 했다.

이런 내 바람이 이루어져 드디어 나도 특수 학급 담임이 되었다. 어렵사리 얻게 된 자리였다. 이 때도 학교에서 큰 일을 맡고 있는 분이 나에게 학급을 바꿔 줄 수 없겠느냐고 물었다. 나는 여간 고민하지 않으면 안 되었다. 마음 같아선 그분 부탁을 들어주고 싶은데, 내 욕심이 그걸 허락지 않았다. 그래서 끝내 나는 내 욕심대로 했고, 그분에게는 오래도록 마음 속 빚을 지게 되었다.

이렇게 차지한 자리, 그러나 나는 곧 내가 특수 학급을 맡았다는 데에 짐을 느끼지 않을 수 없었다. 아이들을 제대로 가르칠 소질을 갖고 있지 못한 게 첫째 까닭이었다. 그리고 그 아이들과 담임 교사들을 보는 둘레의 눈길이 따뜻하지 못하다는 것도 뺄 수 없었다. 나는 당황하고 말았다.

글을 모르거나, 덧셈, 뺄셈 못하는 아이들에게 그걸 알게 하는 일이 내 책임인 양 생각하고, 이들을 꾸중하고 손바닥을 때리기도 하면서 지냈다.

아이들 마음을 낱낱이 알고 싶은데 쉬이 알 길도 없었다.

그러나 그보다도 내 마음을 괴롭힌 것, 이름만 있을 뿐 오지 않는 아이들과 해마다 새로운 아이들을 뽑아야 하는 일이었다. '특수반'이라는 학급 표시 대신 '민들레반'이라는 이름을 붙여 놓았으나 일반 아이들은 나를 '특수반 선생님'이라 했다. 또 우리 교실에 오는 아이들을 '누구'라는 이름 대신 그냥 '특수반 아이'라 하여 저희와 구별지었다. 그 탓에 어느 부모도 우리 교실에 아이를 잠간이나마 맡기려 하지 않았다. 게다가 공부를 좀 못할 따름이지 특수 교육을 받아야 할 아이가 아닌 아이를 억지로 우리 반에 이름 달도록 한다는 게 몹시 가슴 아팠다.

그래도 나는 그런 속에서 세 해 동안이나 이 아이들과 함께 지냈다. 어떤 아이는 졸업을 해 중학교에 가기도 하고, 이제 3학년으로 올라가는 어린아이까지 제법 여러 아이들을 만난 셈이다.

그 아이들 가운데 몇몇은 나를 울렸는데, 말 한 마디, 행동 하나하나가 나에게 그대로 전해지도록 한 그 애들을 나는 민들레반이 아니면 만나지 못했을 것이다.

혜숙이는 올해 중학교 2학년이 된다. 제 이름밖에 쓸 줄 모르는 아이가 교복을 입고 학교 가는 걸 볼 때가 있다. 우리 학교에 다닐 땐 어디서 보나, "선생님!" 하고 큰 소리를 지르면서 뛰어오던 아이가, 이젠 부끄럼도 탄다. 나는 이 아이에 대해 '우리 교실 혜숙이'란 제목으로 시를 한 편 썼다.

　'많이'를 끝까지 '나니'라 하고
　'바구니'를 '바무니'라 했다가

저도 모르는 사이 '바부니' 로 바꿔 부르고
내가 화내고 있는 걸 알아챘을까
아니면 절 몰라준다 생각했을까
잠깐 말 멈추고 고개 숙여 보건만
또다시 '바무니' 를 찾고 마는 혜숙이

오늘은 토요일, 아침 운동장 모임날
그림 잘 그린 일곱 아이들 상장을 받고
다른 이천 명 아이들
햇살에 얼굴 찡그리며 손뼉을 칠 때

한길 옆 놀이터에서
혜숙이는 저 혼자 그네를 탔다.
운동장을 떠돌다 어느 새 5학년이 된
이따금 소처럼 웃다 불쑥 키가 자라 버린
열세 살 혜숙이

귀 기울이는 사람들 들을 수 있다는 듯
아니, 귀 기울여 들을 필요 조금도 없다는 듯

삑삑 쇠 갉는 소리 요란스레 내며
혜숙이는 저 혼자서 그네를 탔다.

특수 학급을 맡아 본 이들은 다 알겠지만, 여기에 오는 아이들은 거의

가 가난하다. 또 부모들 문제 때문에 아이들이 내팽개쳐진 수가 많다. 민이도 마찬가지다. 얼굴은 곱게 생겼으나 할머니 뒷바라지를 받으면서 잘 씻지 않는 민이는 늘 제 동무들한테 따돌림을 당한다. 냄새가 난다는 것이다. 나는 아이를 이렇게 만들어 놓은 어른들한테 화가 났다.

민이 어머니께
— 어버이날에

민이가 여섯 살 때
민이 아버지와 싸우고서
어디론가 떠나셨다지요?
그러니까 벌써 세 해째가 되겠네요.
이렇게 함부로 물어도 괜찮을지 모르겠지만
지금 어디서 무얼 하고 계시나요?

어머니가
좋은지 나쁜지 잘 모르겠다는 민이가
오늘 글씨 물어 가며 비뚤비뚤
어머니에 대한 글을 썼어요.
딱 한 줄
뭐라 썼는지 궁금하지 않으셔요?

아이 손톱을 깎아 주며
동무들이 잘 놀아 주느냐 물으니

아니라는군요.
맨날 똑같은 옷만 입고 온다고
아무도 가까이 와 주지 않는대요.

민이 어머니 들리세요?
민이가 부르는 소리.

"엄마는 밥을 해 주었습니다."

용섭이는 내가 누구보다도 미안하게 생각하는 아이다. 우리 교실에 왔
다가는 다른 아이들과 운동장 구석으로 놀러 다니곤 하여 내 속을 흩트려
놓고는 했다. 우리 교실에도 무얼 배우러 온다기보다 가지고 놀 거리가 있
어 오는 셈이었다. 그러다가는 맘 맞는 아이와 밖에 나가 놀아 버리는 것
이다. 말로 타이르다 손바닥을 때리기도 했지만 그 버릇이 오래갔다. 그러
다가 이제 맘을 잡아 기뻐했는데, 어느 날 갑자기 전학을 간다고 했다.

전학 가는 아이

꽃밭 가 돌 틈 구멍으로
흙 물고 나오는 개미들 보며
혼자 우두커니 서 있던 아이.

길을 가다 못 하나 주워들고
누가 볼세라 얼굴 발개지던 아이.

어젯밤에도요 아빠가요 엄마 때렸어요.

술 안 사 준다고요 주먹으로 얼굴 때렸어요.

혀 짧은 소리로 이를 때

말이 빨라지고, 목소리가 높아지던 아이.

일 학년 때 전학 왔다가

삼 학년 되자

또 다시 낯선 동무들 찾아서 간다.

이사 가는 내일

무풍에 가면 나무를 심을 거란다.

저희 선생님이 내준 식목일 숙제라며

여전히 혀짤배기소리로

나무를 심을 거란다.

　　나는 지금도 이 아이들한테 빚을 졌다는 생각에서 벗어날 수가 없다. 어디서 만나든 쫓아와 알은체를 해 주는 이 아이들한테, 우리 집 구경 한 번 시켜 주지 못하고 말았다. 교실에서 만나는 것만으로 아이들을 보냈으니, 지금 무슨 말을 할 수 있을까? (1996년)

풀 같은 아이들

1993년에 쓴 교단 일기

1993년 4월 1일 목요일.

풀 같은 아이들.

성호근(4학년 2반), 김상은(4학년 3반), 김영남(4학년 6반), 김홍근(5학년 2반), 성혜숙(5학년 2반), 정준(5학년 3반), 이정옥(5학년 5반), 임승현(6학년 1반), 조현숙(6학년 7반)

1993년 4월 9일 금요일.

성혜숙, 성호근, 김영남 : 결석

"자연적으로 다 된다."

현숙이가 셈 공부를 한 뒤에 혼자말처럼 웃으면서 내놓은 말이다.

현숙이는 첫 시간부터 셋째 시간까지 우리 교실에 있었다.

첫 시간은 그림그리기를 재미있게 했다. 종이 한가운데에 지붕을 가늘게 하여 집을 그렸다. 검푸른색으로 테만 두르다시피 한 집이었다. 그 안에다 밤색으로 창문들을 왼쪽 귀퉁이에 만들어 놓고 가운데에는 저인 듯여자 아이를 그렸다. 조금 둔한 몸집을 가진 저에 비해 그림 속 아이는 빼

빼였다. 노란 원피스를 입었는데 검은색 머리를 늘어뜨려 균형이 잡히지 않았다. 그리고 집 밖 왼쪽 귀퉁이 부분에 뭉툭한 나무 한 그루를 심고, 그 밖의 빈 자리에다는 온통 분홍색으로 칠해 놓았다.

둘째 시간은 놀이 기구 이름(그네, 미끄럼틀, 철봉, 구름사다리, 시소), 집에서 쓰는 물건 이름(텔레비전, 선풍기……) 쓰기를 하여 모두 맞았다. 글씨를 읽고 쓰는 데에는 아무 걱정이 없었다.

셋째 시간이 되어 산수 공부를 하자니까 대답을 안 했다. 이 애의 특징으로 하기 싫을 땐 이렇게 입을 닫아 버린다. 그러면 나도 모르게 화를 내게 되는데, 오늘은 잘 참았다. 그전에 상은이 얼굴을 몇 번이나 살피면서 내가 이 애들을 이해해야 할 거란 생각을 다시 했다. 상은이만치 못생긴 얼굴도 없다고 생각했는데 오늘 보니, 그 얼굴 속에 꾸밈이라곤 없었다. 누가 절 못살게 굴거나 제 뜻을 거스르면 이상한 소리를 지르긴 해도 어떤 일을 꾸며 일을 하진 않는다. 꾸밈 없는 것으로 치면 상은이를 따를 아이가 우리 학교에는 없을 듯했다.

현숙이는 내 말에 대답하는 대신 쉬는 시간부터 창가 책장 위에 손을 얹어 한 뼘쯤 비치는 햇볕을 쬐고 있었다. 그러다가 "여기서 공부하면 안 돼요?" 하고 나에게 물었다. "되고 말고!" 나는 반가움에 대답을 했다. 다른 아이들은 종 소리를 듣고 책상에 앉아 하고 싶은 일들을 하고 있었다.

현숙이에게 나무 젓가락이 담긴 그릇을 가져오게 했다. 아까는 추워서 공부를 못 하겠다던 아이가 웃으면서 들고 왔다. 그 나무 젓가락을 사탕이라 하고, 내 앞에 다섯 개, 제 앞에 한 개를 놓았다. 그리고 물었다.

㉠ 난 몇 개 가지고 있지? "다섯 개요."

㉡ 넌 몇 개 가지고 있지? "한 개요."

㉢ 누가 더 많이 가지고 있지? "선생님이요."

ⓔ 선생님은 너보다 몇 개 더 많이 가지고 있지? "다섯 개요." 아닌데. "일곱 개요." 아니야. "한 개요."

현숙이는 ㉠과 ⓔ의 물음 차이를 이해하지 못하고 있었다. 그래서 내 것과 제 것에서 한 개씩 먹었다 하고 빼내게 하여 남은 개수가 더 많은 거라 일러 주었다. 식도 함께. 5 - 1 = 4. 그리고 다시 이런 질문을 했다.

㉠ 선생님과 현숙이 가운데 누가 더 나이가 많지? "선생님요."

㉡ 선생님은 무슨 윗도리를 입고 있는데? "잠바요."

㉢ 그래, 묻는 말이 다르니까 대답도 다르게 해야 돼.

하면서 ㉠과 ⓔ의 답도 달라야 함을 얘기해 주었다. 현숙이는 이런 문제를 제 손으로 풀어 냈다. 그리고 "처음 배워 본다."면서 좋아했다.

1993년 4월 17일 토요일. 맑음.

오늘따라 현숙이는 1,500원짜리 종이접기 책과 접다 만 색종이들을 가져와 학을 열심히 접었다. 어제 점심 시간에 산 책이라고 했다.

둘째 시간 종이 울려 현숙이에게 공부 좀 하고 종이접기를 하라니까 입을 다물었다. 제가 하기 싫은 일을 권하면 하는 버릇이었다. 그래서 다른 아이들을 한 바퀴 돌고 다시 현숙이에게 와서 학 접는 게 재미있냐고 물으니 그렇다고 했다. 나에게 학 접는 걸 가르쳐 달라니까 현숙이가 종이를 주면서 따라 하라고 했다. 얼마쯤 하다가 어렵기도 해서 내가 못 하겠다면서 "학 접기는 니가 내 선생님이다." 하니, 빙그레 웃었다. 학을 가지면 행운이 온다는 이야기를 하길래, 한 마리 줄 수 있느냐 물었더니 현숙이는 나에게 다섯 마리나 주었다. 나는 그걸 내 공책 갈피에 넣어 간직해 두었다.

1993년 4월 19일 월요일. 맑음.

승현이 어머니께 전화를 드렸다. 승현이가 토요일에 학교를 갔다 온 뒤 어떤 반응을 보였을지 궁금해서였다. 그런데 이게 무슨 일인가. 승현이가 감기에 걸려 아침 먹은 것을 토하는 중인데, 아무리 병원에 가자고 해도 마다하고 학교를 아예 그만두겠다고 했단다. 아침 학교 길에서도 난 승현이 생각을 했다. 오늘 무슨 놀이를 함께 할까 하고.

실망은 말아야지. 말 몇 마디가 한 아이의 행동을 바꿀 수는 없는 것. 수도 없는 시간이 쌓여 오늘의 그 아이를 이루었는데 한두 시간이 그 엉긴 시간을 쓰러뜨릴 수야 없는 것. 다른 방법, 다른 기회를 찾아보기로 하자.

1993년 4월 27일 화요일. 맑음.

정옥이 손톱을 깎아 주면서 입에서 냄새가 난다니까, "아침도 안 먹고 왔는데요." 했다. "왜?" 하고 물으니 "아버지가 그냥 가라 했어요." 하면서 천연덕스럽게 대꾸했다. 어머니가 아침 일찍 학교에 갔다는 거였다. 언니가 여자 중학교 2학년인데 퇴학을 시켜야겠다고 학교에서 어머니를 불렀다고 했다. 제대로 다니면 올해 3학년이라는 언니. 지난 해에 집을 나갔다 들어와서 한 학년을 올라가지 못했는데, 이번에 또 독서실에 간다 하여 아버지가 허락해 주었더니 또 집을 나갔다고 했다.

1993년 5월 3일 월요일. 맑음.

어머니회에서 아이들에게 선물을 가져오셨다. 생일 빵(케이크) 반 조각, 과자 한 봉지씩, 30센티미터 자, 음료수, 티셔츠, 아홉 아이 몫이었다. 안 온 아이들 것은 아이들 편에 들려 보내고, 승현이 것만 내가 자전거를 타고 갖다 주었다. 오늘처럼 좋은 날 승현이가 집 안에서만 지낸다 생각하니 안타까웠다. "승현이가 더 예뻐졌는데!" 하고 손을 잡아 주니, 그 순간 승현이는 씩 웃었다. 목요일에 학교에 나와 보도록 하겠다고 했는데 두고 볼 일이다.

1993년 5월 6일 목요일. 비.

혜숙이가 4일(화) 어린이날 행사 때 반에 끼지 않고 혼자 떠돌면서 볕에 앉아 구경만 하였다. 그걸 보고 내가 가까이 가서 아이들한테 가라니까 싫다고 했다. 검게 탄 얼굴, 흘러나왔던 코가 말라붙고 큰 키에 묶은 머리들이 어울리지 못하고 흩어지기만 했다.

오늘은 우리 교실에 오자마자 집에서 한 일을 자랑했다. ㉠ 머리 감은 것, ㉡ 깍두기 공책 네 쪽 써 온 것, ㉢ 텔레비전에서 영화 본 것, ㉣ 어머니 대신 설거지한 것(어머니가 칼질을 하다 손을 베셔서).

1993년 5월 21일 금요일. 흐림.

셋째 시간 끝나기 조금 전 옆 교실(6학년 9반) 아이가 사이다 한 컵과 찹쌀 경단 한 접시를 가져왔다. 실과 실습 시간이라고 했다. 세 아이들에게 나눠 먹도록 했다. 남지 않을까 싶었는데 오히려 모자랐다. 마지막 세 개가 남으니까 상은이가 두 개를 앞으로 모으면서 제 것이라 했다. 내가 나눠 먹으라 하니까 준이가 '거 봐라!' 하는 표정으로 눈총을 주었다. 상은이는 마지못해 내놓았다. 그리고 부끄러워하는 몸짓을 내보였다. 나는 그걸 보고 웃으

면서 속으로 얘기해 주었다. '상은아, 괜찮아. 어른인 나도 그러는걸……'

1993년 5월 25일 화요일. 오전에 구름, 오후 들어 갬.

어제 설사약을 먹고 잤기 때문인지, 몸에 힘이 없고 찬 기운이 돌았다. 그래서 아이들에게 무얼 해 줄 힘이 안 나 마냥 시간 가는 것만 기다렸다. 정옥이에게 쓸 낱말을 읽어 줄 때는 깜빡 졸기도 했다. 한 시간 마치는 종이 울리자마자 나는 내 자리로 돌아와 지그시 눈을 감고 몸을 편히 했다. 아이들은 또 아이들대로 종 소리에 맞춰 놀이를 시작했다.

놀이에선 늘 5학년 정옥이가 대장이다. 엄마, 선생님, 가게 주인, 은행원, 이런 귀중한 몫을 하고 나머지는 정옥이가 정해 준 대로 했다. 오늘 정옥이의 목소리는 더 또랑또랑했다.

"이 선생, 2반에 주사 맞을 사람 몇인가?"

그러면서 끄트머리가 뾰족이 깎인 나무 막대를 가지고 상은이한테 어서 주사를 맞으라면서 다가갔다. 그러자 상은이가 안 맞겠다고 고함을 쳐 댔다. 그러나 끝내 상은이는 팔목에 주사를 맞아야 했다. 살갗에 갖다 대기만 하는 주사를 맞고서 상은이는 얼떨떨해했다.

1993년 5월 26일 수요일. 맑음.

혜숙, 영남, 상은, 준, 넷이 왔다. 혜숙이는 첫 시간부터 저희 교실에 안 있고 우리 교실에만 있었다. 저희 교실은 지루하다고 했다. 이 아이들에게 덧셈, 뺄셈을 가르치고, 글자 외워 쓰는 것만을 가르치는 게 문제가 아닐 것 같았다. 상은이는 제 이름조차 똑바로 말하지 못했다. 같이 놀아 주고 말을 똑바로 하여 이야기를 들려주는 게 더 필요하리라 여겼다.

아이들에게 놀이를 하면서 놀게 했다. 대신 차례를 정해 한 사람씩 나와 공부를 했다. 영남이에겐 낱말 익히기를, 상은이와 준이에겐 이야기를 들려주고 혜숙이에겐 말을 시켰다. 영남이를 뺀 세 아이들이 말을 제대로 못하나, 듣는 것은 잘하므로 다행이란 생각이 들었다.

1993년 5월 27일 목요일. 맑음.

석가모니에 대한 얘길 해 주었는데, 현숙이와 영남이가 눈을 둥그렇게 뜨고 들었다. 현숙이는 겁이 났던지 "공부는 못해도 착하게만 살면 좋은 것으로 태어나요?" 하고 물었다. 상은이는 "부처님이 여기도 있어요?" 하면서 두리번거렸다. 현숙이는 "꼬리 잘린 거칠고 사나운 검은 개"가 되는 걸 두려워했다. 어떤 개를 두고 그러는지 알 수 없었다.

셋째 시간에는 자기 이야기를 써 보게 했다. 혜숙이와 상은이에겐 관계없는 일이고, 정옥, 영남, 현숙이가 억지로 썼다. (준이는 결석)

비디오 가개 가따 비려다 바따. (정옥)

어머니 개국장이 안 대개 공부하개습다.
오빠와 안 싸오개다. (영남)

나는 도둑질을 했다. 외냐하면 나는 오빠 방에 들어가서 잔돈 유리잔 돈에 있는 돈을 훔쳤다. 나는 그 때 겨울이었다. 나는 어느 날 엄마가 할 일 다 했냐고 물었다. 나제 그랬다. 나는 오빠 방에 있었다. 나는 처음엔 사실대로 나쁜 이야기를 써라고 하니깐 나는 마음이 떨렸다. 그러나 나는 내가 잘못을 했을 때 다른 사람에게 나는 마구 때렸다. (현숙) (잘못했던 이야기라도 사실대로 쓰라고 한 말을 듣고.)

1993년 6월 24일 목요일. 맑음.

호근이가 오랜만에 두 시간 동안 우리 교실에 있었다. 듣고 생각하고 말하는 게 나무랄 데 없건만 자란 환경은 이 애를 제 또래들한테서 떼어 놓았다. 평범하게 자라던 나도 학교 생활에 적응하기가 얼마나 힘들었던가. 식구들의 구속이 거의 없이 큰 데다 여린 맘을 지녔던 나에게 '학교'라는 틀과, 틀만으로 빈틈없이 짜인 '우리'는 늘 나를 주눅들게 했다. 교사들의 말 한 마디 한 마디는 그대로 내 영혼을 고문하는 거였으며(돌이켜보건대 선생님들과 나 사이에는 왜 그다지도 먼 거리가 놓여 있었는지 모르겠다. 게다가 능력이 없는 우리에게 선생님들은 말끝마다 '큰사람'만 되라고 했다. 오직 공부를 잘 해야만 닿을 수가 있었던.) 가난은 그나마 붙어 있어야 할 자존심마저 팽개쳐 버리도록 했다. 거기에 모자란 힘과 용기는 자나깨나 주위 눈치만을 살피도록 했으니, 어찌 자신과 앞날에 대해 드넓은 시간과 우주에 대해 눈을 돌려볼 수 있었겠는가?

1993년 6월 26일 토요일. 맑은 뒤 흐림.

아이들이 모두 왔을 때 사탕 두 개씩 나눠 주었다. 그러나 혜숙이에겐 말을 안 듣는다는 핑계로 주지 않았다. 뒤에 줄 요량이었는데, 혜숙이는 낯빛을 조금도 찡그리지 않고 태연히 받아 넘겼다. 이럴 때 난 긴장을 하고 짐을 느끼지 않을 수가 없다.

내가 잠깐 생각에 잠겼다가 아이들을 보니 혜숙이가 사탕 한 개를 들고 여유만만해했다. 정옥이가 저에게 주었다는 거였다. 나는 오늘 아이들한 테 완전히 졌다.

1993년 6월 29일 화요일. 흐리고 가끔 비.

사람들은 자기에게 불리한 것을 두고 맞서기보다는 먼저 비켜 가려고 한다. 정옥이와 영남이에게 몇 번째 받아쓰기를 못한다고 손바닥을 때려 주면서 이 생각을 해 보았다. 내가 더 준비를 하고 아이들을 맞으면 세상 에 때릴 일이 없을 것이다. 그런데 많은 시간을 내 취미를 위해 쓰면서 (주로 책을 읽는데, 그럼으로써 헛되이 살지 않았노라고 스스로를 위로 한다.) 정작 아이들을 위해 시간 내는 것에는 인색하다.

이런 생각을 하고 또 이 생각을 적으면서도, 언제까지 이 버릇을 버리 지 못할지 나는 모른다. 돈이야 가진 게 없으니 남에게 인색하게 굴고 자 시고 할 게 없지만 시간에 대해서만은 우리 아이들에게 너그럽지 못한 채 혼자서만 줄곧 움켜쥐고 있었다. 내가 교단에 서서 가장 괴로움을 받는 게 있다면 이뿐이다. 농사짓는 일을 뺀 첫째 직업에다 교직을 놓는 걸 나 는 주저하지 않겠다. 아이들을 잘 가르쳐 보고 싶다.

1993년 7월 9일 금요일. 무더움.

아침 일찍 현숙이가 잘 익은 자두 두 개를 가져와 나에게 주었다. 다른 사람한테 주지 말라는 부탁과 함께.

내가 점심때 먹겠다면서 서랍 속에 넣으려니까 먹지 말고 집에 가지고 가 두고 보라 하였다. 절 오래 생각하라고. 그래서 오래 두면 썩으니까 내가 먹고 맘 속에 고마움을 간직하겠다니까 그러라고 했다.

서랍에 두었다가 점심때 꺼내 먹었다. 아직은 제대로 익지 않아 그 가운데 골라서 따 온 거라 하였는데, 금방 터질 듯 부드러운 감촉과 산딸기 빛깔이 먹기에는 너무 아까웠다.

1993년 7월 14일 수요일. 맑음.

혜숙이가 지나는 말로 저희 집이 이사를 간다고 했다. 추석 뒤 웅양으로. 그 곳에 큰집이 있다는 건 그전에 들어 알고 있었다. 혜숙이는 이사를 가면 선생님을 못 보겠다고 했다. 혜숙이는 날 선생님이라 부르고 있었다. 나한테 어쩌다 꾸중듣고 갔다가도 이튿날이면 웃는 낯으로 찾아오는데, 난 그런 혜숙이를 뭐라 여기고 있었을까. 적어도 난 혜숙이가 '이 곳'으로 오게 된 걸 이해했어야 한다. 그런데도 여느 교실 아이들과 같게 여긴 때가 많았다. 앞으로 두고두고 혜숙이는 내 기억 속에 남아 날 꾸중할 터이다. 그 때마다 난 잘못을 빌고. 잘못은 그 크기에 관계 없이 오랫동안 나에게 남아 떠날 줄을 모른다.

1993년 7월 20일 화요일. 맑음.

호근, 상은, 준이가 틀리면서도 받아쓰기를 즐겼다. 이 아이들한테는 조그만 칭찬들이 필요하다.

1993년 7월 22일 목요일. 맑음.

6학년 교실에서 다과회를 하면서 우리 교실에도 과자와 과일을 가져왔다. 아이들이 좋아라 했다. 제 몸무게 따라 먹었다. 덩치 큰 혜숙이가 가장 음식 탐을 냈다. 한 개 있던 달걀을 먼저 집어 든 채 다른 음식을 먹었다.

음식을 거의 다 먹었을 무렵, 옆 교실에서 텔레비전 소리가 나자 내 눈치도 안 보고 그 곳으로 달려갔다.

아이들이 가고 나자 책상 위가 어지러웠다. 음식을 먹고 난 자리는 그럴까 싶었다. 아니, 우리가 살고 난 자리는 어디든 그런 모습이겠다 싶었다.

걸레를 빨아 책상을 닦았다.

1993년 9월 10일 금요일. 맑음.

운동장 가에 급수대를 마련하는 공사와 운동회 연습으로 학교 안이 늘 시끌시끌하다.

혜숙이와 다퉜다. 자꾸 딴소리를 하여 글씨 익히기를 하는 아이들에게 방해가 되어 나가라고 했다. 그랬더니 잘 하겠다면서 있다가는 다시 분위기를 흐려 매를 한 대 때렸다. 혜숙이는 곧장 휙 밖으로 나갔다. 아무 말 않고 두었다.

녀석은 조금 뒤에 '딸기맛 우유'를 한 개 사 들고 먹으면서 왔다. 가게까지 신도 신지 않고 다녀왔다.

1993년 9월 15일 수요일. 맑음.

그림을 그려 액자에 넣는데 아이들이 그렇게 좋아할 수가 없다. 혜숙이는 두 장 그린 걸 다 붙여 달라고 떼를 썼다. 그래서 겹쳐 넣어 주었더니 안심했다. 뒤에 든 건 보일 리가 없다.

1993년 9월 16일 목요일. 오후에 비.

셋째 시간 시작된 지 얼마 안 되었을 때였다. 2학년들이 음악 소리에 맞춰 홀라후프를 돌리는데, 혜숙이가 갑자기 밖으로 나가겠다고 했다. "구경할 거예요." 이럴 때는 어떤 말을 해도 혜숙이를 설득할 수 없다. 혜숙이는 상은이까지 데리고 나가 시소까지 타다가 들어왔다.

1993년 9월 21일 화요일. 맑음.

점심을 먹고 와서 내일 '알쏭달쏭' 경기에 쓸 문제를 내고 있는데 현숙이가 왔다. 저희 반 아이들이 모두 운동회 연습에 나가고 저만 남아 심심할 터였다. 아림제 준비를 위한 합창과 합주, 고학년 여학생들이 운동회 때 하는 부채춤, 또 풍물반 그 어디에도 끼지 못하는 현숙이. 게다가 어제처럼 총연습을 하는 줄 알고 빈손으로 학교에 왔다고 했다.

배가 고프지 않느냐니까 물을 많이 먹었다고 했다. 천 원짜리 한 장을 주면서 컵라면을 사 오라니까 근처 가게에서 요즘에는 컵라면을 안 판다면서 빵을 사 오면 안 되겠느냐고 했다. 아무거나 먹고 싶은 걸 사 오라 하고 대신 음료수만은 사지 말라 했다.

현숙이는 200원짜리 빵 두 개를 사 왔다. 빵을 살펴보니 유통 기한이 내일까지로 되어 있고, 방부제를 쓰지 않았다는 말도 새겨져 있었다.

집에서 가져온 물을 한 컵 따라 주면서 빵을 먹으라 했더니, "고맙습니다." 하면서 맛있게 빵을 먹었다.

1993년 9월 22일 수요일. 맑음.

운동회날.

혜숙이는 아예 응원하는 아이들 자리에 앉지도 않았다. 운동복도 입지 않았고 여느 때처럼 그 옷차림에 그냥 떠돌았다. 호근이 또한 철저한 구경꾼이 되어 그늘에서 구경만 일삼았다. 준이와 현숙이는 이따금 응원 자리를 지켰다. 돌보는 이 없는 아이들이 얼마만큼 소외될 수 있는가를 그 애들이 보여 주었다. 미안했다.

1993년 10월 6일 수요일. 갬, 바람.

호근이 자지.

호근이가 '모자' 라는 말을 여러 번 연습한 뒤에야 썼다. 그래서 '아버지' 라는 말은 이미 배웠기에 '자지' 를 읽어 보라 하였다. 한참 망설이던 호근이는 "모자, 자지" 하고 한참을 읽어 댔다. 이윽고 '모자' 를 빼고도 '자지' 를 읽게 되었을 때 '호근이 자지' 라 써 놓고 읽어 보라 하였다. 그러면서 나는 녀석이 웃으면서 읽을 걸 기대했다. 그런데 웬걸, 녀석이 읽지 못하고서 쩔쩔매는 걸 보고 모르냐고 했더니, 그렇다 하였다. 어이가 없어서 앞말이 '호근이' 아니냐니까 몰랐다 했다. 제 성인 '성' 자가 없기 때문이라는 거였다. 나도 미처 그걸 몰랐다.

1993년 10월 12일 화요일. 맑음.

오늘 따라 콧대만 높을 뿐, 장난만 치는 혜숙이가 방귀 냄새를 풍기는 사람을 찾겠다면서 노래를 했다.

"누가 꿨나 뽕, 자네가 꿨나 뽕, 냄새가 난다, 뽕."

글씨를 쓰다 말고 모두가 히히거리면서 혜숙이를 보았다. 이에 더 신이 났는지 이를 드러내고 특유의 웃음을 짓던 혜숙이가 손가락으로 준이를 가리켰다.

그 순간 준이는 버릇대로 엎드려 울고, 아이들은 으레 그러려니 하는데 준이가 엎드렸다가는 벌떡 일어나 혜숙이 책상으로 와 등을 왼손으로 마구 때렸다. 혜숙이는 웃으면서 그 손찌검을 모두 허락했다.

준이가 제자리로 돌아갔다가는 다시 와, 또 손으로 혜숙이를 때리고는 제 책상 앞에 엎드려 징징댔다. 그 때까지 나도 가만히 두고만 보았다.

갑자기 제 과장된 행동에 무안했던지 준이가 웃음을 터뜨렸다. 정옥이가 그걸 놓치지 않고 노래를 했다.

"울다가 웃으면요, 똥구녕에 털 난대요."

아이들이 다시 한 번 신나게 웃어 댔다.

점심때 현숙이가 또 왔다. 50원짜리 튀김 과자 두 개를 손에 들었다.

"선생님, 교실에서 자장면 냄새가 나는데요?"

"아니, 내가 밥을 먹었어."

"자장면 냄새인데요."

운동장에 먼지가 일어 창문을 닫고 밥을 먹었다. 참치를 넣은 김치찌개에서 난 냄새가 교실에 배어 있었을 텐데, 그 냄새를 현숙이는 자장면 냄새로 알았다.

현숙이는 내가 이를 닦는 동안, 내 책상 앞 의자에 앉아 봉지를 터서 먹었다.

이를 닦고 와 현숙이한테 몇 가지 물어 보았다. 대답을 듣기까지는 인내가 필요했다. 씩 웃기만 할 뿐, 도대체 그때 그때 대답을 안 해 준다. 이를 드러내고 웃는 모습을 보면 아이들이 부르는 별명 '하마'를 연상케 한다. 뒤뚱거리면서 걷는 모습도 스스로 다른 아이들과는 다르다는 자기 표현처럼 보인다.

"교실에서 친구들하고 먹어야지, 늘 혼자만 먹니?"

"……여자 애들은 없어요."

"언제부터 밥 먹고 나서 이렇게 사 먹었니?"

"……."

"6학년 때부터? 4학년 때부터?"

"……5학년 때부터요."

"왜 그 때부터 사 먹었는데?"

"버릇이 됐어요."

"늘 혼자만 먹지?"

"……."

"너, 밥 먹은 뒤 이런 거 사 먹으면 어떻게 되는지 아니?"

"어떻게 되는데요?"

"살이 디룩디룩 찐다. 너 그러면 좋아?"

"싫어요."

"살이 찌면 무엇이 되지?"

"뚱보요."

"봐라, 너 4학년 때보다 더 뚱보가 됐지?"

"예. 그런데 우리 아버지는 이런 거 많이 먹어도 날씬한데요."

"그거야 아버지가 일을 많이 하시니 그렇지. 넌 집에서 일을 잘 안 하고 텔레비전만 많이 보지?"

"예."

"집에까지 걸어다니는 것도 뚱보가 안 되는 일이야."

"다리가 무지하게 아픈데요."

"그러니까 뚱보가 안 되지. 너도 뚱보 안 되려면 많이 걷고 이런 거 사 먹지 말아야 돼. 알았니?"

"예."

"그럼, 먹던 거 쓰레기통에 버려라."

혜숙이는 두 번째 봉지에 남았던 과자를 제 손에 붓고 봉지만 두 개를 쓰레기통에 넣었다.

"과자도 버려. 그리고 내일부턴 안 사 먹는 거야."

현숙이가 마지못해 쓰레기통에 손을 털어 버리는 걸 보니, 어제 과자 얻어먹은 게 맘에 걸렸다.

"곧 종 나겠다. 교실로 가거라."

1분 안에 종이 울릴 시각이었다. 하지만 현숙이는 꼼짝하지 않았다. 융통성 있게 생각하는 힘이 이 아이들에겐 모자란다. 종이 울리자 현숙이가 갈 준비를 하더니 웃으면서 말했다.

"선생님, 오늘 재미있었어요."

1993년 10월 13일 수요일. 갬.

현숙이가 점심을 먹고 웃으면서 왔다. 나는 아무 생각 없이 맞았다. 그랬더니, "선생님, 오늘은 과자 안 사 왔어요." 했다. 깜짝 놀라 보니 정말 그랬다. "머릿속으로 무얼 하겠다고 생각하면 그대로 된단다." 하고 일러 준 대로, 현숙이는 생각을 했다고 했다. 단순해지려면 이만큼은 해야지 싶었다.

《딥스》(샘터) : 자아를 찾은 아이. 읽기 시작함.

1993년 10월 15일 금요일. 맑음.

정옥이와 현숙이에게 걸레질을 조금 하도록 시켰더니, 왜 저희만 하라 하느냐고 따졌다. 옆에 있는 6학년들이 우리 교실 청소를 해 주어, 저희 는 청소란 걸 모르는데도 그랬다.

아이들이 간 뒤, 내가 걸레를 들었다. 오랫동안 쳐다보기만 하고 선뜻 나서질 못한 유리창을 닦기 위해서였다. 날은 더없이 따뜻하고, 산들바 람이 불어 일하고 싶은 맘을 북돋웠다. 다섯째 시간까지 모두 써서야 청 소를 끝냈다. 창틀만 없으면 교실 안과 밖 구별이 안 될 만치 유리가 맑 았다.

여섯째 시간에는 받침 막대를 세워 국화 꽃대를 묶어 주었다.

1993년 10월 16일 토요일. 맑음.

셋째 시간에 책을 읽어 주었다. 혜숙이 소원대로 문을 닫고, 혜숙이가 골라 앉은 해 드는 곳에 모이도록 했다. 오늘 따라 네 아이가 귀를 기울여 들었다. '콩쥐팥쥐', '성냥팔이 소녀' 두 가지를 목청을 가다듬고, 없는 얘기도 덧붙여 가면서 정성을 기울여 읽었다. 아이들이 좋아했다.

1993년 10월 27일 수요일. 맑음.

20분쯤 현숙이를 문 밖에 세워 두었다. 제 일을 안 하고 말만 해대기 때문이었다. 다음 시간에는 아무 말도 안 했는데 스스로 걸어 들어왔다. 시치미를 떼고 밖으로 나가 있으라니까, "이젠 할 거예요." 했다.

1993년 10월 28일 목요일. 맑음.

현숙이가 점심을 안 싸 왔다고 걱정을 하면서 나에게 점심을 가져왔느냐고 물었다. 난 시침을 떼고 안 가져왔다면서 현숙이에게 안 가져온 까닭을 물었더니, 어제처럼 오늘도 네 시간만 하는 줄로 알았다고 했다. 그래서 다시 점심을 어떻게 할 거냐 물으니까 100원짜리 '초코파이'를 한 개 사 먹겠다고 했다. 저에게 200원이 있다고 했다. 나는 집으로 점심을 먹으러 가겠다고 얘기하면서, '고구마 한 개가 현숙이 몫이 되는구나.' 하고 생각했다. 아침에 아내가 점심으로 고구마 두 개를 싸 놓고 한 개 더 넣을까 물었을 때, 그러라고 하여 넣은 게 임자가 따로 있었던 셈이다.

점심 시간이 되어 고구마를 혼자 먹고 있는데, 아니나다를까 현숙이가 "선생님!" 하고 불렀다. 내가 집으로 간다고 하여 곧장 골마루로 오지 않고 밖으로 나가 우리 교실을 넘겨다 본 터였다. 내가 현숙이를 보고 웃으면서 들어오라는 손짓을 했더니 쏜살같이 달려 들어왔다.

고구마를 들고 한 입 한 입 베어 먹으면서 현숙이는 조잘조잘 말을 해댔다. 껍질을 안 벗기고 먹느냐, 고구마를 먹을 때 김치와 같이 먹으면 맛이 좋다(손으로 집어 먹으면서), 선생님네 김치는 맛이 이상하네요, 우리 엄마는 내가 '꿩'이라 하니까, 그냥 '꽁'이라 해요. 꼬리가 길고 그런 새 있잖아요.

현숙이는 아직도 달려들어올 때의 기쁨을 떨쳐 버리지 못하고 있었다.

고구마를 다 먹은 뒤, 그제 정옥이가 들고 왔던 사과 한 개를 꺼내 씻어다가 반으로 쪼겠다. 현숙이 입은 다시 다물어질 줄 몰랐다. 집에도 사과가 있는데 어머니가 오빠 주려고 저에겐 못 먹게 한다고 했다. 대신 사과속 있는 데만 먹으라 한다면서 받아 든 사과가 아주 맛있다고 했다. 향이좋은 사과였다.

이제 배가 부르다고 했다. 집에 걸어갈 수 있겠다는 거였다. 버스비는 150원, 저번에는 100원 했다면서 가지고 있는 돈으로 과자를 사 와도 되느냐고 물었다. 배가 부르니 다음에 사 먹으라니까, 집에 갈 때 사 먹겠다고 하였다.

곧 제 교실로 보냈다. 가기 싫어하면서 억지로 발길을 뗐다.

1993년 11월 1일 월요일. 맑음.

아침 모임에 안 나가고 골마루를 뛰어다닌 현숙, 혜숙, 상은이를 꾸중하면서 자리에서 일어나라 하니까, 상은이는 좀 겁을 먹고, 현숙이는 뚱하고, 혜숙이는 교실로 시험 치러 가야 한다면서 딴청을 피웠다. 그러고는 문 있는 데까지 나갔다가 오곤 했다. 우스워서 꾸중을 제대로 못 했다.

1993년 11월 3일 수요일. 맑음.

상은, 혜숙이가 낱말 학습기에 있는 말들을 조금씩 외워서 쓴다. 그 가운데에는 읽고 쓰는 것도 있지만, 전혀 읽질 못한 채 그림만 보고 쓰기도한다. 그게 어떤 도움이 되겠는가 하는 생각이 든다. 하지만 글씨를 기억

해 내려고 하는 걸 보면, 무언가 나름대로 생각을 보태고 있으리라.

현숙이가 머리를 안 감아 머릿속에 먼지가 끼고, 묻는 말에 대답을 안 해 나도 냉정하게 대해 줬다. 그랬더니 오기가 생겼는지 '이야기 쓰기'를 군말 없이 공들여 썼다. 제 생각이 그대로 들어 있어서 칭찬해 주었다. 마음이 풀렸는지 웃음을 보였다.

정옥이에게 시간을 가장 많이 썼고, 준이에겐 소홀했다.

1993년 11월 4일 목요일. 맑음.

호근이가 모처럼 나왔다. 옷은 그만두고 낯조차 씻지 않은 채였다. 그렇잖아도 시커먼 얼굴에 볼 만했다. 아니나다를까 정옥이가 "호근이는 왜 얼굴이 시커먼데요?" 하고 물어 왔다. "그거야 햇볕 많이 받아 튼튼하니까 그렇지." 내가 대답했다. 이리저리 맘 내키는 대로 놀러 다니니 당연한 일이었다.

오늘 호근이는 '아버지'란 말을 똑바르게 쓰지 못했다.

1993년 11월 11일 목요일. 아침에 비 조금, 짙게 흐림.

수업 바로 전, 옆 6학년 9반 교실에 찾아가 홍주에게 한 시간 마치고 내 교실로 와 달라는 부탁을 했다. 그 때까지만 해도 나는 아이 이름을 모르고 있었다. 오래 전에 우리 교실에 청소를 몇 번 하러 온 적이 있는 아이였다.

월요일 쉬는 시간에 아이가 우리 교실에 들어와 아무 말도 없이 싱크대에 놓인 세숫비누 통을 열었다. 나는 '손을 씻으러 왔나 보다.' 생각을 하면서도,

"왜 그러니?"

하고 물었다.

"이거 갖다 놓으려고요."

아이는 비누를 한 개 들어 보였다.

홍주가 청소를 할 땐 비누가 다 닳아 작은 조각만 남아 있었다. 한 달도 더 지난 일이었다. 그 뒤 내가 비누를 갈아 넣었다. 그래서 홍주는 들고 있던 비누를 나에게 주고 갔다.

아이들 돌봐 주는 데 묻혀 있던 나는 홍주에게 고맙다는 말만 했을 뿐, 다른 얘길 주고받을 시간을 만들지 못했다. 그래서 이름도 알아 둘 겸 불렀더니, 홍주가 약속대로 왔다.

"이름이 뭐지?"

"하홍주요."

"저번 때 비누 갖다 준 거 고맙다. 이담에 공부 열심히 해서 어려운 사람들 많이 도와 드려라."

"예. 저는 죽전 노인정에 나오는 아들딸 없는 할아버지를 돕고 싶어요."

"그러니? 참 맘이 곱구나."

겉으로 보기에 홍주는 또릿또릿한 아이가 아니었다. 말을 조금 더듬거리고 또 속으로 말소리를 먹었다. 그런 홍주가 둘째 쉬는 시간에 다시 오더니 쪽지를 쥐어 주고는 얼른 나갔다. 펴 보니 거기에는 이렇게 적혀 있었다.

"선생님, 열심히 공부해서 다른 사람 도와 주겠습니다."

1993년 11월 12일 금요일. 흐림.

집에서 점심을 먹고 오는데 여자 아이가 끙끙대면서 검은 비닐 봉지를 들고 가는데 제대로 이기질 못했다.

내가 받아 들어주면서 무어냐고 물으니 찰흙이라고 했다. 제 친구 것이랑 함께 넣었다는데 내가 드는데도 찰흙 무게 때문에 비닐이 손에서 자꾸 빠져 나갔다. 그래서 두 손으로 받쳐 들어야만 했다. 어디서 파 오는 것인 줄 알았더니 가게에서 2,000원어치를 샀다고 했다.

아이는 3학년 1반이었다. 김혜령. 운동장에 들어서자 제가 들고 가겠다고 했다. 괜찮다면서 앞 동 현관까지 들어다 주었더니 "고맙습니다." 하고 인사를 했다. "재미있게 만들어라." 대답해 주고 발길을 돌렸다.

1993년 11월 18일 목요일. 아침 안개.

상은이가 낱말 학습기 한 개를 모두 쓸 수 있게 되었다. 물론 말을 잘하지 못해서 그림을 보고 외워 쓴 것도 있지만, '가위'부터 시작해 '임금'에서 끝나는 쉰 개나 되는 말을 쓰게 된 것이다. 오히려 처음에는 상은이보다 나았다 할 수 있는 준이, 호근이는 제자리 그대로이고 혜숙이도 나아진 게 별로 없다. 그러나 상은이는 조금씩 소리도 만들어 가고 이렇게 낱말을 외워 쓸 수 있다니 믿어지지 않을 정도다. 가장 희망 없다고 생각한 아이 가운데 하나가 상은이였는데.

상은이를 업고 교실을 한 바퀴 돌았다. 아이들이 난리였다. 상은이도 마찬가지였다.

1993년 11월 19일 금요일. 흐림.

아이들과 지낸 두 시간. 오늘처럼 바빴던 날도 없다. 호근이부터 시작하여 준이, 상은, 혜숙, 정옥, 현숙 잇따라 나를 불러 갔다. 누구 하나 게으름을 피우지 않았다. 여느 땐 아이들이 맡긴 일을 다 해 오길 기다렸으나, 오늘은 아이들이 나를 기다리면서 서로 자기에게 오지 않는다고 아우성이었다.

내가 준이에게 '무우'가 아니라 '무'라고 얘기해 주니까 옆에 있던 혜숙이가 "아니에요, 무시예요." 했다. "아니, 이젠 '무'라고 해." 하니, "싫어요. 우린 '무시'인데. 그렇지? 호근아." 하면서 뜻을 굽히지 않았다.

1993년 11월 26일 금요일. 흐림.

혜숙이가 어제 사 왔던 색칠 그림을 현숙이, 정옥이가 차지하고 칠을 했다. 혜숙이는 제 물건을 챙겨 가질 때도 있지만, 거침없이 남에게 주는 일을 더 잘한다. 무슨 조건이 있는 것도 아니다. 그냥 주고, 그냥 잊고, 눈앞에 보이는 것 따라 행동한다. 게다가 무슨 일을 하고 싶을 때만 한다. 겉과 속이 똑같기 때문이다.

현숙이가 칠하던 빨간 크레파스를 정옥이가 빼앗아 칠했다. 그러자 현숙이가 갑자기 소리를 질렀다. 그리고는 이상했던지 좀 상기된 듯한 얼굴로 나를 보면서 이렇게 말했다.

"선생님, 내 마음에 아직 나쁜 마음이 못 지나갔어요."

1993년 11월 29일 월요일. 흐림.

수동이가 우리 교실에 오더니, "여긴 불 안 피워요?" 했다.

내가 나무가 없다 하니까, 제가 가져오겠다면서 나무 통을 들고 나섰다.

아주 추운 날은 아니어서 불 피울 생각을 안 하고 있었는데, 수동이 뒤를 따라 나도 뒤뜰 나뭇가리로 갔다.

건물을 헐 때 나온 묵은 나무 가운데, 가느다란 각목이나 판자를 빼내 발로 밟아 꺾었다. 수동이가 발을 굴려 몇 조각 만든 다음 긴 걸 하나 들어다 놓더니 뒤에서 달려들면서 밟아 댔다. 그래도 꺾이지 않았다. 수동이는 진지한 말투로, "이런 나무는 싸가지가 없어서 잘 안 돼." 하고 내뱉었다. 그 소리에 난 혼자 웃고 말았다. 앞에서 구슬치기하는 아이들은 저희 일에 정신이 팔려 수동이 말을 듣지 못했다. 수동이가 하는 말과 행동은 진지하고도 정직해서 나는 그 앨 볼 때마다 다른 눈으로 만나게 된다.

1993년 12월 8일 수요일. 맑음.

1학년들 가운데 특수 학급에 들어올 아이들에 대한 기초 조사를 하는데 두 명뿐이다. 정말 반길 일이다. 하지만 열일곱이 안 되면 두 반을 만들 수 없으므로 일급 대상에 들지 않더라도 서류를 갖춰 두어야 한다. 다행히 둘 졸업하니 둘 들어오면 되지만, 잘하는 아이들을 원래 반으로 돌려보내지 않고 그냥 두어야 한다. 물론 그런 아이들은 이 곳에 오지 않고 제 교실에서만 지내지만, 이 곳에 왔던 경험이 있는 아이들은 평생 씻을 수 없는 상처를 안고 있을 수가 있다.

나라에선 정말 좋은 뜻으로 돈 들여 만든 건데, 무리하게 종일제 특수 학급을 만들고, 점수가 있는 탓에 억지로 아이들을 끌어 모았으니, 속 있는 아이들이 얼마나 괴로웠겠는가. 교실에서 따돌림당하고, 또 선생님들한테도 '저 앤 특수 학급에 있는 애야!' 하는 취급을 받아야 했으니.

교무 선생님도 아침 직원 모임 때 학교 예산 관계도 있으니, 두 학급을 만드는 데 잘 협조해 달라는 얘길 하셨다. 어찌 세상이 갖고 누리는 자들의 것이 아니라 할 수 있겠는가. 나도 그 한 귀퉁이에서 어느 새 누리는 쪽에 서성거리게 되고.

1993년 12월 17일 금요일. 맑음.

준이가 이를 닦지 않고 와 말을 할 때마다 입내를 풍겼다. 그래서 내가 못 가르치겠다면서 돌아가라니까 안 간다고 했다. 내 쪽에서 우길수록 준이도 고집을 피우면서 되게 토라져 울상을 지었다.

내일부터 잘 닦아 오기로 '손도장'을 찍어 약속을 했다. 준이의 때 긴 손톱을 깎아 주었다.

1994년 2월 7일 월요일. 맑음.

개학.

교실에 들어와 난로에 불을 지펴 놓고 걸레질을 했다. 먼저 아이들 책상을, 그 다음에 내 책상을 닦았다. 방학하던 날 닦지 않았던 마루 바닥에는 나무에 묻어온 찌끼와 다른 먼지들이 널브러져 있었다.

어느 새 찾아온 혜숙이는 반갑게 인사를 하고, 설날 웅양 큰집에 갈 거라고 자랑을 했다. 이어 들어온 준이는 집에 아버지가 사 온 사과가 있다는 얘기를 하고, 이들보다 한참 늦게 온 현숙이는 방학 동안에 일기를 조금 쓰고 운동도 했다면서 모두 내가 묻지 않은 얘기들을 스스로 꺼냈다.

1994년 2월 8일 화요일. 흐림.

불을 피워 놓고 신문을 보고 있는데 혜숙이가 왔다. 제 교실이 춥다면서 불을 쬐러 왔다고 했다. 놀 아이가 없는 상은이, 호근이도 왔다.

첫 시간 시작이 조금 남았을 때, 혜숙이가 교실에 있다가 올 거라면서 일어섰다. 그리고는 자리를 정돈하면서 그냥 가려 하는 상은이한테 잔소리를 했다.

혜숙이는 공책과 필통을 챙겨 나서려다 말고 난로 옆에 의자를 갖다 놓더니 나에게 거기 앉아 신문을 보라 했다. 내가 대꾸를 않고 잠깐 서 있으니까 기어이 나를 앉힌 다음에야 교실을 떠났다.

선생님 보고 싶어서 왔어요

1994년에 쓴 교단 일기

1994년 3월 2일 수요일. 맑음.

다시 특수 학급을 맡았다. 지난 한 해 동안 아이들을 어떻게 가르쳐야 할지 몰라 쩔쩔맸다.

1994년 3월 5일 토요일. 맑음.

3월 한 달 동안은 특수반에 올 아이들이 저희 교실에서 지낸다. 그런데 가끔 혜숙이가 이 곳에 와 본다. '3월' 과 '4월' 을 이해하지 못하는 혜숙이.

1994년 3월 9일 수요일. 아침나절 흐림.

아이들 개학에 맞춰 '때기 장수' 부부도 뒷문 그 자리에 전을 펴고 앉아 구수한 설탕 굽는 내를 풍기신다.

곱사등이 연약한 남편과 그 남편에 비해 키가 너무 크고 뚱뚱한 아내. 구멍가게 주인들한테 눈총 받고 학교 선생님들 눈치를 봐야 하는, 어쩌면 이 시대 천연 기념물 같은 이들. 나는 교실에 앉아서도 추운데 이분들은 한길에서 설탕을 구우면서 조무래기들이 100원짜리 동전 한 닢을 가지고 나타나길 기다리신다.

특별 활동 시간에 6학년 글쓰기반을 맡았다. 첫 시간, 올바르게 살아가는 사람이 좋은 글을 쓸 수 있다는 얘길 들려주었다. 열아홉 명이 왔다.

1994년 3월 31일 목요일. 맑음.

내가 특수교육연구회 거창 '지회장' 이란다. 올 사업 계획과 회원 명단을 내라는 공문이 와서 지난 해에 나간 공문을 보고 베껴 만들었다. 하지 않는 일을 서류로만 만들어 놓고 한 해를 보내는 공무원은 이렇게 만들어진다.

월급 받는 내가 한심스러울 때가 이런 때다. 한 줌 바람이나 햇살로 살더라도, 하는 일 모두가 제자리를 찾을 수 있는 것일 때 우리는 비로소 살아간다고 말할 수 있으리라. 그 반대인 '죽어 가고 있는 삶' 이 대부분인 내 삶을 고치는 방법은 아이들을 사랑하는 것일진대.

1994년 4월 1일 금요일. 흐림.

오늘부터 교실 문을 열었다. 호근이는 집에서 학교 오기 싫다면서 안 오고, 홍근이는 제 교실에서 안 왔다. 정옥, 혜숙, 준, 상은, 영남, 다섯만 왔다. 이 아이들은 이 곳에 오고 싶어 한다. 이 곳에 오면 숨을 쉴 수 있는지도 모른다. 정옥이는 읽고 쓰는 일, 말귀 알아듣는 게 많이 나아졌다. 몇 달만 더 나오게 하고 제 교실 생활을 해도 될 것 같다.

산수 시간에 건빵을 나눠 줬는데, 건빵 속에 사탕이 들어 있지 않아 서운해하는 상은이한테 혜숙이가 제 사탕을 주었다. 낯을 씻지 않아 꺼칠해 뵈건만 혜숙이 맘만은 겉보기 낯과 같지 않다.

1994년 4월 7일 목요일. 오후부터 흐림.

그 동안 찍은 아이들 사진을 찾았다. 조그만 사진틀에 넣을 수 있도록 18센티미터 × 13.5센티미터 크기 사진 일곱 장을 비롯해 그냥 나눠 줄 것까지 서른 장이나 되었다. 사진 값이 9,700원이나 되었다. 크게 뺀 사진을 사진틀에 붙여 교실 뒤편 환경 판에 걸었다. 밝은 얼굴을 한 사진들이라 쳐다보면 저절로 웃음이 나온다.

산수 공부를 할 때였다. 영남이와 정옥이가 천 자리 수를 배우는 중인데, 내가 "400원과 4,000원 중 어느 돈으로 과자를 사 먹을래?" 하고 물었다. 그러자 두 녀석이 다 같이 "400원으로요." 했다. 내 생각과는 반대였다. 정옥이는 400원이 4,000원보다 사 먹기 쉽다는 거였고, 영남이는 그런 큰 돈으로 무얼 사면 어머니, 아버지한테 맞는다고 했다.

1994년 4월 8일 금요일. 흐림.

호근이와 혜숙이한테 왜 어제 학교에 안 왔느냐 물었더니 텔레비전을 보느라 못 왔다고 했다. 유치원 어린이를 위한 프로그램부터 '아침 만들기'까지 보다 보니 학교에 늦어 그냥 집에 있었다고 했다.

1994년 4월 9일 토요일. 맑음.

'책가방 없는 날'이라서 아이들이 제 교실 생활을 하고 여기에는 오지 않는다. 그런데 어제 결석을 한 정옥이가 첫 시간 끝난 뒤 빠끔히 문을 열고 들어왔다. 어제 학교에 안 온 까닭을 물으니, 오전 내내 깨지 않고 잠만 잤다고 했다. 어머니가 안 깨워 주시냐니까 바빠서 못 깨우셨다고 했다.

군자란 꽃이 다 시들었다. 꽃대 두 개에서 스물아홉 꽃송이가 피었다. 떨어진 꽃잎이 잎 사이에 얹히기도 하고, 꽃대에서 그대로 시들기도 했는데, 그 붉던 빛깔들은 어딘가로 다 숨어 버렸다. 놀라운 일이다.

1994년 4월 13일 수요일. 맑음, 바람.

쉬는 시간이면 옆 반 3학년 아이들이 마구 떠들어 댄다. 뛰는 모습이나 내지르는 소리를 어떻게 흉내낼 수 없을 정도다.

예전에는 이런 분위기가 너무 싫었다. '왜 지켜야 할 일을 지키지 못하는가, 교사들은 무엇을 하는가?' 하고 생각했다.

대신 오늘은 그 시끄러움을 즐겼다. 학교에서 아이들이 조용히 무얼 하면 하는 대로, 떠들면 떠드는 대로 모두 제값을 가지고 있다는 생각이 들었다. 그리고 쉬는 시간을 맞아, 뛰고 소리 지르는 것은 아이들이 펄펄 살아 있다는 표시다.

특활반에 오는 아이 가운데 책을 사지 못한 6학년 3반 염은경이란 아이에게 책을 구해 주었다. 좋아서 펄쩍펄쩍 뛰었다.

1994년 4월 16일 토요일. 맑음.

나는 출근길에 4,000원짜리 두루마리 빵(롤 케이크)을 한 줄 사 왔다. 아이들에게 주려고 산 것인데 오늘따라 혜숙이, 호근이가 오지 않았다. 정옥이, 영남이, 상은이, 세 아이에게 조금 갈라 줄까 하다가, 혜숙이한테 빵을 사 주겠다는 약속이 생각나 월요일에 혜숙이 있을 때 뜯기 위해 캐비닛 속에 넣어 두었다.

1994년 4월 18일 월요일. 흐리고 빗방울 흉내.

상은, 정옥, 영남 셋만 왔다.

빵을 꺼내 우리끼리만 먹었다. 빵을 꺼내기 전에 손을 씻고 오라 했더니 둘이만 씻고 상은이는 모른 척했다. 그래서 빵을 꺼내 먹을 때 상은이한테만 먹지 말라고 했더니 삐졌다. 조금 있다가 함께 먹자 해도 마다했다. 내가 오라 해서야 웃으면서 먹으러 왔다.

1994년 4월 20일 수요일. 흐리고 빗방울 조금.

영남이가 학교에서 점심을 안 먹으면 어떠냐고 했다. 왜 그러느냐 물으니 할머니가 돈이 없다면서 그만 먹으라 했다는 거였다. 고모네 가게를 빌려 식당을 하는데 아버지와 어머니가 싸워 어머니가 집을 나간 지 한 달이 넘는다 했다.

그리고 영남이는 제가 공부를 못하는 줄 알면서 선생님이 손바닥을 때렸다고 털어 놓았다. 이럴 경우 공부를 열심히 하라 해야 할지, 공부를 못해도 괜찮다 해야 할지 알 수가 없다.

1994년 4월 22일 금요일.

우유와 필통을 든 상은이가 교실에 오자마자 내 앞으로 오더니 발을 번쩍 들어올려 보였다. 웬일인가 보니 슬리퍼를 새로 사 신었다. 노란빛 나는 거였다. 상은이는 어머니가 사 주셨다는 그 슬리퍼가 맘에 드는지 다시 한 번 발을 들어올리고는 뒤돌아 제자리로 갔다.

1994년 4월 25일 월요일. 맑음.

출근길에 법원 쪽으로 올라오던 호근이를 만났다. 슬리퍼를 신고 어슬렁거리면서 걷고 있었다. 어디 가냐니까 어떤 형을 만나러 간다고 했다. 중학교를 다니다가 대구에 나가 있다 들어온 형이라고 했다.

슬슬 꼬드겨 학교에 나오도록 일렀다. 그리고 우리는 교문 앞에서 헤어졌다. 운동화를 신고 책가방을 가지고 학교에 오겠다고. 그러나 호근이는 나타나지 않았다.

지난 토요일에 혜숙이만 소풍을 안 갔다. 어머니가 김밥을 안 싸 주어서 그랬다고 했다. 내가 다음에 김밥 한번 싸 오겠다고 했다.

1994년 4월 26일 화요일. 맑음.

옆 반 선생님이 '꼬모'라는 우유 발효 식품을 갖다 주셨다. 그걸 내 책상 위에 올려놓았더니, 유난히 혜숙이가 눈을 주었다. 그리고 무얼 할 때도 배가 고프다면서 먹고 싶다는 뜻을 보냈다. 모른 척했다.

끝나서 갈 때인데 혜숙이가 뒤에 남아 머뭇거렸다. 교실에 안 간다고 했다. 아이들이 없는 새에 꼬모를 슬쩍 집어 주었더니 언제 그랬냐는 듯 웃음을 활짝 지으면서 교실을 빠져 나갔다.

1994년 5월 2일 월요일. 무더움.
준이가 모처럼 활짝 웃으면서 왔다. 꼭 안아 주었다.

1994년 5월 4일 수요일. 맑은 속에 때때로 구름, 바람.
어린이날 행사.
질서 없는 난장판.
반별 대회를 가졌는데 이미 예선에서 떨어진 반들은 응원을 하면서 보냈다. 한결같이 여자 아이들이 앞에 나가 율동을 하고 나머지 아이들은 꽃수술을 흔들면서 노래를 불렀다.
그 많은 수술. 저마다 200원씩 주고 샀다는데, 끝나서 갈 때는 모두 쓰레기통에 버렸다. 아까워서 한 아이한테 집에 가져갔다가 내년에 또 쓰면 안 되냐니까, 색깔이 바뀌면 필요 없다면서 그냥 갔다. 언제 우리가 이렇게 부자가 됐는지 모른다.

1994년 5월 11일 수요일. 아침에 비.
상은이가 오면서 울었다. 영남이가 누가 상은이 신을 빼앗아 갔다고 했다. 상은이는 신을 한 짝만 들고 있었다. 상은이를 따라 계단을 내려가니 아무도 없었다. 나는 속이 부글부글 끓었다. 얼굴도 모르는데 도망가면 그만 아닌가.

상은이가 현관으로 나가 운동장 가운데를 가리키면서 "저 아이들"이라고 했다. 내가 부르니 녀석들은 순순히 왔다. 괘씸하다는 생각뿐이어서 금방이라도 쥐어박고만 싶었다. 교실로 데리고 오면서 물어도 상은이한테는 아무런 잘못이 없었다. 그냥 운동장에서 놀다가 상은이를 뒤쫓아와선 신 한 짝을 빼앗아 뒤뜰 고인 물 가운데다 놓아 두었다. 게다가 상은이가 이런 곳에 와서 공부하는 줄도 몰랐다.

둘 다 5학년 9반 아이들이었다. 아버지들이 친구 사이이고, 고제 쌍봉초등 학교에 다니다가 3학년 때 전학을 왔다고 했다. 키가 좀 크고 곱상하게 생긴 하경철이는 원봉계 마을이 집인데 아버지, 어머니, 중학교 1학년인 누나가 읍으로 내려와 살고 할아버지 혼자서만 마을에 계신다고 했다. 대신 아버지와 어머니가 날마다 차를 몰고 가 농사를 짓고, 반대로 이준석이네는 중학교 2학년인 누나와 어머니 이렇게 셋이 읍으로 내려와 살고, 아버지와 할머니만 내당 마을에 남아 농사를 짓고 계신다고 했다. 어머니는 분식집에 일 나가시고.

집안 형편을 듣다 보니 때려 줘야겠다는 생각이 누그러져, 담임인 박경숙 선생님한테 아이들에게 심부름을 시키느라 늦어 죄송하다는 쪽지를 썼다. 이미 둘째 시간이 5분 넘은 시각이었다.

1994년 5월 13일 금요일. 흐림.

아래 현관 뒤에서 점심을 먹은 4학년 4반 아이들이 응원가를 부르면서 놀았다. 그 애들한테 가서 부르는 노래를 받아 적었다.

따르릉 따르릉 전화 왔어요. 2반이 이겼다고 전화 왔어요.

아니야 아니야 그건 거짓말. 4반이 이겼다고 전화 왔어요.

2반은 똥파리, 4반은 파리채. 잡아라, 잡아라, 똥파리를 잡아라.

2반은 물고기, 4반은 낚싯대. 낚아라, 낚아라, 물고기를 낚아라.

이 세상에 2반 없으면 무슨 재미로.

해가 떠도 2반, 달이 떠도 2반, 2반이 최고야.

아니야 아니야, 4반이 최고야.

보아라, 이 넓은 운동장에 4반과 2반이 싸운다.

4반과 2반이 싸우면은 보나마나 4반이 이긴다.

4반의 힘센 주먹으로 2반의 뒤통수를 때렸다.

퍼졌다, 퍼져. 보기 좋게 보기 좋게 쫙 퍼졌다.

('퍼졌다' 는 '뻗었다' 를 잘못 아는 것 같음.)

1994년 5월 14일 토요일. 비.

혜숙이, 상은이, 영남이가 우산을 우리 교실에서 가지고 갔다. 굴러다
니는 우산을 주워 놓았더니 모처럼 써먹은 셈이다.

1994년 5월 16일 월요일. 맑음.

호근이가 모처럼 나왔다. 그 동안 아팠다고 능청을 떨었다.

5학년 9반 교실에 가서 시 쓰기 수업을 한 시간 했다. 아이들이 싫다는
말 없이 재밌게 글을 썼다.

올챙이

5학년 9반 송현우

나는 친구들과
올챙이를 잡으러 갔다.

나는 많이 잡고 나니
가엾게 생각하고
다 보내 주었다.

아이들은 나보고
왜 보내 주었냐고 계속 씨부리고 있었다.
나는 듣지도 않고
집으로 돌아왔다.

1994년 5월 19일 목요일. 맑음.

아직까지 난 학교 밥을 먹지 않았는데, 다음 달부터는 학교에서 점심을 먹으려 생각하고 있다. 아이들이 먹는 밥을 나도 같이 먹어야 도리에 맞겠다는 생각을 했다.

1994년 5월 20일 금요일. 맑음.

혜숙이가 부럽다.

제가 싫은 일을 안 할 수 있는 아이. 아니, 제가 하고 싶은 일만 할 수 있는 아이. 어쩌면 우리 학교에서 딱 하나 혜숙이뿐일 것 같다.

1994년 5월 23일 월요일. 맑음.

자료대에 집을 짓고 사는 쥐 한 마리가 교실로 나와 아이들이 소리를 지르곤 했다. 이사를 하고 나서 쥐를 보고 쥐구멍 한 곳을 막았는데, 오늘 보니 두 곳이 더 있었다. 그 가운데 하나는 바로 수도관이 나오는 자리였다. 교실에 수도를 놓으면서 뚫어 놓은 구멍이 얼마나 큰지 한숨이 다 나왔다. 왜 일을 그렇게 할까? 아이들을 조금이라도 생각하는 걸까?

1994년 5월 24일 화요일. 맑음.

학급 표찰을 다시 만들어 단다고 특수반 이름을 지어 달라고 교감 선생님이 말씀하셨다. 처음에는 '하늘반', '땅반' 했다가, 너무 느낌이 센 것 같아 '민들레반', '진달래반' 으로 정했다.

아이들이 옮겨 다니기 힘들다고 6월 1일부터 우리 교실에서 저학년을, 이 선생님이 고학년을 가르치기로 했다.

오늘 여선생님들 신체 검사 날이라서 2학년 5반 교실에 들어갔더니, 공교롭게도 특수반 교실에 다니는 아이가 책을 준비해 오지 않았다. 그래서 내가 잃어버렸느냐, 집에 있느냐 물었더니 고개만 숙일 뿐, 옆에 있던 아이들이 모두 "저 앤 특수반 아이에요." 했다. '내가 죄를 짓고 있구나!' 하는 생각이 들었다. 특수반 교실에 다니는 아이들이 제대로 배우는 것도 없으면서 다른 동무들한테 '특수반 아이' 라는 딱지만 얻으니 얼마나 불행한 일인가.

내가 맡게 되면 새로운 방법을 써 봐야겠다. 아예 상은이나 혜숙이처럼 특수반 오는 걸 즐거워하면 문제가 없지만 멀쩡한 아이들이 저도 모르는 새에 '바보'가 된다는 것은 내 책임이다.

교육이 병드는 것은 그걸 이끄는 교사들 책임이 크다. 나라에서 독재 교육을 시키라는 지시를 내린다 해도 교사가 생각만 있다면 얼마든지 민주 교육을 시킬 수 있다.

옆 3학년 5반 교실에 첫 시간 들랑날랑하면서도 그 생각을 했다. 아이들은 아침 자습 때부터 첫째 시간이 끝날 때까지 칠판에 적혀 있는 한자 '아래 하(下)'와 '왼 좌(左)'를 한자 공책에 썼다. 물론 다 못 쓴 아이가 수두룩했다. 백 칸짜리 공책 두 쪽을 써야 하는데, 많은 아이들이 '아래 하'라는 우리글을 죽 써 놓고 한자를 써 나갔다. 그러면서 한자보다 우리글 쓰기가 더 어렵다고 했다.

3분의 2쯤 아이들이 쓰다 말다 하고 있을 때 혜림이만은 벌써 다 써 놓고 '공문 수학' 문제를 풀고, '윤 선생 영어'에서 내주었다는 알파벳의 큰 글자, 작은 글자를 썼다. 아주 똑바르게 썼는데, '우리 학교 교육이 아홉은 죽이고 하나 길들이는 데에 바쳐지고 있구나.' 하는 생각이 저절로 났다. 정말 언제 이 선생 노릇 그만두고 죄짓지 않을 수 있을까!

1994년 5월 25일 수요일. 비.

돌아다니는 우산을 주워 모아 놨더니 귀찮기도 했는데 오늘처럼 갑자기 비 오는 날에 아이들이 저마다 한 개씩 골라 들고 갔다. 우산은 비 올 때 한 번 필요하다. 날이 좋을 때야 그대로 천덕꾸러기일 수밖에 없다. 그러나 우산은 비가 올 때를 위해 만들어져서 비로소 '우산'이 되었다.

6학년들이 모레, 글피, 이틀에 걸쳐 수학 여행을 간다. 민속촌, 독립 기념관, 도고 온천 같은 데를 둘러본다고 한다. 한 사람이 내는 돈은 28,500원.

1994년 5월 26일 목요일. 맑음.

혜숙이가 저도 수학 여행을 가고 싶어했다. 누구보다도 혜숙이 같은 아이가 그런 나들이를 해야 하지 않을까 하는 생각이 들었다.

오늘따라 혜숙이, 상은이, 호근이는 첫 시간 전부터 우리 교실로 왔다. 나는 주머니에 15,000원밖에 없었으므로 아래층 2학년 정봉수 선생님한테 가서 20,000원을 빌려 혜숙이네 반으로 갔다.

혜숙이를 좀 데려가고 싶은 생각이 없냐니까, 김 선생님이 난처한 듯 말씀을 하셨다. 생활 지도와 아이들끼리 어울리는 일에 대해.

꾼 돈을 정봉수 선생님께 다시 갖다 드리니 무슨 돈을 벌써 주느냐고 하셨다. 사정을 얘기하니, 당신 같으면 데려가겠다고 하셨다.

정옥이는 가고 혜숙이와 준이는 빠진다. 반에서 빠지는 애들은 그들뿐이라 한다. 지난 해 준이네 반 아이였던 여자 애들 얘기가, 남자 애들이 준이 목에 끈을 매어 개처럼 끌고 다니기도 하고, 책상 위에서 준이에게 뛰어내려 밑에 깔리게도 했다는데, 누군가가 돌보아 주지 않으면 준이 같은 아이들은 평생 그늘에서 살 수밖에 없다.

1994년 5월 28일 토요일. 맑음.

어제 초저녁 손봉호 선생님이 전화를 하셨다. 3학년 2학기 사회책의

'거창' 부분에 나오는 어려운 말을 쉬운 말로 고쳐 보자는 얘기셨다.

퇴근 전까지 한 번 보는 데 시간을 모두 썼다. 말법이 틀린 곳, 우리말로 쉽게 고칠 수 있는 곳, 띄어쓰기가 잘못된 곳을 보니 백마흔 곳쯤 되었다. '소득을 높인다.'는 말을 '돈을 많이 벌 수 있게 한다.'로 바꿔 보았는데 통할지 모르겠다.

혜숙이가 왔다. 집에서 놀지 않고 뭐 하러 왔냐니까 "선생님 보고 싶어서 왔어요." 했다. 또, 함께 공부하자니까 그 때는, "싫어요. 우리 반 아이들은 공부 안 하잖아요." 하면서 놀았다. 그러다가 무얼 좀 쓰더니 집에 가야겠다면서 나갔다. 자유인! 소처럼 웃을 수 있는 자연인!

1994년 5월 30일 월요일. 맑음.

아이들을 바꿨다. 학급 경영부도 함께 바꾸었다.

공책을 가지고 갈 때 영남이는 악수를 하자고 했다. 서운하다면서. 혜숙이는 제 동생 호근이 것을 챙겨 갔다. 상은이는 "안녕히 계세요." 하고 인사를 큰 소리로 하고 갔다. 그런대로 정이 든 아이들이었는데 이제 만나기 힘들게 됐다.

1994년 5월 31일 화요일. 맑음.

점심을 먹고 책도 한 권 사고 전화도 할 겸 밖으로 나갔다. 읍사무소 공중 전화에서 전화를 걸고 나오는데 혜숙이가 가까운 돌층계에 앉아 있었다. 학교에 점심 먹으러 가자니까 싫다고 했다. 저희 반 여학생들이 때린다고 했다. 밥을 먹고 영화를 보러 가야 하지 않느냐니까 돈이 없다고 했다. 내가 빵을 사 줄까 하고 물으니 시무룩한 얼굴에 금방 웃음을 띠면서 자리에서 일어났다. 언젠가 빵을 사 주겠다고 한 약속을 지키는 거라 하면서 '하루방 빵집'으로 갔다.

가려 줄 그늘이 모자라 늘 훤히 드러나 보이는 혜숙이를 좋아하는 사람이 아무도 없다. 아이들조차 혜숙이가 제 앞이나 뒤에 서는 걸 싫어한다. 어른이라고 다르지 않다. 우리가 들어가니 물건 파는 이가 이상한 듯 쳐다보았다.

나는 혜숙이가 자리에 앉아 편히 빵을 먹었으면 싶었다. 그런데 혜숙이는 빵 진열대 앞에 서서 네 개들이 찰떡을 가리키면서 그걸 달라고 했다. 더 먹을 걸 얘기하라 하니 선뜻 대답을 안 했다. 내가 카스텔라를 한 개 가리키면서 사자 하니까 그러자고 했다. 찰떡 1,200원과 카스텔라 700원을 치르고, 잔돈을 바꿔 영화 값 600원을 주니 혜숙이는 집에 가서 먹고 영화를 보러 갈 거라 했다.

햇볕에 눈이 부셔 눈 뜨기가 자유롭지 않은 속을 혜숙이는 짧고 꽉 낀 반바지를 입고, 조그만 검은 가방과 짧게 잘라 두 갈래로 묶은 머리를 하고는 걸어갔다. 오직 키만 경중 커서 검게 그을린 살갗이 한층 혜숙이를 낯선 아이로 만들었다.

1994년 6월 2일 목요일. 맑음.

우리 교실에는 컵이 여섯 개 있다. 이사를 왔을 땐 컵이 아주 많았다. 그 가운데 모두 버리고 여섯 개만 남겨 두었다.

행남사에서 만든 것인데 묵직하고 꽃 그림이 예쁘다. 이를 닦거나 물을 먹을 때 나는 맨 구석에 있는 것 하나를 내 것 삼아 썼다. 조금 더러우면

헹궈서 쓰고 한쪽에 다시 올려놓았다. 다른 컵에 땟국이 좀 흘러도 그저 그렇게 지나갔다.

그러다가 오늘 내가 쓰던 컵을 씻고 다른 컵을 마저 씻었다. 왜 진작 그런 생각을 못 했을까? 아이들을 가르치기 위해 온 게 아니라, 아이들을 도와 주기 위해 와 있는 거라는 생각을 왜 해내지 못했을까? 더러움을 더러움으로 심각하게 생각할 줄 모르는 아이들한테 이제까지 나는 무얼 해 주었을까?

1994년 6월 7일 화요일. 맑음.

이틀 연수를 끝내고 다시 모였다. 여섯 아이. 수철이가 제사를 지냈다고 오징어를 가지고 와 아이들한테 나누어 주었다.

수동이는 여전히 말이 많고, "나비가 훨훨 날아다닙니다."를 "나비가 훨훨 날아댕깁니다."로 태연스레 읽는다.

또 수철이가 이제 신문에 나온 글씨 가운데 한자말고는 조금씩 읽을 수 있다니까, 수동이는 '물 수'와 '하늘 천' 자를 안다고 했다. 그리고 '물 수'를 떼어 읽는 게 아니라 '물소'처럼 말하고는 칠판에 나가 '小 무수'라고 써 보였다.

다섯째 시간이 끝나고 쉴 시간이었다.

수동이가 연필 두 자루 들고 와 연필깎이통 앞에 서 있는데 중민이가 가방을 메고 왔다. 웬일이냐니까, "공부를 하고 가면 안 됩니까?" 하고 되물었다. 무슨 공부냐고 다시 물으니 산수 공부를 하겠다고 했다. 그러니까 숫자 쓰기를 했다. 그것도 1부터 10 사이다. 3학년이면서 2학년 아이보다 더 글씨를 모르는 아이이다. '자전거를 탑니다.' 란 문장으로 한 시간 동안 씨름해도 온전히 쓰지 못한다. 그런데 스스로 걸어 들어와 공부를 하고 가겠다니.

공부를 잘하는 아이나 못하는 아이나 학교가 끝나 공부하고 가겠다는 용감한 아이는 드물고 또 드물다. 그런데 중민이가, 그도 '특수반 교실 아이'가 공부를 하고 가겠다고 찾아오다니.

제 책상에서 하는 대로 두고 나는 김영희 님이 쓴 《뮌헨의 노란 민들레》를 계속 읽었다. 중민이는 제 누나처럼 몸이 약하고 목소리도 가늘다. 얼굴에 상처가 많아 첫눈에 장난이 심한 말썽꾸러기로 여기기 쉽다. 중민이는 이겨 내야 할 것들을 많이 갖고 있는데, 충분히 그럴 수 있으리라는 생각이 드는 아이이다. 한 해 동안이나마 얼마나 나아질지 궁금하다.

1994년 6월 8일 수요일. 빗방울 떨어지다 맒.

수동이가 '꽃이 피었습니다.'란 말을 쓸 수 있다고 했다. 써 보라 했더니 정말 칠판에 틀리지 않고 썼다. 어떻게 그렇게 할 수 있느냐니까, 어젯밤에 읽고 쓰면서 외웠다고 했다. 그것이 안 보고 쓸 수 있는 비결이었다.

1994년 6월 11일 토요일. 맑음.

전교 어린이회에서 식당 안에 시계를 달아 주었으면 좋겠다는 건의와 함께 선생님들이 밥을 탈 때 새치기를 말아 주었으면 하는 의견을 냈다고 한다. 나도 이런 생각을 한 적이 있는데 아이들이 끝내 지적을 했다.

1994년 6월 13일 월요일.

중민이가 오지 않았다.

아이들을 돌봐 주는데, 졸음이 막 쏟아져 혼이 났다.

1994년 6월 14일 화요일. 맑음.

수동이가 풀을 빌리러 왔다. 미술 시간에 쓸 거라 했다. 수철이가 번번이 빌리러 오더니 이제 수동이까지다. 그래서 사서 쓰라 하고 돌려보냈다.

수동이가 조금 있다가 다시 왔다. 이번에는 100원짜리 하나를 들고 왔다. 팔라는 거였다. 할 수 없이 내 주고, 100원짜리 풀을 내일 꼭 사서 보여 달라 했다. 수동이는 "고맙습니다." 하고 갔다.

1994년 6월 16일 목요일. 맑음.

수동이.

1. 어제 기분 나쁘다고 공부하다 말고는 제 교실로 가 버렸다. 무슨 일인가로 내가 수동이를 쫓았는데 수동이는 그 길로 오지 않았다.

오늘 다시 만나 "기분이 좋냐?"고 물으니까, 좀 시무룩한 얼굴로 안 좋다고 했다. 왜 그러냐니까 뺨을 주먹으로 맞았다고 했다. 그 말을 듣고 보니 정말 오른쪽 뺨이 좀 부어올랐다.

형 수철이가 교실로 들고 간 막대를 빼앗아 가지고 나오는데 형 담임 선생님이 부르시더란다. 선생님들이 쉬는 곳에서 4학년 5반 선생님은 다리 하나를 다른 무릎 위에 얹어 놓고 수동이를 불러, "장수철, 너는 무슨 몽댕이를 교실로 가지고 다니나?" 하면서 때렸다고 한다. 그래 내가 수철이가 아니니 가지 말지 하니까, 사탕이라도 주는 줄 알고 갔다고 했다.

"선생님이 얼마나 무서운지 뼈도 못 추려요." 수동이는 박희일 선생님을 이렇게 평하기에, "얘기를 잘 해야 안 맞지." 하니까, 목에서 '선'이라는 말밖에는 안 나왔다고 했다. "선생님, 내가 먼저 몽댕이 안 가져왔는데요." 하는 말을 하려 하는데, 아파서 '선'이라는 말밖에는 안 나왔다고 했다.

"맞을 때 선생님한테 무슨 욕 했지?"
하고 다시 물었다. 수동이가 얼버무리면서 욕 아닌 말을 해대자, 수철이가 옆에서 그건 지금 지어 낸 말이라고 했다. 그래서 솔직히 얘기해 보라니까 그 선생님한테 이르지 않겠다는 약속을 하라 했다. 손도장을 찍어 약속하니까, "약속을 어기면 하늘에 있는 별 다 따 오고, 구름도 가져오고 물도 다 가져오기예요." 하면서 확인을 했다. 걱정 말라고 하니 "씨발, 선생님 밥 묵고 잘 살아라." 이런 욕을 했다고 털어놓았다.

그러면서 수철이 흉을 보는데, "학교에서는 착해 보이지만 집에선 낫으로 나무를 쪼고 톱으로 자르고, 뚜드려 맞추고 또 동물들한테 쉬 싸고, 토끼를 나무로 찌르고, 토끼를 꺼냈다 넣었다, 꺼냈다 넣었다 하면서 못 살게 군다."고 했다. 수철이는 이 사실을 인정했다.

2. 수동이가 다시 나에게 집을 영어로 어떻게 말하는 줄 아느냐 물었다. 모른다 하니까 집은 '하우스', 책은 '부', 개는 '나이언'이라 했다. 아주 진지하게 말해서 웃으면서도 계속 들었다. '나이언'에는 '개'라는 뜻 말고도 '사자'라는 뜻이 있다기에, 또 없냐니까 옆에서 수철이가 '호랑이'란 뜻이 있다고 했다. 수동이가 그건 아니라니까 수철이가 계속 우겨 '나이언'에는 세 가지 뜻이 있는 것으로 끝을 맺었다.

수동이는 계속 '의사 선생님'은 '닥털', '닥터래기' 하면서 의기양양하게 말했다. 아버지는 '마우스 아버지', 어머니는 '마우스 어머니', 할아버지는 '마우스 할아버지'라 하길래, 그럼 동생은 '마우스 동생'이냐니까, 그게 아니라 했다. 중학교에 다니는 누나가 좀 가르쳐 주었는데 다음에 다시 배워다 가르쳐 주겠다고 했다.

3. 셋째 시간 시작한 지 얼마 안 되어 수동이가 "내 돈 200원." 하면서 돈을 찾았다. 그리고는 용섭이 바지 주머니를 뒤져 100원을 꺼냈다. 쉬는 시간에 돈을 꺼내 책상 위에 놔 두었는데 없어졌다고 했다.

내가 "야, 어떻게 함부로 남의 주머니를 뒤지니?" 하고 말렸더니, 용섭이가 가져간 게 틀림없다고 했다. 용섭이에게 물으니 또 용섭이도 그랬다고 했다. 수동이는 얼굴만 보면 금방 안다고 했다.

용섭이가 나머지 100원을 찾는데 꾸물대니까 수동이가 주머니에서 마저 찾아냈다. 그래서 내가 막대기를 들고 용섭이를 때려 주려고 했다. 돈을 주우면 주인을 찾아 줘야지, 어떻게 슬쩍 가질 생각을 하느냐고.

수동이가 저희는 간이 작아서 남의 돈을 주우면 경찰서로 끌려갈까 봐 가슴이 두근두근한다고 했다. 그리고 그전 마을에서 15,010원이 든 지갑을 주워 수철이와 함께 주인을 찾아 준 적이 있다는 경험을 털어놓으면서, 용섭이한테 돈을 주우면 선생님한테 갖다 드려 주인을 찾아 주게 하라고 일렀다.

내가 매를 올리면서 용섭이에게 손바닥을 펴라 하니까, 수동이가 이번만 용서해 주라고 했다. 내일 제가 다시 돈을 갖다 놓을 테니까 그 때도 그런가 보자고 했다. 수철이는 따끔한 맛을 보여 줘야 한다 하고, 중민이도 때려 줘야 한다는데 수동이만은 굳이 처음이니까 용서해 주자고 했다. 나는 진심으로 말하는 수동이 뜻에 따라 매를 거두었다.

4. 수동이는 나한테 여자들도 '터래기'가 나는 줄 아느냐고 물었다. 나는 잘 모른다고 했다. 저는 어제 점심 먹을 때 6학년 여자 선생님 다리에 '터래기'가 있는 걸 보았다고 했다. 스타킹을 신고 있어 그게 진짜인지 가까인지 몰라 스타킹을 확 벗겨 보고 싶었다고 했다. 보는 게 나보다 몇 배 나은 수동이도 여자 머리에 나는 '터래기'는 못 본 모양이다.

1994년 6월 23일 목요일. 갬.

수동이가 아침에 복숭아 한 개를 가져와 씻더니 나한테 갖고 왔다. 내가 싫다고 하니 두말 없이 제가 가지고 가 먹었다. 그러고는 얼굴을 찡그리고 다시 와서 하는 말이 너무 시다고 했다. 두 개 100원 주고 샀다 하였다.

조금 있으니 이번에는 수철이가 깡통 음료수 두 개와 내 손바닥만 한 만화책 두 권을 가지고 왔다. 어디서 난 거냐니까 뽑기를 했다고 했다. 어머니한테 1,000원 받아 가지고 와서 500원 준비물 사고, 100원은 친구한테 빌린 거 갚고 400원어치 뽑기를 했다는 것이다.

음료수는 아이들끼리 나눠 마시게 하고 만화책 두 권을 빼앗았다. 도대체 어떤 내용을 담아 초등 학생들이 뽑기 하는 데 상품으로 거는지 궁금해서였다. 수철이는 억울해하면서 오후에는 가져가게 해 달라고 사정을 했다.

점심때 책을 살펴보았다. 《뉴터치터치》라는 책으로 값은 1,000원, 겉장에는 '한국우량만화협의회 등록필'이라는 도장까지 인쇄되어 있었다.

내용은 고등 학교 1, 2학년 학생들의 연애 감정이었다. 자극이 강한 말로는 이런 게 있었다. "비에 젖은 세나의 티셔츠 속으로 / 세나의 늘씬한 허벅지 / 여자의 잔등은 깨끗하구나. / 유혹하는 것도, 당하는 것도 여자에게 달린 거야. / 보일 듯 말 듯 한 것이 / 세나가 배구 연습을 할 땐 언제나 노 브라여서 나에겐 굉장한 자극을." 그림도 침대에서 일어나 옷 입는 것, 운동복 차림, 수영복 차림의 그림이 많았다.

수업이 끝나고 수철이가 왔다. 만화를 가져가면 안 되느냐는 거였다. 뭐 하려고 그러냐니까 그걸로 공부한다고 했다. 글씨를 제대로 모르는 녀석이 만화책으로 공부한다기에 어이가 없어, 무슨 공부 하느냐고 다그쳤다.

수철이는 그림을 본다고 했다. 무슨 그림이냐니까 안 가르쳐 준다 하더니, 가르쳐 주면 가져가게 해 주겠느냐고 했다. 그런다니까 만화책을 넘기더니 팬티와 젖가리개만 하고 있는 여자 그림을 가리켰다.

그게 뭐가 어떠냐고 시침을 떼고 물으니 웃으면서 "야하잖아요." 했다. 그러면서 두 권 다 가져갈 수 없느냐고 계속 졸랐다. 나는 안 된다 하고, 야한 그림을 보면서 어떤 생각을 하느냐니까, 연필로 여자 팬티를 위에서 아래로 그으면서 벗기면 된다고 했다. 그래서 내가 그림인데 어떻게 그럴 수 있느냐니까, "상상하면 되잖아요." 하면서 팬티도, 젖가리개도 모두 벗길 수 있다고 했다.

그리고 수철이는 만화 한 권만을 가지고 갔다. 그런데 조금 있다가 또 와서는 나머지 책을 가져가게 해 달라고 졸랐다. 나는 옷을 벗겨 무슨 상상을 하는지 가르쳐 주면 주겠다고 했다. 수철이는 그건 누구한테도 가르쳐 줄 수 없는 저만의 비밀이라고 했다.

나도 이리저리 구슬려댔다. 수철이는 저희 선생님한테 말하지 않는다면 얘기해 주겠다고 했다. 그러고는 그림을 그리면서 설명을 했다.

"여자 보지에 남자 자지를 넣으면 아기를 낳잖아요. 그런 거 생각하면 재미있어요."

수철이는 여자 보지를 1학년 때 보았다고 했다. 지금 중학교 2학년인 누나가 오줌 눌 때.

저희 반 남자 애들도 이런 만화를 모두 본다기에, 이런 만화는 자꾸 '뽕' 하는 생각만 하게 해 나쁘다니까, "재미있잖아요." 하면서 그만두겠다는 말을 안 했다.

수철이는 공부 시간에 테이프로 들은 《헬렌 켈러》책을 가리키면서 재미 없다고 하다가, 단정한 옷차림을 한 헬렌 켈러 그림을 가리키면서도 옷을 벗기면 팬티만 나온다고 했다. 내가 이런 책을 읽어야 한다면서 보인 책이었다.

1994년 6월 24일 금요일. 무더움.

성범이가 공부를 하다 말고 뒤에 나가 공을 찼다. 그래 자리에 들어가라고 몇 번 타일렀는데도 말을 듣지 않아 자막대기를 들고 나에게 오라 하였다. 성범이는 올 생각을 하지 않았다. 내가 매를 좀 맞아야겠다고 하니 "우리 엄마가 매맞지 말라 했어요." 했다. 쫓아가니까 도망을 했다. 매를 아주 무서워하는 녀석이 말은 안 들으려 했다. 큰 소리로 꾸중을 하고 수동이랑 붙들어 손바닥을 한 대 때린 뒤, 선생님한테 매맞지 말라 하신 어머니 생각을 찬찬히 들려주었다. 손바닥이 시커메, 씻게 한 뒤 손톱을 깎아 주었다.

점심을 먹고 교실로 오는데 성범이 어머니와 성범이가 3학년 5반 교실을 찾아가고 있었다. 불러서 웬일이시냐고 여쭈니 성범이를 때리는 아이들이 있어, "속이 상해 왔다."고 하셨다. 이러니 걸핏하면 성범이는, "우리 엄마한테 일러 준다."는 말을 입에 달고 다닌다.

내가 성범이가 변한 것, 마음 씀씀이, 이런 것들을 말씀드리고 좀 맞고 오더라도 모른 체하라고 했다. 성범이 어머니는 다른 데 들르지 않고 곧장 돌아가셨다.

성범이 어머니는 지난 해에 이어 올해도 돈 내기 모심기를 한다고 하셨다. 어젠 현풍에 갔는데 50,000원을 벌었다고 하셨다. 여섯 시에 봉고차를 대절해 갔다가 집에 오면 12시 가깝다고 하였다. 지난 해에는 100만 원쯤을 벌었는데 올해는 지난 해보다 못 벌었다고 하셨다. 셋방살이가 지겨워 집을 사기 위해 죽을 등 살 등 일만 한다고 하셨다.

지금까지 벌어 놓은 돈은 3,400만 원, 계를 여러 개 하는데(1,000만 원짜리 둘, 500만 원짜리 하나), 앞으로 두 해만 더 고생하자고 성범이 아버지와 약속을 해 두었다고 하셨다. (한 마지기 일하면 55,000원 받고 5,000원은 찻삯.)

1994년 6월 27일 월요일. 비.

"수동아, 넌 세상에 뭐 하려고 태어났지?"

공부를 하다가 물어 보았다.

"먹고 누자고, 공부하고, 엄마 말 듣고, 또 어디 가고, 개구리 잡아먹고, 전쟁놀이 하고……."

수동이는 손짓을 하면서 거침없이 말했다.

나는 웃으면서 "맞다." 하고 동의를 했다.

1994년 7월 7일 목요일. 맑음.

어제 아이들한테 교실에서 가져간 물건을 가져오도록 타일렀더니 오늘 수동이와 성범이가 가져왔다. 성범이는 장난감을 네 개, 수동이는 연필, 색연필 몇 개씩이었다. 본디 연필이 많았는데 다 없어졌다. 큰 아이들은 안 그랬는데, 작은 아이들을 맡고부터 무엇이 남아나지 않았다. 수동이는 내 책상 위에 있던 스카치테이프도 가져가더니 가져오지 않았다. 특히 수동이는 성범이가 연필을 가져가는 게 눈에 띨 때 눈을 부릅뜨고 '도둑놈'이라고 하더니 지가 더 많이 가져갔다.

1994년 7월 13일 수요일. 맑음.

수동이가 한 시간씩 빼먹으려고 꾀를 부린다. 체육을 한다면서 나가겠다고 했다. 그러라 하니 좋다고 나갔다. 일기 쓰기를 시켰더니 저만 통하는 말로 적어 오는데, "내 수제자가 글씨를 이리 쓰면 되나?" 하고 물으면, 좋아선지 입을 벌리면서 웃는다.

1994년 7월 21일 목요일. 무더위.

중민이 아버지가 일을 못 하고 아파 누워 계신다고 했다. 내일 방학을 앞두고서 이런저런 걸 물으면서 아버지 하시는 일에 손뼉을 쳐 주는데 중민이가 얘기했다. 요즘 어머니가 고디(다슬기)를 주워 팔아 돈을 번다고 했다. 그리고 보니 우리 교실에 오는 아이들 가정이 한결같이 어려웠다.

1994년 9월 13일 화요일. 맑음.

두 시간 끝나고 올라간 수동이가 나 먹으라면서 빵과 요구르트를 가져왔다. 자꾸 제가 나한테 얻어먹는다면서 어떤 어머니가 사 온 걸 먹지 않고 가져온 것이다. 빵은 아주 고급스러웠는데, 반쪽씩 나눠 먹었다. 나는 내 물을 먹고, 수동이는 요구르트를 마셨다.

1994년 9월 14일 수요일. 맑음.

오후에 2학기 들어 처음으로 정옥, 영남, 준이가 찾아왔다. 무슨 일이냐니까 그냥 왔다고 했다. 내 손을 한 번씩 잡아 본다. 서로 안다는 표시로. 준이는 일요일에 날 보았다면서 웃었다.

1994년 9월 22일 목요일. 맑음.

말 많은 수동이가 오늘도 다시 말을 꺼냈다. 나에게 여자를 많이 알고 있냐고 했다. 처음에는 무슨 말인가 했다. 서른둘인지, 셋인지 먹은 막냇삼촌이 아직 결혼을 못 했는데, 저희 삼촌 중매를 해 달라고 했다. 삼촌은 아들하고 딸하고 낳아 행복하게 살고 싶어한다고 했다.

무슨 일을 하냐니까, 이제 '노가다'는 아니고 서울에 있는 어떤 회사에 다닌단다. 저희 엄마도 이런 명절에 삼촌 혼자서 집에 오는 게 가슴아프다고 말한다는 거였다.

내가 다시 어떤 삼촌이냐니까, 수동이가 날더러 일어서 보라더니, 키가 내 어깨쯤 되고 좀 뚱뚱하다면서 삼촌의 몸집에 대한 얘길 하더니 '좋은 삼촌' 증명을 해 보였다. '성질'도 좋고, 술, 담배도 안 하고, 통장은 세 개나 되는데 통장마다 돈이 꽉 들어차 있고, 조카들(저희들)한테 잘 해 주려고 그런다 했다. 이런 수동이의 애길 듣고 있으면 자꾸 웃음이 나온다.

1994년 9월 29일 목요일. 맑음.

거창 초등 학교, 교감, 교장을 '거창 초등 학조', '고감', '고장' 이라 말하는 수동이가 갑자기 어른들은 좋겠다고 했다. 왜냐니까, 담배도 피우고, 술도 먹고, 맥주도 마시고, 친구와 어울려 놀고, 또 아이들을 두들겨 패기도 하니까 그렇다 했다. 그래서 내가 "너도 놀지 않느냐?"고 동의를 구했더니 염소 풀 뜯어 주느라 놀 새가 없다고 했다.

아버지는 나가던 공장이 망해 집에서 놀고 계시고, 어머니가 메뚜기를 잡아다 시장에 파신다 했다. 아버지는 저번에 공장 지붕 고치러 올라갔다가 떨어져 다치는 바람에 책상 만드는 공장에 들어가기로 해 놓고 아직 못 간다고도 했다.

1994년 10월 4일 화요일. 맑음.

요섭이가 자리에 앉자마자 아버지와 어머니가 싸움을 했다고 했다. 아버지가 술을 먹고 술값을 안 준다고 어머니 가슴을 주먹으로 때렸다고 했다. 그리고 오늘은 일도 나가지 않았다고 했다.

이 애길 듣고 수동이가 사설을 늘어놓기 시작했다.

"야, 그럴 땐 니가 이렇게 해야지. 엄마, 아빠! 우리가 점점 대갈통도 커 가니까 싸우지 맙시다. 가난한 집에서 말 작게 하고, 돈도 조금씩 모아 가면서 우리도 행복하게 삽시다. 아빠가 이리 하면 우리도 본뜨잖아요."

1994년 10월 19일 수요일. 흐리다 갬.

특활 시간에 잘 쓴 글 한 편을 뽑아 상품으로 책 한 권을 주기로 지난 주에 약속했다. 그 때 쓴 글을 내가 뽑는다 했는데, 혼자 가리기에 자신이 없어 열한 편을 뽑아 주면서 다른 아이들을 시켜 읽게 했다.

그리고 투표에 붙인 결과 이은정의 '내가 빨리 컸으면', 허은정의 '고양이' 두 편이 뽑혔다.

이젠 글 쓴 아이들이 앞에 나와 손수 읽게 했는데, 이은정 글이 뽑혔다. 내용으로 보면 '고양이'가 더 짜임이 있는 글인데, 무주에서 전학을 와 자취하는 내용이 아이들 귀에는 가까이 들렸던 모양이다.

1994년 11월 8일 화요일. 맑음.

3학년 6반 남자 아이가 골마루에서 탁구공 놀이를 하여, 탁구공을 빼앗아 그 자리에서 밟아 부숴 버렸다. 그런데 몇 번 생각해도 내가 잘못했다. 그 애가 골마루에서 탁구공 놀이 하다 나한테 세 번이나 걸렸는데, 그 횟수가 무슨 문제일까, 나는 다시 놀지 말라 하고 타일렀어야 했다. 그런데 그걸 못 참고 말았다. 아이는 얼마나 실망했을까. 그 놀잇감 하나 얻는 것도 아이한테는 쉬운 일이 아닐 텐데. 내일 탁구공을 하나 구해 줘야겠다.

1994년 11월 9일 수요일. 맑음.

셋째 시간 중민이만 남아 산수 공부를 하려는데 손이 아주 더러웠다. 게다가 때 낀 손톱이 많이 자랐다. 손톱을 깎아 주면서, 벌써 손이 이렇게 더러우면 어떡하느냐고 잘 씻으라 했더니 밤물이 들어 잘 안 씻어진다고 했다. 가만히 살펴보니 때처럼 낀 게 밤빛이 났다.

어머니가 밤 껍질 까는 일을 하는데 도와 드린다고 했다. 누나와 중학교 2학년인 형도 함께. 한 자루 까면 2,400원을 받는데, 하루 네 포 이상은 깐다고 했다. 많이 까는 날은 예닐곱 포도 까고. 아이 손에 밤물이 든 걸 처음 보았다.

1994년 12월 2일 금요일. 맑음.

수동이와 용섭이를 때려 주었다. 두 녀석이 길에 세워져 있는 차의 유리를 깼다는 전화가 학교로 왔다. 확인해 보니 사실이었다. 집에서도 맞았다는데 괜히 때려 주었구나 싶었다. 수동이는 세탁기 물 나가는 호스로 아버지한테 맞았다면서 뒤늦게야 멍든 다리를 보여 주었다. 그리고 용섭이는 며칠 전부터 제 교실에 안 들어가고 운동장에서 놀았다는 걸 제 선생님이 말씀해 주셔서 알았다. 제대로 챙기지 못한 죄는 나에게 있는데, 아이들이 매를 맞았다.

1994년 12월 5일 월요일. 맑음.

'진달래반' 교실에서 다과회가 있었다. 내가 우리 교실 아이들을 데리고 그 곳으로 가니 혜숙이가 달려 나오면서 나를 반겼다. 손바닥 맞추기도 했다. 혜숙이는 나에게 "선생님, 나 안 보고 싶었지요?" 하면서 졸업할 때 제 사진을 꼭 달라고 했다. 나는 그러는 혜숙이한테 보고 싶었다고 얘기해 주었다. 그리고 교실을 바꾸면서도 아직 우리 교실에 걸려 있는 혜숙이 사진을 생각하고 속으로 미안해했다.

1994년 12월 22일 목요일. 맑음.

담임 선생님들의 도움을 받아 우리 교실에 오는 수동이, 중민, 성범, 용섭이를 세 시간 마치고 모두 모이게 했다. 점심을 먹여 목욕탕에 데리고 가기 위해서였다.

넷 가운데 수동이는 식당에 가지 않았다. 저희 친척 동생이 3학년에 있는데 본다는 거였다. 어머니가 우리 교실에 가지 말라 하는데, 만일 우리랑 함께 있다가 들키는 날이면 혼난다는 거였다. 녀석은 우리 교실에 못 와서 안달인데, 완전히 이중인격자를 학교와 집에서 만드는 셈이었다.

용섭이와 성범이는 학교 식당에서 밥 먹는 게 처음이다. 맛있게는 먹는데 성범이는 밥 먹는 일조차 여느 일처럼 서툴렀다. 우리가 앉아 있는 곳과 조금 떨어진 곳에서 영양사 선생님이 아이들 밥그릇을 검사하고 계셨다. 오늘 반찬으로 콩나물, 김치, 돼지고기볶음, 마른 명탯국이 나왔는데 많은 아이들이 콩나물을 안 먹고 그냥 가져온다고 했다. 그래서 그 자리에서 먹게 한 뒤 음식 찌끼를 버리게 하셨다. 아이들은 고기 같은 건 잘 먹는데, 시금치나 콩나물 같은 나물류를 잘 안 먹는다고 했다. 영양사 선생님이 이렇게 검사하는 걸 보고 어떤 녀석은 식판을 가지고 가다 말고 서서 콩나물을 먹는가 하면, 아예 다른 아이한테 먹어 달라고 사정을 하기도 했다.

점심을 먹은 뒤 가방을 챙겨 현대탕으로 갔다. 내 생각으론 그 곳에서 목욕을 하고 집으로 데려가 집 구경을 시킬 참이었다. 웬걸, 현대탕 문이 닫혀 있었다. 곧장 집으로 가면서, 하찮은 일이라도 사전 준비가 꼭 필요하겠구나 싶었다.

집에는 식구가 없었다. 그래서 챙겨 먹을 수 있는 걸 하나하나 꺼내 왔다. 삶아 놓은 감자가 있었다. 배고파하던 수동이가 감자를 좋아한다더니 설탕이 없다니까 먹는 걸 포기했다. 다음에 귤은 잘 먹었다. 당근을 두 개 씻어다 썰어 주었다. 이것도 금방 동났다. 호도를 열다섯 개쯤 까 주었다. 그리고 사과 두 개, 빵, 수동이한테만 우유까지 주었다.

그래 놓고 성산 목욕탕에 전화를 거니 오늘 목욕을 한다고 했다. 아이들이 더 이상 무얼 먹지 않겠다고 하여 학교 가까이에 있는 성산 목욕탕을 찾아갔다. 주인 아주머니는 다섯 사람 목욕비 7,500원을 다 받지 않고 500원을 깎아 주셨다. 그리고 목욕탕마다 가난한 아이들 열 명씩을 받아 한 주일에 한 번씩 목욕할 수 있도록 해 주신다고 했다.

옷 챙기는 것부터 하나하나 가르쳐 주고 몸무게를 달았다. 성범이 22 킬로그램, 용섭이 24킬로그램, 중민 25킬로그램, 수동 38킬로그램, 나 57 킬로그램이었다. 다행히 우리말고는 다른 사람이 둘밖에 없어 한가해 좋았다.

샤워를 시킨 뒤 맑은 물을 탕에 받아 몸을 담그게 했다. 성범이가 조금 뜨겁다 싶은 물에 잘 들어오지 못하고, 수동이는 제 성품대로 몸을 움직이면서 어서 빨리 찬물에 뛰어들고 싶어했다. 성범이는 처음에 날 보면서 "우리 아버지 고추하고 똑같다."고 관심을 보였다. 그러나 다른 아이들이 이에 아무런 대꾸를 않자, 곧 아무 일도 없었던 것처럼 되었다.

내가 하는 것처럼 손등부터 때를 닦게 하고 서로 등을 밀어 주도록 한 다음 아이들을 다시 물 속에 들어가도록 했다. 그러고는 하나하나 불러내 몸을 살살이 닦아 주었다. 그러면서 "이 다음에 내가 할아버지 되면 너희가 닦아 주는 거야." 하니까, 그런다고들 대답했다. 중민이 몸이 안 좋았다. 키도 얼마 클 것 같지 않았다. 아이들을 먼저 내보내 옷을 입게 한 뒤 내 몸을 닦는데 녀석들이 걸핏하면 날 불러 냈다. 특히 성범이는 제 옷장 열쇠를 가져가야 하는 줄 알고 챙기려 했고, 다른 애들은 그걸 빼앗아 꽂아 놓으려 해서 시끄러웠다. 옷을 다 입은 아이들을 돌려보내고 나는 다시 한증탕 안으로 들어가 땀을 흘린 뒤 밖으로 나왔다. 3시가 갓 지나 있었다.

1994년 12월 23일 금요일. 맑음.

어젯밤 성범이 어머니한테서 전화가 왔다. 아이 목욕을 시켜 줘서 고맙다고. 한편 어제 성범이가 제때에 오지 않아 걱정을 많이 했다고 하셨다. 내 생각만 하고 일을 한 결과였다.

1995년 2월 6일 월요일. 맑음.

개학날.

직원 모임을 갖고 다시 교실로 와 운동복으로 갈아입었다. 청소를 하고 싶었다. 먼저 교무실 뒤쪽으로 우유 상자를 가지고 가 나무를 담아다 불을 피웠다. 아직 수도에는 물이 안 나오고 화장실 수도꼭지는 얼었는지 돌아가지도 않았다. 급식소로 양동이를 들고 갔다. 조리사 선생님이 보일러가 말을 안 듣는다면서 걱정을 하고 있었다.

아주머니 한 분이 떠 준 물을 갖다가 난로 위에 얹어 놓고, 교실을 쓸기 시작했다. 여느 때 같으면 먼지 때문에 그냥 닦았을 터이나, 물이 없어 쓸기를 먼저 했다. 구석구석에서 묵은 먼지들이 많이 나왔다. 몇 번씩 쓸어다 난로에 태우곤 했다. 골마루를 마저 쓰는데 정종의 선생님이 보낸 반 아이들 여섯이 청소를 도와 주겠다고 왔다. 난 물도 없고 힘들 텐데 그만두라 했더니, 교실에 물이 나온다고 했다. 그리고 청소를 하겠다고 했다.

수도를 틀어 보니 정말 물이 나왔다. 아이들에게 걸레를 주어 닦게 했다. 나는 신발장 속까지 쓰는 일을 마친 뒤 아이들과 같이 걸레질을 했다.

두 시간 반 동안 교실 정리를 했나 보다. 열어 두었던 문을 닫고 자리에 앉으니, 교실에서 향긋한 내가 났다. 곧 교문 앞 색동 문구에 가서 350원 하는 건전지를 사다 시계도 살렸다. 그 사이 수동이가 몇 번 교실에 왔다 가곤 했다. 수동이는 올 설에 세배해서 30,000원 벌었다고 했다. 할머니 3,000원, 어머니, 아버지 1,000원씩, 삼촌이 1,000원, 큰아버지, 작은 아 버지가 5,000원씩. 그리고 나머지는 마을 어른들께 세배를 다녀 번 돈이 라 했다. 그 가운데 10,000원을 "눈 딱 감고" 형 수철이한테 주었다고 했 다. 방학 동안 자전거를 타다 수철이 팔이 "조각조각" 났는데, 설 전날에 야 집에 온 수철이는 세배를 하러 다니지 못했다고 했다.

1995년 2월 10일 금요일. 맑음.

지퍼가 고장 난 돈바를 입고 온 용섭이를 보자마자 수동이가 고쳐 준다 면서 옷을 벗겼다. 그리고는 한창 승강이를 했다. 송곳으로 해 보다가 풀 을 칠해 보았다. 마지막으로 칼을 갖다가 불에 눅은 듯한 곳을 잘라 드디 어 지퍼가 움직이도록 했다. 내가 박사라 불러 주었더니, 저희 선생님도 무슨 일인가 한 가지만 잘하면 된다고 했다면서 좋아했다.

1995년 2월 11일 토요일. 맑음.

쉬는 시간에 고리 던지기 판 한 개를 부숴 놓은 성범이가 스스로 나서 "나 이렇게 하고 있을게요." 하면서 손을 들고 무릎을 꿇었다. 잔뜩 겁먹은 얼굴이었다. 내가 처음에는 무슨 영문인지 몰라 어리둥절하자, 수동이가 나서서 앞뒤 얘길 했다. 그러고는 언니 학년인 저희 잘못이 크니 저와 중민이가 벌을 받겠다고 했다. 대신 성범이를 용서하라 했다. 도대체 이런 마음들이 어디서 나오는지 난 알 수가 없다. 마침 공부 시작종이 울려서 모두 자리에 앉게 했다.

꾸중들을 각오를 하고 있다가 뜻밖에 내가 아무 꾸중도 하지 않아선지 수동이가, "우리 선생님 되게 착하다."면서 웃었다. 만일 저희가 저쪽 교실에서 그랬더라면 맞아 죽었을 거라는 거였다. 왜 그러냐니까, 성범이가 한번은 시계를 부순 적이 있는데, 그 부서진 시계를 성범이한테 던져 하마터면 성범이가 큰일날 뻔했다고 했다. 교실을 바꾸기 전 얘기 같았다. 한번 심어진 기억은 언제라도 불쑥불쑥 튀어나오겠구나 생각하니 두려운 생각이 들었다.

수동이는 얘기하는 김에 뽑기 했을 때 번호를 고쳤다가 아주머니한테 들켜 혼난 일을 들려주었다. 수범이 형이 중학교 2학년 때 써먹은 방법이라 했다. 1번을 뽑았는데, 칼로 긁어 2로 만들어 바나나 대신 오락기를 받았다고 했다. 그걸(제가 1학년 때 보았던 걸) 본떠 저도 따라 했는데 들켜 거짓으로 이름과 집 전화 번호를 대고 도망쳤다고 했다. 아이들 맘 속에는 선과 악이 늘 왔다갔다한다. 어른이라고 다를 바가 없겠지만.

1995년 2월 17일 금요일. 맑음.

어젯밤 10시 무렵, 한 통의 전화를 받았다. 현숙이었다. 지난 해 나랑 같이 특수반 교실에 살았던 아이. 설이 지났는데 인사도 못 드려 죄송하다고 했다. 혜성 여중에 다니는데, 아이는 어떻게 견딜까?

1995년 2월 18일 토요일. 흐림.

셋째 시간 끝 무렵 수동이가 울면서 왔다. 동길이란 아이가 발로 차서 뒤통수를 책상 모서리에 박았는데, 아파서 맥을 못 추겠다고 했다. 교실에는 선생님이 안 계신다 했다. 웃음을 참으면서 동길이를 데려오라 했다. 죄 없는 동길이는 수동이 뒤를 따라와 억울한 사연을 털어 놓았다. 수동이가 다른 아이들 따라 머리를 툭툭 치고 달아났고, 노래로 욕을 했다고 했다.

"아라비아 나이 / 동길이 자지 / 동길이 자지에 피가 나네요. / 아라비아 나이 / 동길이가 아파서 / 죽어 버렸네요."

수동이는 동길이 말을 그대로 인정하면서도, 너무 아프게 맞았다는 걸 거푸 상기시켰다. 나는 동길이에게 죄가 없음을 얘기했고, 수동이한테는 잘 참는 아이라고 치켜세워 주었다. 저보다 힘센 아이를 놀리고 얻어터지지 않는 놈이 세상에 어디 있겠는가.

1995년 2월 21일 화요일. 맑음.

넷째 시간 중인데 수동이가 입이 뾰로통해 가지고 왔다. 3학년 어느 아이가 아침까지만 해도 오늘 다과회 하러 가져온 통닭을 준다 했는데 약속을 안 지킨다는 거였다. 나는 녀석을 달래 보낸 뒤에야 웃었다.

박순옥 선생님이 첫 시간 시작할 무렵 찾아오셨다. 내일 퇴임식에 아무도 인사말을 안 하려 한다면서 무얼 해야 할지 좀 써 달라 하셨다. 나는 선생님이 살아오신 이야기를 이미 들은 터여서 쉽게 승낙을 하고 아이들을 돌려보낸 셋째 시간에 정리를 해 선생님께 보여 드렸다. 선생님은 더 빼거나 보탤 게 없다면서 당신 말을 그대로 잘 썼다고 하셨다. 그러면서 어느 한 군데에선 눈물을 찔끔거리셨다. "내일 이걸 읽을 땐 절대 울어선 안 됩니다." 했더니, 울 것 같다 하셨다. 우스개로 중간에 그러면 날 불러 대신 읽게 해 달라 했다.

우는 아이 둘

1995년에 쓴 교단 일기

1995년 3월 4일 토요일. 흐림, 한때 눈발.

우는 아이 둘.

어제 아침 교무실에 들렀다가 나오는데, 한 아이가 울고 있었다. 얼굴이 동그랗고 꾸밈이라곤 없어 뵈는 아이였다. 교실을 모른다고 했다. 이혜림. 어머니는 집에 있고, 아버지는 무슨 일을 하는 줄 모른다는 아이. 이런 아이들과 함께 지낸다는 게 참 행복이 아닐까? 아직 철이 안 들어 내 도움을 필요로 하는 아이들.

교무실로 가 아이 이름을 대니 주임 선생님 반이었다. 어제 학교에 나와 교실에 들어가 보았는데도 갑자기 운동장 가득 뛰노는 아이들 숲에 끼여 어지럼증을 느꼈을까? 제 교실을 잊어버리고서 한때나마 아이는 얼마나 아득한 생각에 사로잡혀 있었을까?

첫째 시간.

나는 운동장에 있는 1학년 아이들한테 갔다. 선생님 얘길 듣는 아이들 모습 하나하나가 그대로 자연이고 시다.

첫아이를 학교에 보내는 어머니들 생각을 알고 싶어 빙 둘러서 있는 어머님들한테 말을 걸어 보았다. 그러면서 어떤 어머니한테, 이다음에 아이가 학교 가길 싫어할 땐 학교와 집에서 반씩 책임을 져야 한다고 말씀드렸다. 또 몇몇 어머니들한테는 주순중 선생이 쓴《첫아이 학교 보내기》란 책을 소개해 드리면서, 첫아이를 학교에 보낸 느낌을 써 달란 부탁을 했다. 그러나 거의가 마다하고 우리 아파트에 산다는 김현주 어머니만이 그러시겠다고 했다.

마다하는 어머니들에게 "이다음 아이한테 뭘 해라 함부로 얘기할 자격 없습니다." 하면서 반은 우스개로, 반은 진심 담긴 얘길 했다. 사실은 올해 내가 학교 신문 내는 일을 맡아 취재를 하는 중이었다.

끝종이 나자, 아이들을 집으로 돌려보냈다. 그 때 현주 어머니와 얘길 조금 더 나눈 뒤 교실로 오는데, 아래층 현관 앞에서 한 아이가 울고 있었다. 머리를 갈래로 묶은 아이는 1학년 1반 임현진. 대진 아파트에 사는데 버스비 50원을 잃어버려 집에 못 간다고 했다. 100원짜리 동전 하나는 한 손에 들고 있었다.

아이를 데리고 2층으로 올라와 기다리게 해 놓고, 차를 마시러 모인 2학년 선생님들한테 갔다. 나에겐 10,000원짜리 뿐이었다. 정종의 선생님이 10원짜리 다섯 개를 주셔서 아이에게 갖다 주었다. 아이는 계단을 종종거리면서 내려갔다.

1995년 3월 7일 화요일. 맑음.

2학년 몇 반에서 빵과 과자, 요구르트 같은 마실 것을 가져왔다. 학급 임원에 뽑힌 아이들이 반 아이들한테 한턱 쓰는 셈이다. 토요일에 도서관에서 전교 어린이회 임원 선거가 있기에 가 봤더니, 5학년 한 남자 아이가 이런 질문을 해 깜짝 놀랐다.

"선생님, 전교 임원이 되면 돈 깨지지요?"

나는 아니라 했지만 낯이 뜨거웠다.

1995년 3월 10일 금요일. 맑음, 바람.

학교 신문반 아이들을 3학년 이상 반마다 한 명씩 모았다. 학급 일기를 써서 화요일 아침마다 가져오라 했다. 지난 해 한 장씩 받아 보던 학교 신문이 한 번 찍을 때마다 30만 원 든 거라니까 아이들이 놀랐다.

1995년 3월 23일 목요일. 흐림.

네 시가 될 때까지 혼자 청소를 했다. 유리창 닦는 데 거의 시간을 썼다. 오른손 팔목이 아프다. 퇴근 무렵까지 해야 자료함 문짝을 닦을 수 있는데, 4시부터 교육 계획 설명회가 있다 하여 일을 멈췄다.

1995년 3월 30일 목요일. 흐림.

여자 중학교 특수반 선생님이 혜숙이에 대한 서류를 만들겠다면서 생활기록부를 복사해 전송으로 보내 달라 했다. 그러면서 사는 곳이 어딘가를 물었다. 아직까지 학교에 안 나온다는 거였다. 이런 전화를 주고받자, 옆에 있던 전휴탁 선생님이, "학교에 안 가면 무얼 할까, 어디 돈 벌러 갔을까?" 하셨다. 정말 혜숙이는 지금 무얼 할까?

1995년 4월 3일 월요일. 맑음.

지난 토요일 퇴근길에 법원 앞 건널목을 건너 몇 걸음 걷다가 혜숙이를 만났다. 뜻밖이어서 깜짝 놀랐다. 교복을 단정히 입었다. 몇몇 친구들이 혜숙이 동무를 해 주면서 걷고 있었다. 내가 혜숙이 등을 두드려 주면서 반가워하니, 혜숙이가 우리 교실에 걸렸던 제 사진 이야기를 했다. 아이들 낱낱 사진을 찍어 걸어 둔 걸 한사코 떼 가겠다고 하여 날 여러 차례 난처하게 한 적이 있었다.

사진과 가위 한 개, 색연필, 수건을 챙겼다. 울밑(우리 집 큰 아이)에게 건네주도록 해야겠다.

1995년 4월 4일 화요일. 맑음.

아이들 셋을 맞았다. 윤윤식, 김형민, 신용섭. 윤식이는 저희 반 여자 아이들이 문을 열고 들여다보자 쫓아가선 몰아 냈다. 뒤에 물어 보니 부끄럽다고 했다. 윤식이한테 책꽂이에 꽂힌 책들만 모두 읽으면 이 곳에 오지 않아도 된다고 얘기해 줬다. 아버지가 오토바이를 타고 농사를 지으러 다닌다는데, 어머니는 집에서 일을 한다니 앞뒤가 안 맞는다.

형민이는 제 이름을 이 곳 사투리대로 '핸민'이라고 스스로 부른다. 내가 '형민'이라 일러 줘도 아니라며 '핸민'이라 한다. 응양 못미처 '신기'라는 데서 버스를 타고 다닌다 했다. 할머니와 아버지와 함께 살고, 어머니는 아버지가 때려서 도망갔다고 했다. 유치원 다니기 전이라 했다. 아버지는 공사장에 다녀 돈을 버는데, 어떤 땐 늦게까지 술을 먹다가 와서 때리기도 한다고 했다. 이 얘길 듣고, 이 담에 형민이도 아버지를 따라 할 거냐고 물으니 안 그럴 거라 했다. "아버지처럼 되면 나까지 못되게 되잖아요." 형민이는 1학년 때부터 이런 생각을 했다고 했다. 얼굴이 곱다. 목에 때가 끼어 있고, 코를 조금 흘린다. 그러나 윤식이처럼 공부만 조금 못할 뿐 여느 아이와 다름이 없다. 일찍 차를 타고 와야 하기 때문에 아침을 먹지 않고 온다는 아이. 1학년 때는 학교를 마치고 집에 가서야 밥을 먹었지만, 지금은 학교에서 점심을 주니까 좋다고 했다. 여섯 번 받아 먹은 적이 있다는데, 그렇게 받아 먹어선 안 된다는 얘길 해 줬다.

용섭이가 들어오지 못하고 창가에서 삐죽거려 얘길 나누었다. 내일 무주로 이사 간다고 했다. 그리고 "내일 무주에 가서 나무를 심어야 해요." 하고 묻지 않은 말을 했다. 왜 그러냐니까, 선생님이 숙제를 내주었다고 했다. 그러고 보니 내일이 식목일이었다. 친하게 노는 아이들이 없어 이곳에 와 놀려고 했던 아이. 혀짤배기소리를 해서 귀담아듣지 않으면 무슨 말을 하는지 알아듣기 힘들었던 아이. 무주에 가면 정말 '필요한 나무'를 심어야 할 아이. 아이들 주려고 아침에 사 왔던 사탕 가운데 반을 덜어 주머니에 넣어 주고, 캐비닛에 들어 있던 휴지 네 개와 새 연필깎이를 비닐봉지에 넣어 주었다. 가고 난 뒤에야 "이건 교장 선생님이 주시는 거야." 하는 말을 빠뜨렸구나 하고 생각했다.

어제 퇴근 무렵에 혜숙이가 찾아와 제 사진을 가져갔다. 2학년 주임 선생님이 나에게 준 우유 두 개는 안 먹는다면서 가져가지 않겠다고 했다. 그래도 챙긴 물건들과 함께 억지로 주어 돌려보냈다.

1995년 4월 21일 금요일. 비(오후부터).

아이들을 모두 보내고 났는데 김동섭 선생님이 어머님 한 분을 모시고 왔다. 우리 교실에 오는 용근이 어머님이었다. 당신 아들인 용근이가 '특수반'에 온다는 걸 알고는 꼭 한번 찾아오고 싶다 했다.

용근이 아버지는 돌산에 나가 일한다고 했다. 월급쟁이가 아니고 일한 날짜만큼 돈을 받아 살림 꾸리기가 어렵다 했다. 하지만 둥그런 귀걸이를 차고 있는 어머니 모습을 보니, 어려운 살림을 꾸린다는 말이 와 닿질 않았다.

지난 1학기 때 일이라 한다. 용근이가 제 형(6학년 김수근)과 함께 지리산 밑 고모 집에 갔다. 닭을 키우는 고모 집에 여간해서는 안 가는데 이 날 따라 모처럼 올라갔다. 거기서 사촌 아이와 셋이서 공을 갖고 놀다가 용근이는 굴러가는 공을 잡으러 갔다. 마침 공은 사냥개만큼 큰 개 있는 곳으로 굴러갔다.

용근이는 공 생각만 하다가 그만 개한테 머리를 물렸다. 얼굴을 거의 제 입 속에 넣은 개는 아이들이 몽둥이로 때려도 내놓질 않았다. 어른들이 달려오고 물린 뒤 한 20분쯤 뒤에야 용근이는 개 입에서 빠져 나왔다. 읍내 병원에서는 그런 용근이를 받아 주지 않았다. 소견서를 받아 진주로 가서 의식을 잃고 있는 용근이를 입원시켜 가까스로 목숨을 건졌다. 의식을 찾은 아이를 도시 거창으로 데려와 적십자 병원에서 한 달 동안 치료를 받게 한 뒤에야, 용근이는 학교에 나올 수 있었다.

지금 귀 밑으로 난 흉터가 그 때 생긴 것인데, 백 바늘쯤 꿰맸다. 어머니들도 공부 잘하는 아이 어머니들끼리 모인다면서, 공부를 못 따라가는 용근이가 한걱정이라던 어머니. 내가 무슨 말을 해도 어머니한테는 도움이 되지 않는 듯했다. 그러면서도 어머니는 나에게 용근이를 잘 부탁한다는 말을 여러 번 했다.

1995년 4월 28일 금요일. 맑음.

성민이와 이야기하는 것만큼 즐거운 일도 드물다. 몸집이 작고 이 사이에 까만 때가 끼어 있는 아이. 말할 수 없이 장난스레 놀면서도 목소리가 맑은 아이. 엉큼스럽거나 내 눈을 피해 게으름을 피우려 들지 않는 아이. 행동에 주저함을 내 보이지 않는 아이. 아버지가 일하는 '대야리'에 가고 싶은데 못 오게 해서 못 간다면서, 이 세상 그 무엇에도 거침이 없는 아이. 글을 읽히다 말고 "성민아, 나 좋으니?" 하고 물으니, 서슴없이 "예." 그랬다. "무엇이 좋은데?" 나는 궁금했다. "선생님이 그전에 우산 쓰게 해 줬잖아요." 내겐 기억에 없는 일을 아이는 말하고 있었다. 놀라운 일이었다. 나는 더 말을 시켰다.

"이담에 성민이가 커서 돈 많이 벌면 무얼 사 줄 거지?"

"그 때는 선생님이 죽잖아요."

"안 죽을 거야. 할아버지 될 거야."

"안 죽어요?"

"그럼. 뭘 사 줄 거지?"

"케이크요."

"정말이지?"

"예."

"자, 약속."

우리는 손가락을 걸었다. 아이가 가고, 오늘 아이들이 공부한 걸 챙기는데 성민이도 올림이 있는 한 자리 덧셈 열 문제를 모두 맞혔다. 책을 읽고 쓰는 게 서툰데 올 한 해 동안 꾸준히 하면 충분히 해낼 수 있는 아이다.

고개를 너무 숙여 인사하는 바람에 등에 맨 가방이 머리 위로 넘어오곤 했는데, 성민이가 하는 일에는 늘 힘이 넘친다.

1995년 5월 10일 수요일. 흐림, 오후에 비 조금.

아침에 형민이가 왔기에, 책을 읽히다 말고 때 긴 손톱을 깎아 주었다. 형민이 입과 몸에서 냄새가 났다. 유치원 다닐 때 어머니가 도망갔다는 얘길 예전에 해 준 적이 있었다. 지금은 할머니가 밥을 해 주는데, 제대로 씻고 다니질 않는다. 동무들이 잘 놀아 주느냐 물으니, 안 그런다고 했다. 왜 그러냐니까, 맨날 똑같은 옷을 입고 와서 그런다 했다.

머리 잘 감고, 손발도 잘 씻으라 이르고, 아버지에 대해 물으니, 요즘 아버지는 예전보다 술을 덜 마시고 때리지도 않는다 했다.

1995년 7월 14일 금요일. 맑음.

선생님들 얘길 들어 보니, 부산에서는 학부모들이 선생님한테 돈 봉투를 갖다 주는 걸 빗대어 이렇게 얘기한다고 한다.

"개밥 주러 갈 때 되었다."

"개밥 주고 왔다."

이렇게 부끄러운 시대에 우리가 살고 있다.

1995년 7월 21일 금요일. 비.

출근길 현관, 나는 신을 벗지 못하고, 실내화를 신은 아이가 한 명 나타나기를 기다렸다. 신장에 있는 내 실내화를 꺼내 달라고 부탁하기 위해서. 그 때 시멘트 댓돌 위에 노란 장화를 신고 올라선 아이가 막 장화를 벗으려 하는데, 1학년 5반 선생님이 나오셨다. 그러고는 대뜸 어디에 신을 신고 올라오느냐고 아이에게 큰 소리쳤다.

오늘 다과회를 한다고 야외용 가스레인지며 과자 봉지를 책가방과 함께 챙겨 들고 아이는 낑낑대던 참이었다. 그러나 선생님 말에 어쩔지 못하고 그 자리에서 신을 벗었다. 하얀 양말 바닥이 물에 젖어도 어쩔 수 없었다. 나는 굳어진 아이 얼굴을 보면서, 아이가 힘겹게 든 보따리 두 개를 받아 들어 주었다. 그리고 계단을 오르면서, "속상하지?" 하고 물었다. "예!" 하고 아이도 짧게 대답했다. "니가 참아라." 하니까, 아이는 그 때 말이 없었다. 4학년 4반 교실 앞까지 아이를 따라갔다.

1995년 7월 22일 토요일. 흐림.

신관동 뒤뜰 한쪽 구석에 이번 주 여러 날 걸려 모래밭을 만들어 놓았다. 인가 쪽 벽과 담에 기대고 바깥쪽으로 헌 타이어를 박아 놓으니 멋진 모래밭이 되었다. 유치원 아이들과 1학년 아이들이 그 곳에서 떠나질 않는다.

유치원 임소영 선생님한테, 유치원에서 학교에 만들어 달라고 부탁한 적이 있느냐 물었더니 그런 적이 없다면서, 교장 선생님이 생각해 만든 것 같다고 했다. 유치원 아이들이 모래밭을 갖고 싶어한다는 건 누구나 아는 일이겠지만 시간을 내어 모래밭을 만들어 놓은 일은 창조다.

1995년 9월 6일 수요일. 갬.

정봉수 선생님이 학교에 있는 나무 이름을 적어 달라고 했다. 스물여섯 가지를 적었다. 적으면서 보니 처음 몇 해 동안 눈에 띄던 층층나무가 보이지 않았다. 죽어서 파내고 그 자리에다 잣나무를 심어 놓았다. 수수꽃

다리와 버즘나무가 제 이름을 찾을 수 있을 거라 생각하니 기뻤다.

1995년 10월 23일 월요일. 맑음.

셋째 시간에 2학년 2반 교실에 들어갔다. 교실에 들어갔는데, 아이들마다 누가 토했다면서 얼굴을 찡그리고, 또 부반장이라는 아이는 막대 끝에 걸레를 걸쳐 닦는지 마는지 했다가 싱크대에 던져 놓았다.

나는 아이들에게 공책을 펴 따라 적으라면서 칠판에 문제를 적어 나갔다.

문제 : 우리 반 동무가 배가 아파 토했습니다. 어떻게 해야 할까요?(   )

㉠ 더럽다고 이야기만 하고 가만히 있는다.

㉡ 막대기 끝에 걸레를 꽂아 닦는다.

㉢ 토한 동무를 옆에 못 오게 한다.

㉣ 토한 동무에게 가서 위로하고, 걸레로 깨끗이 닦는다.

아이들은 둘 빼고 모두 ㉣을 답으로 썼다. 실지 한 일은 거의 ㉠이었다.

나는 한 아이를 일으켜 세워 내 손이 더러운지 깨끗한지 물었다. 아이는 답을 잘 하지 못했다. 분필 가루가 조금 묻어 있을 뿐인 내 손을 두고 이러지도 저러지도 못하는 거였다. 그래서 분필 가루를 보여 주면서 나는 이 손으로 지금 떡이 있다면 집어 먹을 수 없다고 했다. 그러고는 뒤로 가 부반장 아이가 버려 둔 걸레를 집어 들었다. 물론 모든 아이들에게 나를 보라고 일러 두고서였다.

싱크대에 물을 틀어 걸레를 빨았다. 그러고는 아이가 토해 낸 뒷문 쪽으로 가 모두 닦아 냈다. 시큼한 냄새가 물씬 풍겼다. 이렇게 두 번을 빨아 닦고, 걸레를 창턱에 걸쳐 넌 뒤 앞으로 왔다. 그러고는 아이들에게 비누로 씻은 내 손을 보이면서 떡을 먹을 수 있겠느냐고 물으니 모두 먹을 수 있다고 했다.

토한 아이를 교탁으로 불러 내니 아이는 가슴에 손방망이질을 하면서 안절부절못했다. 그런 아이를 달래면서 걱정 말라고 위로해 주었다. 나도 그런 적이 있다면서. 그리고 아이들에게 잘못을 사과하는 뜻에서 손뼉을 치라고 하니 아이들 모두 내 말을 따랐다.

1995년 10월 30일 월요일. 맑다가 오후 들어 흐림.

청소하고 아이들에게 즐겁게 책 읽어 주고. 이런 평범한 하루가 좋다.

1995년 11월 3일 금요일. 날이 풀리고 맑음.

'시이노미' 학원을 세운 '쇼지 사부로' 선생님이 쓴 《새와 이야기할 수 있는 아이》를 읽었다. 그 속에 '흔드는 교육'이라 하여 아이들에게 떠들기를 시키는 게 있다. 생각해 보니 그렇다. 교사가 목적을 가지고 떠들게 하는 것은 하나의 가르침이 되겠지만, 아무 생각 없이 이웃을 의식해 조용히 시키는 일, 그래서 그 교실 아이들이 책 베껴쓰기나 하느라 조용한 곳이라면 가르침도 뭐도 아니다. 어떤 계획만 가지고 아이들 앞에 선다면 가르치는 일이 두려울 게 없겠다. 지금까지 나에겐 계획이 없었다. 그러니 한 말을 또 할 수밖에.

5반 김동섭 선생님이 출장을 가시어 둘째 시간부터 들어갔다. 아이들이 맡겨진 일을 성실히 했다. 김 선생님이 시간표대로 내준 과제를 하도록 하고, 나는 돌아다니면서 도와 주었다. 애쓰는 아이들마다 이름을 묻고 아버지 하시는 일도 물으면서 머리를 쓰다듬어 주곤 했다. 그 가운데 차려입은 옷이며 생김새가 가난해 보이는 아이가 있었다. 그러나 성실해서 아주 정이 갔다. 칭찬해 주면서 남는 시간 책을 읽으라 했더니 그대로 따랐다.

아이 아버지는 세탁소를 하시는 분이었다. 무지개 아파트 가까이에 있는 '하얀 세탁소'라 했다. 내가 아이에게, "아버지 하시는 일에 부끄러운 적이 있었니?" 하고 물었다. 아이는 망설이다가 그런 적이 있다고 했다. 내가 "우리 형님도 서울에서 세탁소를 하는데, 열심히 일하시어 내가 가장 존경한다." 했더니 순간 아이 얼굴빛이 변했다. 안심 되고 포근해진 얼굴을 보니 내 가슴이 뛰었다.

"아버지 같은 분이 훌륭한 사람이니 아버지 일 잘 도와 드리고, 또 거
짓말 안 하는 사람이 돼야 한다."
하고 일러 주었다. 그리고 다섯 시간 마치고 집으로 갈 때 우리 교실로 그 아이를 불렀다. 오늘 있었던 일을 아버지와 어머니께 편지로 썼다. 한때나마 식구들이 기뻐할 수 있다는 건 얼마나 좋은 일인가. 그 편지에도 형님이 서울에서 세탁소를 한다고 썼다. 셋째 형이 세탁소를 그만둔 지는 오래되었지만, 그 형은 십 년 넘도록 세탁 일을 하신 분이었다.

1995년 11월 24일 금요일. 흐리고 가랑비 몇 방울.

5반 김동섭 선생님이 출장을 가, 내가 대신 들어갔다. 김 선생님이 시간마다 할 것들을 칠판에 적어 두어 나는 그대로 아이들에게 시키면 되었다.

첫째 시간이 끝나고 우유를 마시게 했다. 그리고 둘째 시간이었다. 셈하는 걸 도와 주러 다니는데 아이 몇이 날 불렀다. 가 보니 앞쪽에 앉은

남자 아이가 제자리 옆에다 토해 놓았다. 아이는 이미 풀이 죽어 있었다.

내가 머리를 쓰다듬어 주면서 괜찮다고 위로해 주었다. 그러면서 "내가 닦을 테니 너희는 하던 일 그대로 해라." 했더니, 아이들이 "우리가 닦아야 하는데……." 하고 말하는 거였다. 내가 다시, "아니야. 이건 선생님이 해야 하는 거야." 하면서 싱크대로 가 고무 장갑을 끼고 걸레를 두 개 가져왔다.

닦으면서 토해 놓은 양이 많다는 생각을 했다. 다 닦은 뒤 걸레를 빨아 널어놓고 다시 아이에게 와서, "너 대신 내가 치웠으니 '고맙습니다.' 하고 인사 해 봐라." 했더니, 인사를 했다. 내가 다시, "이다음 니가 어른이 되었을 땐 힘없는 사람들 잘 도와 주어야 한다." 하고 일렀더니 그러겠다고 했다. 곁들여 집안 사정을 물어 보았는데, 아버지는 서울에서 회사를 다닌다 했다. 어머니는 오늘 결혼 잔치에 갔고. 어머니와 아버지는 헤어져 산다는 거였다.

1995년 12월 8일 금요일. 맑음.

어제에 이어 오늘도 같이 주번인 조은희 선생님이 '쌍감탕' 이라는 500원짜리 음료수를 주었다. 집에서 따뜻이 데워 온 거라 요즘처럼 찬 날 아침에 마시면 속이 풀릴 정도다. 아침에 교통 정리 하느라 고생한다고 가져오는데, 어제치는 내가 마시고, 오늘치는 미리 나와 잠깐 교통 정리를 하는 순경 아저씨에게 주었다. 본디 병이나 깡통에 든 이런 걸 쓰레기 때문에 싫어하는데, 조은희 선생님 따뜻한 마음을 생각해 군생각 없이 마셨다.

1995년 12월 22일 금요일. 맑음.

아기를 가진 전연경 선생님 대신, 일직을 하루 해 드리기로 했다. 그리고 집이 먼 고원일, 강성수 선생님한테는 숙직 때 못 올 일이 있으면 언제라도 집으로 연락해 달라고 했다.

1996년 2월 14일 수요일. 맑음, 날이 눅음.

특수 학급에 들어올 아이를 골라 검사를 하고 있다. 세 명만 채우면 되어, 네 명을 골랐다. 내가 지금 '채우면 된다.'는 말을 쓰고 있다. 세 해 동안 내 가르침은 실패했다. 올해는 그만두려 하고 있다. 편한 걸 생각하다가 세 해가 덧없이 흘러가 버렸다.

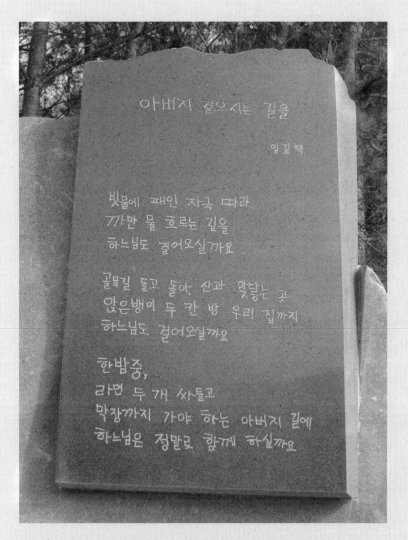

임길택 선생님을 그리워하는 사람들이 모여, 임길택 시인이 잠든 태백산 산자락에 시비를 세웠다.
(글씨 쓴 사람 : 인천 주안 남 초등 학교 1학년 박주윤, 글씨 다듬은 사람 : 김환영, 비석 만든 사람 : 김창곤.)

임길택 선생님이 걸어온 길

1952년   3월 1일 전라남도 무안군 삼향면 송산리(솔뫼)에서 태어났다.

1960년   무안군 삼향면 삼향 동 초등 학교에 입학했다.

1966년   목포 중학교에 입학했다.

1969년   목포 고등 학교에 입학했다.

1974년   목포 교육 대학을 졸업했다.

1976년   강원도 정선군 임계면 도전 초등 군대 분교로 첫 발령을 받았다. 그 뒤
열네 해 동안 강원도 탄광 마을과 산골 마을 학교에서 아이들을 가르
쳤다.

1979년   정선군 사북읍 사북 초등 학교로 옮기고, 채진숙 씨와 결혼했다.

1980년   딸 '울밑'이 태어났다.

1980년   사북 초등 학교 아이들과 학급 문집 〈나도 광부가 되겠지〉를 펴냈다.

1981년   아들 '빛이랑'이 태어났다.

1983년   한국글쓰기연구회가 생겼고 그 때부터 회원으로 활동했다.

1984년   방송 통신 대학교 영어과를 졸업했다.

1984년   정선군 임계면 반천 초등 봉정 분교로 옮겨 학급 문집 〈물또래〉를 펴
내고, 종로서적에서 출판했다. ·

1988년   정선군 고한읍 대성 초등 학교로 옮겼다.

1990년   경상남도 거창군 신원면 중유 초등 학교로 옮기고, 거창 문학회 회원
으로 활동했다. 시집 《탄광 마을 아이들》(실천문학사), 동화집 《우리
동네 아이들》(창비)을 펴냈다.

1992년   거창군 거창읍 거창 초등 학교로 옮겼다.

1994년   동화집 《느릅골 아이들》(산하)을 펴냈다.

1995년   시집 《할아버지 요강》(보리)을 펴냈다.

1996년   산문집 《하늘 숨을 쉬는 아이들》(종로서적)을 펴냈다.

1997년   3월 거창군 위천면 위천 초등 학교로 옮기고, 장편 동화 《탄광 마을에
　　　　뜨는 달》(다솜)을 펴냈다.

　　　　4월에 폐암 선고를 받고 요양하다가, 12월 11일에 충청북도 충주시 신
　　　　니면 무너미에서 마흔여섯 살로 세상을 떠났다.

　　　　강원도 정선군 동면 태백산 두리봉 어우실에 묻혔다.

1998년   12월 12일에 한국어린이문학협의회 주관으로 서울 아람 유치원에서
　　　　임길택 선생님 추모 1주기 문학의 밤이 열렸다.

　　　　세상을 떠난 뒤 《똥 누고 가는 새》(실천문학사), 동화집 《수경이》(우리
　　　　교육)가 나왔다. 동화집 《우리 동네 아이들》은 《산골 마을 아이들》(창
　　　　비)로 제목이 바뀌어 다시 나왔다.

2001년   10월 21일에 겨레아동문학연구회, 한국글쓰기연구회, 어린이도서연구
　　　　회, 한국어린이문학협의회 사람들이 모여 무덤이 있는 태백산 두리봉
　　　　어우실에 시비를 세웠다.

2002년   유고 동시집 《산골 아이》(보리)를 펴냈다.

임길택 선생님은

1952년 전라남도 무안에서 태어나 목포 교육 대학에서 공부했습니다.
1976년부터 가난한 강원도 탄광 마을과 산골 마을에서 열네 해 동안 아이들을 가르쳤고
1990년부터는 경상남도 거창에서 아이들을 가르쳤습니다.
1997년 4월에 폐암 선고를 받고 요양하다가
그 해 12월 11일에 마흔여섯 살로 세상을 떠났습니다.
시집으로 《탄광 마을 아이들》 《할아버지 요강》 《산골 아이》 《똥 누고 가는 새》가 있고,
동화집으로 《산골 마을 아이들》 《느릅골 아이들》 《수경이》 들이 있습니다.
아이들이 쓴 글을 모아 엮은 《물또래》도 있습니다.

임길택 선생님이 남긴 산문과 교단 일기

나는 우는 것들을 사랑합니다

2004년 1월 15일 1판 1쇄 펴냄 | 2019년 4월 12일 1판 11쇄 펴냄 | **글쓴이** 임길택 | **펴낸이** 유문숙 | **편집부** 김은주, 남우희, 심명숙, 윤은주 | **디자인** (주)끄레 어소시에이츠 | **제작** 심준엽 | **영업 홍보** 안명선, 양병희, 이옥한, 정영지, 조병범, 조서연, 최민용 | **경영 지원** 신종호, 임혜정, 한선희 | **인쇄와 제본** (주)천일문화사 | **펴낸곳** (주)도서출판 보리 | **출판 등록** 1991년 8월 6일 제 9-279호 | **주소** (10881) 경기도 파주시 직지길 492 | **전화** (031)955-3535 | **전송** (031)955-3533 | **누리집** www.boribook.com | **전자 우편** bori@boribook.com